www.tredition.de

AF196239

Roderich Garmeister

Über den unsachgemäßen Umgang mit Schusswaffen und Exfreundinnen

© 2016 Roderich Garmeister

Verlag: tredition GmbH, Hamburg

ISBN
Paperback: 978-3-7345-8087-1
Hardcover: 978-3-7345-8088-8
e-Book: 978-3-7345-8089-5

Printed in Germany

Danksagung

Der Autor ist mehreren Menschen zu großem Dank verpflichtet. In chronologischer Reihenfolge sind dies:

Ingmar — der mich durch schonungslose Kritik zur ersten grundlegenden Überarbeitung in einem sehr frühen Stadium veranlasst hat. Dadurch erst ist die Erzählung lesenswert geworden.

Christine — die liebevoll und trotz später Stunde die Wirkung des vorgelesenen Wortes an sich erproben ließ. Entscheidende kleine Details gehen auf sie zurück. Das Publikum bei Lesungen wird es ihr danken!

Sarah — die immer wieder Teile des Manuskriptes gelesen und wertvolle Hinweise, Korrekturen und Anmerkungen gegeben hat.

Günter — der mir beibrachte, wie die Stimme eingesetzt werden kann und wie Sätze funktionieren. Ich weiß, es ist Dein Job, aber den hast Du großartig gemacht!

Janina — die die Endfassung redigiert und ihr mit journalistischem Scharfsinn den letzten Schliff verpasst hat.

Und — (antichronologisch) alle Freunde, Familienmitglieder und Kollegen, die sich immer wieder erzählen lassen durften, wie weit die Sache gediehen ist, die sich Auszüge anhören mussten und mir Mut machten.

Ohne Euch wäre dieses Buch nicht so geworden, wie es ist.

Ich danke Euch!

Euer Rodi

Die wurzel mit öl gekocht / unnd ubergelegt / zuvor mit Gerstenmäl
zerstossen / als ein pflaster / leschet den kalten brand und wildt fewr.

Hieronimus Bock

Don´t try this at home.

Tori Amos

Vorwort des Autors

Eigentlich wollte ich Ihnen nur erzählen, wem ich vorgestern begegnet bin und was alles davor war. Und was sich daraus für Folgen ergeben haben und so.

Wahrscheinlich bin ich Ihnen aber noch ein paar erklärende Worte schuldig, bevor diese Geschichte anfängt. Ist ja nur fair, wenn Sie gleich von Anfang an wissen, worauf Sie sich einlassen. Also:

Was mich selbst angeht, ist der ganze Krempel hier eine Biografie. Jedes Wort ist wahr. Also, so fast jedes. Was andere angeht, ist es das nicht. Die handelnden Personen sind Statisten. Ich musste sie erfinden, umschreiben, miteinander verschmelzen und verfälschen, um ein hinreichend genaues Abbild meines Lebens zeichnen zu können, ohne jemanden in Schwierigkeiten zu bringen.

Eine Ähnlichkeit mit lebenden oder auch nicht lebenden Personen ist also nicht beabsichtigt. Und so sie auftritt, ist sie zufällig.

Das heißt, ein Freund aus alten Tagen wird sich wiedererkennen. Aber das entsprechende Kapitel habe ich ihm unlängst vorgelesen und er hat geholfen, es noch genauer werden zu lassen.

Und: Zwei, die ich für relative Schufte halte, sind so beschrieben, wie sie waren. Oder wie ich sie erlebt habe. Allerdings stand der eine dermaßen im Lichte einer bescheidenen Öffentlichkeit, dass es kaum möglich gewesen wäre, um ihn herum zu lügen.

Blöderweise ist er für die spätere Entwicklung von Bedeutung, so dass ich ihn erwähnen musste. Anstatt ihn mal unter den Tisch fallen zu lassen. Was ich bei anderer Gelegenheit vielleicht hätte tun sollen. Zum Beispiel auf so einem Schulfest. Da hatten sie Tische von geeigneter Höhe aufgestellt.

Der andere war ein eher kleiner Verbrecher. Unsere wenigen Begegnungen waren stets von unschöner Natur. Schwamm drüber. Im Übrigen ist dieser Typ, selber Täter und Opfer zugleich, wahrscheinlich schon lange da oben in Dänemark verstorben.

Ach so, und noch ein anderer Typ sitzt womöglich in der Schweiz im Gefängnis.

Aber ansonsten gilt: Wenn hier irgendjemand ausgiebig und genau beschrieben wird, bin ich das im Wesentlichen selbst. Ab und zu muss es ja auch was zum Lachen geben. Und wenn Sie mal ein schlechtes Beispiel brauchen, dann können Sie so mir nichts, dir nichts, eins aus der Tasche zaubern. Sofern Sie im Besitz dieses Buches sind. Und das ist ja auch immer ganz praktisch.

Vorwort der Hauptfigur

Mein Name ist nicht Holden Caulfield. Das ist der Ich-Erzähler aus „Der Fänger im Roggen" von J.D. Salinger. Ich hatte daran gedacht, ein Pseudonym zu wählen. Aber das wäre schon ziemlich bescheuert, denn der Autor hat mir ja bereits eins verpasst. Wenn der Typ mit dem Pseudonym sich dann selber *auch* noch eins aussucht, wird die Sache unnötig kompliziert. Ich erwähne diesen jugendlichen Bengel Holden bloß, weil wir Ähnlichkeiten aufweisen, er und ich.

Obwohl, bei allem jugendlichen Gefühlgewirr und so, der alte Holden hat seine Sensibilität auch *gelebt*. Er war wirklich sensibel und alles, für seine siebzehn Jahre. Was man von mir leider nicht behaupten konnte.

Außerdem hatte er mir in vielerlei Hinsicht 'ne Menge voraus. Er ist wirklich mehrmals von der Schule geflogen. Ich hatte bloß zwei Schulkonferenzen, in denen man mir das androhte.

Er hatte als Jugendlicher ein Faible für erwachsene Frauen. Diese romantische Ader hatte ich auch. Aber während er es zumindest hingekriegt hat, mal mit einer von ihnen zu tanzen, war ich sogar dafür noch zu blöd. Na gut, nicht zu blöd, aber zu schüchtern. Will heißen, zu verklemmt. Da brauchte die Dame nicht mal älter als ich zu sein.

Aber egal. Das war wahrscheinlich alles wichtig für einen gewissen Reifeprozess.

Also der Holden. Der hätte natürlich manchen Scheiß gar nicht erst mitgemacht. Um es gleich zu sagen: Dass ich noch lebe, ist in gewisser Hinsicht eher Zufall. Okay, das trifft sicherlich auf uns alle irgendwie zu. Straßenverkehr, Flugreisen, Krankheiten, das alles. Ist doch manchmal ein Elend. Und dann kann man problemlos noch selber was dazu beisteuern.

Aber Sie wollen ja vielleicht endlich wissen, wem Sie gerade erlauben, Ihnen 'nen Knopf ans Ohr zu labern.

Mein Name ist Raltebrandt Gerstenmälzer. Sie dürfen ruhig Ralte sagen. Falls Sie sich über den Vornamen wundern, daran sind meine Eltern schuld. Die hatten nichts Besseres zu tun, als sich für ihre vier Kinder absonderliche Namen auszusuchen. Die Auswahlkriterien waren erstens, dass die Namen mindestens schon ein halbes Jahrtausend aus der Mode sein mussten, und zweitens, dass sie in unserem Heimatgebirge zur Zeit unserer Kindheit niemand kannte. So war von vornherein sichergestellt, dass wir schon früh eine wichtige Außenseiterfunktion wahrnehmen konnten.

Weiterhin hatte ich damals eine gewisse Neigung zu Heldenfiguren. Und ein Held wollte ich deshalb auch irgendwie werden. Dass das mit einer vernünftigen Lebensführung nicht immer vereinbar ist, war mir damals nicht klar.

Aber eigentlich wollte ich Ihnen ja erzählen, wem ich vorgestern begegnet bin und was alles davor gewesen ist. Und die Folgen davon. Die auch.

Die Geschichte fängt an, da bin ich so ungefähr zwanzig. Und sie findet ihr Ende ein Vierteljahrhundert später. Also vorgestern. Was man so Ende nennt.

Ein Brief

Neulich, vor gar nicht allzu langer Zeit, also genau genommen vorgestern, traf ich beim Einkaufen völlig unerwartet, unverhofft und nach vielen (also vierzehn) Jahren die Frau, um derentwillen ich mich beinahe mal erschossen hätte.

Das heißt, natürlich nicht um derentwillen. Sondern wegen meiner spätjugendlichen, vollkommen überzogenen Trauer darüber, dass sie sich statt meiner einen langhaarigen Typen geangelt hatte. Dies geschah gerade zu dem Zeitpunkt, als ich endlich zu der Erkenntnis gereift war, dass sie die große Liebe meines Lebens ist. Dazu hatte ich etwa ein Jahr gebraucht, und als der Erkenntnisprozess abgeschlossen war, war es zu spät.

Natürlich hatte sie mir in typisch weiblicher Manier eine hinreichend große Anzahl an Warnzeichen gegeben, die ich geflissentlich zu übersehen geruht hatte. Und nicht nur das. Ich war auch blöddämlich genug gewesen, eine ehemalige und übrigens auch ziemlich hübsche Schulfreundin, die Jahre zuvor einmal in trauter Zweisamkeit auf der Parkbank ihren Kopf auf meine Schultern gelegt hatte, tröstender Weise zum Tanzen auszuführen. Und zwar, weil ihr arroganter Arsch von einem Freund mit ihr Schluss gemacht hatte. Die Dame, um die es hier eigentlich geht, hatte ich wohlweislich darüber informiert und sie gefragt, ob sie mitkommen wolle. Wollte sie nicht, sie hatte es im Hals, so wie sie sagte.

Ich bin mir nicht mehr ganz sicher, ob in unserem hintergebirgigen Heimatlandstrich die Redewendung „so einen Hals haben" zu jener Zeit bereits bekannt war. Das Ganze ist ja nun auch schon wieder fast ein Vierteljahrhundert her. Aber wie ich heute mit dem Abstand meiner reifen Jahre und jeder Menge an Erlebnissen, Büchern und Rotwein zu sagen weiß, spielt uns unsere Psyche so manchen wohlgemeinten Streich. Und selbst wenn sie (die Dame) damals noch keinen solchen Hals *kannte*, so *hatte* sie gewiss einen und das hatte sich psychosomatisch an der richtigen Stelle manifestiert.

Ich arroganter Schnösel ließ sie also wo sie war, ging mit der anderen tanzen und wähnte fast schon zwei Eisen im Feuer, sprich zwei Damen an der Hand zu haben.

Infolge dieser Fehleinschätzung angelte sich die große Liebe halt diesen Typen und die andere Tussi landete auch irgendwie wieder bei ihrem arroganten Arsch von einem Freund.

Ich dummdämlicher Affe hatte von alldem nichts mitbekommen, denn ich war ohnehin die meiste Zeit nicht da. Nämlich ich diente meinem Vaterland in herausragender Weise, indem ich ab und zu auf ein Schiff aufpasste, das sich zu dieser Zeit überwiegend im Hafen oder in der Werft aufhielt. Diese Tätigkeit hatte ich mir ausgesucht, weil unser hintergebirgiger Heimatlandstrich zwar über liebenswerte Menschen, deren einen ich ja tatsächlich liebte, weiterhin über Berge, Forste, Rinder, Hunde, Katzen und Pferde, auch sonstiges Getier, aber wenig Abwechslung verfügte und ich in spätpubertärer Manier auf See zum Manne zu reifen gedachte.

Stattdessen passte ich also auf diesen Kahn auf, schipperte wohl gelegentlich auch mal damit die Küste entlang. Weil erst noch ausprobiert werden musste, ob es auch gut war, das Schiff, oder eher: das Boot.

Ich war also jedenfalls nicht da, und darum hatte die große Liebe wohl auch gefunden, dass sowieso wenig zum Schluss machen vorhanden sei und diesen Umstand keiner weiteren Erwähnung für würdig erachtet.

Immerhin, der Briefverkehr klappte zu jener Zeit noch vorzüglich und so schrieben wir uns weiterhin in schöner Regelmäßigkeit Briefe, die an dem Gefühl, uns gut zu kennen und gern zu haben, nichts zu wünschen übrig ließen.

Und so kam es nicht von ungefähr, dass ich die in einem ihrer Briefe enthaltene Redewendung „ich mag Dich" (die Dame hatte offensichtlich keinen Hals mehr) als Ausdruck der innigen Zuneigung empfand und meinerseits im hohen Norden auftaute, gleichsam den sorgfältig gehegten Gefühlspanzer ablegte und mit dem Zug gen Heimat fuhr, der jungen Dame meine tiefe Liebe zu gestehen, und sie zu bitten, mir alle Blödheit zu vergeben und die Meine zu sein, für immerdar.

Fast schon, aber eigentlich tatsächlich mit zittrigen Knien harrte ich ihrer an der Ecke des Musikschuppens, der in jenen längst vergangenen Tagen den Bewohnern unseres Heimatgebirges zum Abrocken diente.

Ein friedfertiger Freund, der sich freute, mich zu sehen, stand auch da, sah sie und sagte: „Sieh an, da kommt die Edeltraut mit ihrem neuen Anhang!"

Sie heißt natürlich ganz anders, aber der Satz entfaltet seine Wirkung besser, wenn dort ein Name steht, auch wenn er nicht stimmt.

Ich werde in dieser Erzählung also weiterhin von der Dame, der überirdischen Schönheit, der großen Liebe, der Angebeteten, dem wundervollen weiblichen Wesen, der tief verletzten, unsicheren jungen Frau oder der blöden Kuh sprechen, und Sie wissen, wer gemeint ist.

Die Dame kam also, an ihrer Seite dieser Typ, und mein Herz sank ins Bodenlose. Aufgrund angeborener Tapferkeit blieb ich und durchlebte einen der beschissensten Abende, die mein blödes Hirn zu vergessen sich weigert.

Noch etwas draußen rumstehen. Energie sammeln. Tun, als ob alles okay wär. Reden. Reingehen. Unbeteiligt gucken. Der Schuppen ist in Halbdunkel und laute Musik getaucht. Recht eng auch. Viele Leute. So schnell siehst du hier keinen. Auch keine Eile damit. Ihr hennagefärbtes Gewuschel von Haar ist trotzdem auszumachen. Kommt mir entgegen. Sehr eng, der Laden. Bin ein bisschen größer als sie. Sehe sie nicht, kann bequem über sie drüber gucken, als wir uns dicht aneinander vorbei drängen. Suche wen. Finde niemanden. Sie kommt zurück. Jetzt wäre es lächerlich, sich nochmal nicht zu sehen. Sie „entdeckt" mich ebenfalls:

„Hi! Du hier?"

„Äh, ja. In der Tat."

„Das ist ja geil, wir haben uns ja schon seit Wochen nicht mehr gesehen!"

„Ja, stimmt."

„Und, was machst du?"

„Eigentlich bin ich gekommen, weil ich in den letzten Wochen kaum noch ruhig schlafen konnte und über alles und uns nachgedacht habe und mir alles so ungeheuer leid tut und ich in der ganzen Zeit an dich und nur noch an dich denken konnte und wollte und, falls du es gemerkt hast, diese vielen kleinen Andeutungen in meinen Briefen genau das sagen sollten, denn wie du weißt, fällt es mir ungeheuer schwer, über Gefühle zu reden und daher habe ich diese Form der Kommunikation gewählt, weil ich weiß, dass du gerne Briefe von mir bekommst und auch zwischen den Zeilen lesen kannst, dachte ich, und auch wenn Frauen gerne mehr und eindeutigere Liebesbeweise haben wollen, kann ich einfach nicht mehr, als dir jetzt und hier zu sagen: Ich liebe dich! Ich liebe, liebe, liebe dich! Bitte, bitte, lass mich jetzt hier nicht so stehen, ich habe dich vorhin mit diesem Kerl hier gesehen und da ist mir das Herz fast in der Brust zersprungen und das Einzige, worum ich dich jetzt bitte, ist, mir zu sagen, ob es wirklich, wirklich aus ist zwischen uns. Dann will ich auch wieder gehen und dir vorher alles Glück dieser Erde wünschen. Aber bitte, bitte, sag mir, was du fühlst und… ach, ich kann nicht mehr… ich bin ein Depp, ein Oberdussel… aber könntest du vielleicht trotzdem… mich… lieben? Trotzdem? Wenn du mir verzeihen kannst?"

Leider war es in dem Laden viel zu gedrängt, zu laut, zu verräuchert, zu dunkel und sie zu klein, als dass so eine Rede möglich gewesen wäre. Ihr die Worte in gebeugter Haltung in eines ihrer Ohren zu schreien. Hinzu kam, dass ich trotz allen jeansjackigen, kragenhochgeklappten Rebellentums viel zu konservativ, das heißt, zu zurückhaltend, selbstverleugnend und verklemmt erzogen worden war, als dass ich auch nur einen der soeben niedergeschriebenen Sätze über die Lippen gebracht hätte. Sie können also den ganzen sentimentalen Sermon getrost überspringen, denn das habe ich nie gesagt.

Scheiß Erziehung.

Also, so keine Gefühle, zumindest nicht Traurigkeit oder Liebe in der Öffentlichkeit zu zeigen. Entsprach nicht den Konventionen des neunzehnten Jahrhunderts, mit denen ich noch gründlich in Elternhaus und Grundschule geimpft worden war.

Im zwanzigsten Jahrhundert, während meiner Grundschulzeit, galt dann, keine Gefühle zu zeigen, weil man sich damit angreifbar macht. Und wer sich angreifbar machte, wurde auch angegriffen, da half alle weichgespülte Siebzigerjahrepädagogik nichts. Das überzogene Pathos des neunzehnten Jahrhunderts wurde vom Zynismus des Zwanzigsten abgelöst, wobei man sich darüber streiten kann, was da besser und was schlechter ist. Gefühle? Ha!

In jedem Fall zeigte ich also keine. Indianer kennen keinen Schmerz. Der Spruch ist jetzt bestimmt auch schon als Ethnien diffamierend gebrandmarkt. Mir egal, echt jetzt. Political Correctness ist ungefähr so was wie institutionalisiertes Christentum. Also verlogen bis zum Geht-nicht-mehr. Und ich sage auch weiterhin Negerkuss. So, jetzt wissen Sie's.

Meine liebste Spielfreundin bei meiner Oma, wenn ich die besuchte, war so dunkelhäutig, wie die schwarze Tochter weißer Adoptiveltern nur sein konnte. Und wissen Sie was? Das kam bei unserem Spielen noch nicht mal zur Sprache! Das war vollständig irrelevant. Und manchmal saßen wir zusammen bei meiner Oma auf dem Sofa und futterten Negerküsse. Ich diffamiere keine Ethnien, und nach meiner Cowboyphase wollte ich dann irgendwann lieber Indianer sein. Und ein solcher kennt eben keinen Schmerz, so.

Obwohl andererseits, physiologisch betrachtet ist er doch nicht ganz korrekt, der Spruch. Es müsste vielmehr richtiger heißen: Ein Indianer *zeigt* keinen Schmerz, zumindest, solange er noch in vertretbarem Rahmen ist. Also der Schmerz jetzt, nicht der Indianer. Das immerhin lässt sich anhand von Kulturstudien des neunzehnten Jahrhunderts belegen. Hatte halt trotzdem auch seine guten Seiten, dieses Jahrhundert.

Ich war ein Indianer. Oder ein Ritter des europäischen Abendlandes. Oder beides. Also zeigte ich keinen Schmerz gegenüber dem geliebten Wesen und sagte als Antwort auf ihre Frage „Was machst du?":

„Paar Leute treffen. Wir sehen uns dann, ja?"

„Ja, mach's gut. Tschüss!"

„Tschüss."

(Raus).

Die Stimmung, in die sowohl der mäßig Kluge als auch der mäßig Unkluge verfallen kann, ist erstaunlich. Wieso es dem halbwegs im Anstand verhafteten Menschen dann noch gelingt, eine annähernd aufrechte Haltung einzunehmen, ist ebenfalls erstaunlich.

Jedoch, es geht, und um es gleich mal vorweg zu nehmen: Der Mensch stirbt im Allgemeinen nicht an unerwiderter Liebe, das geht alles irgendwann vorbei. Und auch wenn die entsprechenden Augenblicke bis zur Ekelhaftigkeit reifen können und wie zu lange gekautes Kaugummi im Kiefer schmerzen; es kann nicht genug betont werden: Beim auch nur halbwegs gesunden Menschen geht das vorbei, es kommen hellere Tage.

Und für nicht so halbwegs gesunde Menschen gibt es Profis. Auch ich habe durchaus schon bei einer Professionellen auf dem Sofa gesessen und allein schon durch Erzählen Erstaunliches herausgefunden. Ist gar nicht schlimm, keine Schande und man darf sich ruhig trauen. Gerade habe ich mich übrigens angreifbar gemacht, haben Sie's gemerkt?

Also noch mal: An unerwiderter Liebe stirbt man nicht. Da muss man schon selber Hand anlegen.

Es traf sich daher vorzüglich, dass mir das geheiligte Vaterland zwecks besserer Ausübung meiner Pflichten einen nicht unbeträchtlichen Ballermann zur Verfügung zu stellen pflegte. Doch davon später. Ich sah die Edeltraut an diesem Wochenende nicht mehr wieder, stieg in den Zug und fuhr gen Norden.

Nach einer mehr als unerquicklichen Zugfahrt, weil zu lang und zu viel Zeit zum Fühlen und Nachdenken, wieder in flachen Gefilden und an den Gestaden der Ostsee zurück, wurde mir der Dienst auf dem Boot so sehr zuwider, dass ich Vegetarier wurde. Naja, das wurde ich natürlich eher wegen ihr. Durch sie. Für sie. Um mich nachträglich ihrer doch noch würdig zu erweisen, ihr, die mir einmal in eben jenem Musikladen beim Verzehr eines Schnitzels zugesehen und durchaus ein nachdenkliches Gesicht dabei aufgesetzt hatte. Also wurde ich so was wie ein Vegetarier, um ein Andenken an sie zu bewahren. Um ihr, der Angebeteten, gleich zu sein, oh ja.

Dann entsann ich mich des immer noch ausgezeichnet funktionierenden Postsystems und schrieb ihr im Zustand einer bis dahin noch nie gekannten Traurigkeit einen derartig von tiefem Gefühl und Liebeskummer überladenen Brief, dass mir noch heute das Grausen kommt, wenn meine Verdrängungsmechanismen versagen. Was sie leider andauernd tun.

Das tränendrüsige Erzeugnis trauerte vergangenen Zeiten hinterher und beklagte den Verlust der Vertrautheit. Drückte zudem auch die

Sorge aus, sie könne schlecht von mir denken und reden. Auch wenn sie damit sicherlich in Teilen Recht gehabt hätte. Das war mir tatsächlich trotz allem eine zusätzliche Sorge.

Jedoch um sie gekämpft, ihr durch Worte und Taten bewiesen, dass ich sie liebte, für sie da zu sein, auch, wenn das mit dem Typen zum Beispiel nicht klappte (dessen war ich mir übrigens sicher), das habe ich nicht getan.

Der Antwort harrend, die da kommen sollte, gelang es mir, den Alltag unbeschadet zu überstehen. Zwei Tage später sah ich dann jenen Bootsmitbewohner die Pier entlang kommen, der an diesem Tag den Gang zur Geschwaderverwaltung gemacht, und dabei Post hin- als auch zurückbefördert hatte.

Ich war gerade in der Ausübung einer anderen Dienstobliegenheit befangen, nämlich die Schiffsglocke zu putzen, als ich seiner gewahr wurde und ihm aus überhöhter Position zurief:

„Na, hast du Post für mich?"

Er legte den Kopf in den Nacken und rief zu mir empor:

„Kennst du eine Edeltraut Schneider?"

Sie heißt natürlich immer noch anders, aber das tut nichts. Mich durchzuckte quasi ein elektrischer Blitz, denn es war ja niemand anders als die Dame, meine große Liebe, die postwendend geantwortet hatte.

Also entfernte ich mich von meinem Posten, der Glocke, nahm den Brief in Empfang, begab mich ins Innere unserer wasserbürtigen Wohnstätte und las die in der unverwechselbaren, schönen, weiblichen Handschrift dieses göttlichen Wesens geschriebenen Worte:

„Lieber Ralte,
so kenne ich Dich gar nicht. Ich hätte nie geglaubt, dass Du solche Empfindungen hast. Ich hatte gedacht, zwischen uns sei alles klar…"

… und so weiter. Die eine oder der andere unter Ihnen mag dergleichen auch schon in Händen gehalten haben.

Sie sicherte mir dann den Erhalt einer gewissen Vertrautheit sowie die Nichtabsicht, schlecht von mir reden zu wollen, brieflich zu. Was genau betrachtet dem entsprach, was ich erbeten hatte. Insofern war alles gut und folgerichtig. Gegen Ende kam das Übliche von Freunde bleiben und so.

Nun denn, Ihnen brauche ich da gewiss nichts großartig zu erzählen. Die Sache war klar. Sie hatte den langhaarigen Typen und ich das Nachsehen.

Alles kein Problem, so ist es halt, das Leben, möchte man denken und erstens hatte ich mich entsprechend verhalten und zweitens einer anderen Dame noch früher einen sehr viel derberen Korb überreicht. Somit kann man das alles ganz getrost als gerechten Gang der Dinge betrachten.

Wäre da nicht die Seele des Jünglings, dieses unausgereifte Ding. Oder sagen wir mal, nicht die Seele des Jünglings, sondern die Psyche des heranwachsenden Menschen.

Um den Kummer zu betäuben, sehnte sich diese nach anderweitiger Erfüllung, Regung, Beachtung, allem Möglichen. Sie wusste nur noch nicht, was genau.

Ich saß nach Dienstschluss auf meiner Koje und grübelte. Was war zu tun?

Mancher steigt dann aufs Motorrad und baut Scheiße. Oder probiert, wieviel er von seiner Lieblingsdroge einpfeifen kann. Oder provoziert sonstigen Ärger. Solches lag mir fern und entsprach nicht den professionellen Regeln des Berufes, den ich ergriffen hatte. Es musste schon etwas anderes her, zumal ich damals über kein Motorrad verfügte.

Nun war dummerweise auch kein humanitär gerechtfertigter und politisch korrekter Krieg in Sicht, aus dem ich medaillenübersät hätte heimkehren können … oder eben auch nicht, oder beziehungsweise, sogar gar nicht. Diese Möglichkeit muss dem Interessierten stets bewusst sein.

Das heißt, es gab schon einen Krieg, in Jugoslawien nämlich, und es wurde hin- und herüberlegt, wie man dort das damals zu äußerer Stärke neu erwachte Vaterland im Sinne humanitärer militärischer Intervention einbringen könne. Da jedoch in der Region keine nennenswerten Bodenschätze vorhanden sind und die Gegend strategisch auch nicht von besonderer Bedeutung schien, durften sich die Menschen dort jahrelang gegenseitig umbringen, ohne dass es größer interessiert hätte. Die internationale Staatengemeinschaft hielt ob der dort verübten Grausamkeiten den Atem an, was sie in solchen Fällen meistens tut. Kann sie übrigens verdammt lange, die internationale Staatengemeinschaft.

Es gab aber auch keine sonst wie geartete Katastrophe als Bewährungsmöglichkeit, um mein Ansehen vor allem vor mir selbst wieder aufzubauen.

Und sonst? Was konnte ich? Das Gitarrenspiel hatte ich weitgehend verlernt. Und dabei war es doch gerade die Gitarre gewesen, die mir ehedem den einen oder anderen Flirt beschert hatte. In jener, zum Glück längst vergangenen Zeit hatte man noch nicht gewusst, dass man, anstatt sich selbst zu verbiegen und an seinen Schwächen zu arbeiten, man doch durchaus man selbst bleiben und an seinen *Stärken* arbeiten darf. Obwohl andererseits wiederum die eine oder andere Schwäche durchaus der Bearbeitung würdig ist.

Das war die Lösung!

Wenn schon kein Motorrad zum sich Totfahren da war, würde ich also an meinen Schwächen arbeiten. Dem Verzehr von Fleisch, dem Konsum von Alkohol und der Unsportlichkeit. Sobald ich mich aufraffen konnte, würde ich das tun.

Erst mal jedenfalls machte ich ein Bier auf. Und dann noch eins. Und dann noch eins. Ich hatte Angst vor dem Wachliegen und Grübeln.

So vergingen mehrere Tage. Der imaginäre, mit schwarzem Geschnörkel bepflasterte Trauerzug latschte unter unsäglicher Musik in meiner Jünglingsbrust im Kreis und nervte irgendwann dergestalt, dass schon das Aufstehen morgens zur Qual wurde.

Ein Abend

Alles Bier half nicht. Ich lag immer lange wach und kam ins Grübeln. Woher kam diese Unfähigkeit, sich der geliebten jungen Dame zu öffnen? Über so etwas simples, wie Liebe zu reden. So etwas kompliziertes, wie Liebe. Wie auch immer.

Meine Erziehung, Sozialisation und Schulbildung hatte in der segensreichen Zeit der späten Siebziger und Achtziger stattgefunden. Damals hatte aus jedem ein empfindsamer, verständnisvoller und offener Mensch zu werden. Und wehe, wenn nicht.

Allerdings, in der rückständigen Grundschule meines Heimatdorfes war man anfangs noch nicht so weit. Ich meine bezüglich der Diskussionen und so. Dort wurde nach der letzten Schulstunde noch gebetet. Bei einer im Schuldienst ergrauten Dame, die in ihrem grauen Rock und hochgeschlossener, weißer Bluse vor uns stand und sprach:

„Gott mag die Lüge nicht. Und wenn ihr lügt, dann leuchtet unter eurer Zunge ein ganz feines silbernes Kreuz auf."

Ja, so war das.

Missetätern pflegte sie zwischen gekrümmtem Zeige- und Mittelfinger die Wange umzudrehen. Irgendwie waren wir bei ihr ziemlich artig. Aber sie meinte es ehrlich mit uns. Famose Dame. Das neunzehnte Jahrhundert ließ grüßen.

Und das war alles harmlos im Vergleich zu den Praktiken eines kinderhassenden Psychopathen. Dessen Spezialität war das An-den-Ohren-in-die-Höhe-ziehen-und-dann-schütteln. Auch vermochte er mit der flachen Hand durchaus spürbare Schläge auf den Hinterkopf auszuteilen. Seine größte Begabung zeigte er jedoch darin, einzelne, die er sich aussuchte, vor der ganzen Klasse wiederholt bloß zu stellen und sie zielsicher zu Außenseitern zu machen. Ich kann mich noch ganz genau daran erinnern, denn ich war eines seiner vorrangigsten Ziele.

So stand er vor uns, die ledrige Raucherhaut sonnengebräunt, nach einem aufdringlichen Aftershave und kalter Zigarette riechend und schaute aus stahlgrauen Augen um sich. Die Füße steckten meist in beigen Segeltuchschuhen, darüber weiße Tuchhosen und babyblaue Polohemden mit weißem Saum und weißem Kragen. Seine Schultern waren keineswegs breiter als die Hüften. Die sportliche Aufmachung hatte er aus den siebziger Jahren herübergerettet. Sie täuschte nicht darüber hinweg, dass er sich schon an den Rand seiner Gesundheit geraucht hatte. Seine körperliche Überlegenheit kam einzig aus der Tatsache, dass er Vierzig und wir Zehn waren. Diese Überlegenheit kostete er aus. Und zwar besonders gerne an mir.

Zugegebenermaßen war ich ein schwieriges Kind. Raufboldig und aufmüpfig. Und ich tat ihm überdies nicht, oder nur ganz selten, ein-

oder zweimal, den Gefallen, vor der Klasse in Tränen auszubrechen. Was allerdings wiederum auch seine Aggressionen körperlicher, verbaler, vor allem aber psychischer Natur keinesfalls zu stillen vermochte, sondern eher im Gegenteil.

Aber es gab nur zwei Alternativen: Zu weinen oder sonstwie Verletzung zu zeigen und noch mehr Gelächter der Mitschüler heraufzubeschwören. Oder zu schweigen und noch mehr Gemeinheiten dieses Menschen zu ertragen. Letzteres erschien mir angebrachter. Ihn, den einzelnen, konnte ich hassen, meine Altersgenossen nicht. Denn eigentlich wollte ich doch irgendwie zu ihnen gehören.

Was half es, wenn ich die eifrigsten Spötter zu verschiedenen Gelegenheiten ordentlich in den Schwitzkasten nahm. Sie hörten solange nicht auf, mich mit Spott zu belegen, bis ich doch ein bisschen zu sehr zudrückte, oder Ohrfeigen verteilte. Allein, jemanden so gründlich zu misshandeln, dass dieser sich in Zukunft vor mir gehütet hätte, das tat ich nicht. Es blieb eine Hemmung, andere wirklich zu verletzen. Diese Hemmung jedoch wurde nie zu meinen Gunsten ausgelegt.

„Der Raltebrandt hat mir wehgetan!" wurde zu einer der häufigsten Beschwerden auf dem Schulhof.

Die verachteten Heulsusen rannten dann, von mir selten verfolgt, zielbewusst meist zu eben jenem Lehrer, der danach langsam und mit sadistischem Lächeln auf mich zukam.

Ich hatte oft Gelegenheit, zu zeigen, dass ich nicht so leicht heulte. Sehr oft. Ihm machte es Spaß. Manchen meiner Mitschüler auch, was sie durch freudig erregtes Gelächter bekundeten. Und das wiederum führte dazu, dass sie bei passender Gelegenheit wieder im Schwitzkasten landeten.

Ich kann also aus eigener Erfahrung sagen, dass Züchtigung durch Zufügen körperlicher Schmerzen kaum Erziehungserfolge zeitigt, da man sich an solche Schmerzen recht schnell gewöhnt (Indianer, Sie wissen schon). Weiterhin kann ich feststellen, dass die öffentliche Bloßstellung eine sehr viel effektivere Methode ist. Wiederum keinesfalls beim Erziehungserfolg, da so etwas auch beim Zehnjährigen entweder Unsicherheit oder blanken Hass oder beides erzeugt. Aber darin,

Wunden von Dauer zu schlagen, ist das Gelächter von Mitschülern sehr effektiv.

Und lachen taten die meisten. Einige wenige, weil sie froh waren, gerade nicht selber dran zu sein (auch ich lachte dann manchmal), einige wenige aus echter, herzlicher und unverdorbener Schadenfreude, die meisten aber wohl eher aus Verlegenheit, weil sie nicht wussten, wie sie sich sonst verhalten sollten. Wie gesagt, diese Art der Bloßstellung kann weitaus schwerer wiegen, als Züchtigung durch Zufügen von körperlichem Schmerz. Und falls ich mich fragte, was im jungen Menschen eine derartige Aversion gegen das Zeigen von Gefühlen hervorrufen kann, dann wuchs langsam eine Erkenntnis.

Statt also zu weinen, guckte ich Kanake (seine Worte) ihn eher an, wie ein abgeblendeter VW (auch seine Worte).

Auf dem Schulhof war eine, wie ich fand, unter Jungs ganz normale Rauferei im Gange gewesen. Aber die Spielregeln hatten sich unmerklich geändert. Früher waren Schimpfworte mit einem Gegenschimpfwort oder einem ritualisierten Gerangel zu beheben gewesen. Jetzt hatten Beleidigungen einen anderen Ton. Sie sollten verletzen. Der Trick bestand darin, sich nichts anmerken zu lassen. Bei entsprechender Gelegenheit konnte dann auf ähnlichem Niveau abgerechnet werden. Dieses Spiel beherrschte ich nicht. Wenn ich nach einer Verbalattacke laut wurde oder zum Angriff über ging, war ich der Aggressor, ganz gleich, wie das angefangen hatte. So sah es unser Klassenlehrer.

Und nun saß er gemütlich zurückgelehnt hinter seinem Pult und arbeitete die letzte große Pause erzieherisch auf.

„Neben dir müssten immer so zwei Schlägertypen hergehen. Und sobald du mal nur so ein bisschen vom Schulweg abweichst oder auch nur das Gesicht verziehst, müssten die dir sofort eins in die Fresse hauen", sagte er zu mir. Die Klasse lachte.

„Oder vielleicht so schön ganz langsam den Arm umdrehen", sagte er, wobei er die Geste des Armumdrehens nachahmte und grinste. Die Klasse lachte.

„Jetzt guckt mich der Kanake hier wieder an wie ein abgeblendeter VW", sagte er. (Meine beginnende Kurzsichtigkeit ließ sich nicht mehr verleugnen, eine Brille hatte ich noch nicht). Die Klasse lachte.

Er stand auf und kam auf mich zu.

„Hörst du vielleicht mal auf, so dämlich zu gucken, du Penner?" fragte er.

Ich schwieg.

Er griff mich am Ohr, zog mich in die Höhe, drehte das Ohr in verschiedene Richtungen, riss es hin und her und brüllte:

„Dich krieg ich auch noch klein, du Drecksack! Du Zigeuner, mit deinen schwarzen Haaren!"

Er zog mich herunter, so dass ich eine Verbeugung vor ihm machen musste. Dort zerrte und schüttelte er weiter.

„Hörst du? Ich krieg dich klein!" brüllte er. Dann ließ er unvermittelt los und ging langsam wieder zum Pult zurück.

Ohne an das hämmernde und glühende Ohr zu fassen, versuchte ich die Tränen zurück zu drängen.

„Sie bestimmt nicht", sagte ich.

Er blieb stehen und atmete tief ein. Dann drehte er sich langsam um und ging wieder auf mich zu. Ich kriegte einen Schreck und machte mich auf die nächsten Schmerzen gefasst.

Aber kurz vor mir blieb er stehen und winkte ab.

„Ach, bei dir ist wahrscheinlich schon jetzt Hopfen und Malz verloren. Du wirst mal als Penner enden. Bist du ja schon."

Er drehte sich wieder zur Klasse.

„Ist er nicht ein Penner?"

Die Klasse lachte.

„Siehst du? Deine Klassenkameraden haben das alle schon erkannt. Siehst du? Guck dich doch mal um. Na los, guck dich um."

Ich schwieg.

„Guck dich um!" brüllte er.

Ich sah mich um.

„Ist der Typ hier ein Penner?" fragte er.

„Ja", antwortete die Klasse, die einen lauter, die anderen leiser.

„Ha! Du Kanake", sagte er.

Dann ging er zum Pult zurück und fing an, sich unsere Nacherzählungen eines Gedichtes vorlesen zu lassen, die wir als Hausaufgabe aufgehabt hatten.

Mit leicht zitternden Fingern meldete ich mich.

„Nää, deinen Mist will hier keiner hören", sagte er und guckte über mich hinweg, als sei ich nicht da. Die Klasse lachte, wenn auch nicht mehr ganz so enthusiastisch.

So was in der Art kam gelegentlich mal vor. Nicht jeden Tag. Bloß ab und zu.

Als diese verbeamtete Fehlbesetzung wieder einmal einen anderen von seinen Lieblingszielen mehrmals hintereinander als Kanake bezeichnete, meldete ich mich. Mein Arm blieb oben, bis der Typ mit seiner Zeremonie fertig war.

„Was gibt es denn jetzt noch?"

Ich wies diesen sogenannten Pädagogen darauf hin, dass die Kanaken ein stolzes Südseevolk seien, die auf kleinen, selbstgebauten Booten zur See führen. Das war mir aus einer Fernsehreportage bekannt. Seinem Gesichtsausdruck nach zu urteilen, hatte er von diesem Volk noch nie gehört. Jedoch ganz im Geiste der auch heute noch in Industrie, Politik und Militär praktizierten Methode, Fehler nicht zuzugeben, sondern pseudosachlich zu verbrämen, wurde ich in sehr ruhigem Tonfall belehrt:

„Dieses Wort hat sich im Laufe der Jahre so eingebürgert, um ein Missfallen an jemandem auszudrücken. Und dabei ist es gar nicht so sehr als Beleidigung gedacht. Weder gegen diese Menschen in der Südsee, noch gegen denjenigen, den man so nennt. Verstehst du?"

Ich nickte. Er hatte gerade ziemlichen Dünnschiss erzählt. Das muss ihm selbst klar gewesen sein. Wir machten weiter im Unterricht.

Dieser fehlverbeamtete Mensch war im Schuldienst eigentlich untragbar, ohne dass jemand etwas dagegen unternommen hätte. Die Bigotterie einer pseudochristlichen, im Geiste rückständigen Schule zeigte sich hier auf das Vortrefflichste.

Merkwürdigerweise war er in seiner Notengebung keineswegs unfairer als andere Lehrer. So zerstreute sich diese vierte Klasse im nächsten

Schuljahr auf verschiedene Schulen und ich war einen Großteil der Spottdrosseln, Petzen und Verleumder los.

Nun zeigte sich aber, dass etwas zurückgeblieben war. Anderen gegenüber zwanglos und offen sein, das ging nicht. Ich blieb ein Außenseiter, der sehr schnell in der gleichen Rolle wie vordem steckte. Ich war allein. Und wollte es bleiben.

Wenn Jungs dann ab einem gewissen Alter Scheiße mit Schießpulver bauen, dann zumeist, weil sie es knallen und qualmen lassen wollen. Ich tat es, weil ich diesen perversen Menschen umbringen wollte. Ich ging methodisch vor und suchte in einschlägiger Literatur nach Rezepten für Schwarzpulver. In geheimen Listen wurden die Zutaten und ihre empfohlenen Mischungen für spätere Versuche sortiert. Dann stahl ich mir zu diversen Gelegenheiten eben diese Ingredienzien zusammen. Das Schwierigste war der Salpeter, und da mir damals der Unterschied zwischen zwei bestimmten Elementen noch nicht klar war, glaubte ich, im Pökelsalpeter ein geeignetes Mittel zu haben. Natürlich war dem kein Erfolg beschieden, und wenn die Häufchen meiner Mixturen, die ich angezündet hatte, abgebrannt waren, blieb stets eine zähe Masse von Verbrennungsrückständen zurück.

Dieselben Mixturen erzeugten auch, wenn sie aus einem illegal beschafften Vorderlader abgefeuert werden sollten, keinen „KNALL", sondern eher ein „pömpf", was anzeigte, dass das Spielzeugzündhütchen seine Energie sinnlos vermuffelt hatte. Dann musste eine Sicherheitswartezeit von mindestens zwei Minuten eingehalten werden. Und dann wurde die Waffe wieder einmal umständlich von ihrer tauben Ladung befreit. Dennoch machte ich weiter. In meinem mittlerweile zwölfjährigen Gehirn war der Gedanke an die Tötung meines früheren Peinigers zur festen Größe geworden.

Sehr zu seinem Glück hörte ich in einer weiteren Fernsehreportage etwas von einer sogenannten Verjährung. Im Falle dieser Reportage sechs Jahre. Die Grundschule hatte ich mit zehn beendet. Also nahm ich mir vor, wenn ich ihn bis zu meinem sechzehnten Lebensjahr noch nicht erledigt haben sollte, würde ich ihn leben lassen. Ich muss es betonen, sehr zu seinem Glück. Denn zwar war ich in der Schule rundherum eine Pfeife, was aber nicht besagt, dass ich nicht doch Ahnungen und Kenntnisse erworben hätte. Neben Geschichte war meine heimliche Leidenschaft die Chemie, ohne dass ich es in einer der beiden Fächer je zu nennenswertem schulischen Erfolg gebracht hätte. Jedoch wurde mir durch unseren Chemielehrer die Bezeichnung „Chaotenchemiker" zuteil, was wahrscheinlich einer gewissen Berechtigung nicht entbehrte.

So war ich irgendwann durch kriminelle Energie in den Besitz einer Substanz gelangt, die ich hier nicht nennen möchte. Es war mir jedoch möglich, erstens zu erkennen, dass diese Substanz der Verbrennung viel Sauerstoff zur Verfügung stellen konnte. Und dies aufgrund der niedrigeren Bindungsenergie auch sehr viel schneller als der klassische Salpeter. Die schnellere Verbrennung würde auch eine schnellere Ausbreitung der Explosionsgase zur Folge haben, was die Geschosswirkung zweifellos erhöhen musste. Entsprechende Experimente bestätigten, dass mir plötzlich ein hochwirksamer Sprengstoff zur Verfügung stand, der, wenn aus besagtem Vorderlader verfeuert, eine Kugel zum Durchschlagen eines dicken Buchenscheites beschleunigen konnte. Sehr zum Glück meines Feindes hatte ich das sechzehnte Lebensjahr da schon überschritten.

Und sehr zu meinem Glück gingen die folgenden Wahnsinnsexperimente allesamt glimpflich aus. Denn ich brauchte mir nicht einzubilden, etwas Neues entdeckt zu haben. Der große Chemiker Lavoisier war schon im achtzehnten Jahrhundert auf den gleichen Gedanken verfallen, als den Truppen der Französischen Revolution im Kampf gegen die Frankreich umgebenden alten Regime das Pulver knapp wurde. Man rückte von diesem Pulverbestandteil jedoch raschestens wieder ab, nachdem sich herausstellte, dass die Kanonen dem infernalischen Sprengdruck nicht lange Stand hielten.

Wir hatten also beide Glück gehabt, mein Feind und ich. An dieses Jahr, als dieser Mensch unser Klassenlehrer war, denke ich jetzt nur noch mit leisem Abscheu zurück.

Erstaunlicherweise gab es unter dieser Versammlung von Lehrversagern auch Ausnahmen, die die ihnen anvertrauten Kinder tatsächlich als ihre Schüler wahr- und als Menschen ernstnahmen. Zum Beispiel die alte Dame mit dem christliche Eifer und dem Wange Umdrehen (sei ihr verziehen, dabei lachte wenigstens niemand). Weiterhin ein junger, motorradbegeisterter Mensch, der die Prinzipien einer modernen Pädagogik umsetzte und lebte. Leider lebte er nicht allzu lange, da er seine Motorradbegeisterung dazu benutzte, um sich versehentlich viel zu früh umzubringen. Das geschah sehr viel später, und ich habe es sehr bedauert. Der Psychopath lebt meines Wissens nach immer noch. Aber wissen Sie was? Ich merke gerade, dass ich abschweife.

Also der Brief von Traudl. Wie aus dem Gesagten hervorgeht, war es mit meiner Fähigkeit, Gefühle zu zeigen, nicht weit her. Was nicht bedeutet, dass ich etwa keine gehabt hätte. Meine Reaktion war jedenfalls ein ungeahnter Anfall permanenter Traurigkeit. Die zeigte sich kaum anders, als dass in mich alkoholische Getränke gegossen wurden. Meistens machte ich das selber.

Und jetzt kommt wieder so eine Story, die zeigt, dass eigentlich genau ich zu den Allerletzten gehöre, die sich in moralischer Hinsicht anderen überlegen fühlen dürfen:

Wir, das heißt die Besatzungen der sogenannten Boote, hatten einen bestimmten Luxus. Auf den Booten verfügten wir über eine Koje mit Spind. An Land gab es für uns außerdem in Kasernengebäuden aus rotem Backstein eine Stube mit Bett und Spind. Das wurde die Bootsstube genannt. Meistens teilten sich zwei Leute eine Bootsstube, was ein Fortschritt gegenüber den üblicherweise acht Leuten pro Stube in der Grundausbildung war. Nach den drei Monaten Grundausbildung waren wir zwecks Erlernen weiterer Finessen für wiederum drei Monate nur noch vier Leute pro Stube. Und jetzt eben zwei. Die Unterbringung wurde immer luxuriöser.

Mein Bootsstubenmitbewohner war vorher bei der Fremdenlegion gewesen. Es existierten eine Anzahl Fotos, drei Orden, zwei schwarze Schulterklappen mit je drei grünen Winkeln drauf und ein Opinel-Taschenmesser mit dem Aufdruck LEGION ETRANGERE. Die Story war somit als glaubhaft belegt zu betrachten. Er war etwa einen halben Kopf größer als ich und mindestens eine ganze Schulter breiter. Seine Stimme war tief und heiser. Seine Worte sprach er in einer langsamen

Bedächtigkeit aus, als wenn sie stets sorgsam abgewogen und daher von einer gewissen Endgültigkeit waren.

Zwei Jahre früher, nach einem nächtlichen Fallschirmabsprung im Irak, war seine Einheit in einer völlig anderen Gegend als vorausberechnet gelandet. Diese Gegend sollte erst noch durch eigene Kräfte aufgeklärt werden. Und die wussten natürlich nicht, dass da vorne die eigenen Leute unauffällig im Gelände verteilt waren. In der allertiefsten Finsternis fuhr ihm dann ein leichter Spähpanzer über den linken Fuß. Weil das Unfallfahrzeug tatsächlich nur von leichtgepanzerter Natur war, und auch wegen des lockeren Sandbodens, existierte der Fuß weiter. Allerdings gereichte ihm die lange Genesungszeit zu einer vorzeitigen Kündigung seitens des Arbeitgebers, der Republik Frankreich.

Der ehemalige Legionär verfügte über schwarzes, mittellanges Haar, welches meistens ausgiebig frisiert und mit Gel behandelt war. Da das Zeug in großen Mengen in unserer Stube lagerte, nutzte ich es auch irgendwann. Mein Haarwuchs war damals noch hinreichend kräftig dafür. Ein sehr schickes violettes Hemd lieh er mir eines Tages und im Laufe der Monate ging es stillschweigend in meinen Besitz über. Dass es mir etwas zu groß war, kompensierte ich dadurch, dass ich es mit hochgerollten Ärmeln und halb offen trug. Und es außerdem in die engen Jeans stopfte. Diese Aufmachung kam mir damals modisch vor. Wir hingen öfter zusammen rum oder suchten zwielichtige Lokale auf.

Der ehemalige Legionär und ich kamen eines Nachmittages auf die Idee, einen uns bekannten Ari-Gasten aus dem benachbarten Schnellbootgeschwader zu besuchen (Ari-Gast, das ist ein Mannschaftsgrad der Artillerie).

Die Schnellbootfahrer wurden gemeinhin als die Ostseerocker bezeichnet, teils wegen der Schnittigkeit ihrer Gefährte, teils, weil sie sich auch so gaben. Sie trugen ihres Spitznamens gemäß oftmals eine gewisse Anzahl Aufnäher und Anstecker auf den Ärmeln, Kragen und Schiffchen. Letzteres ist keine Anspielung auf ihre vergleichsweise kleinen Fahrzeuge, sondern war in jenen längst vergangenen Tagen unsere dienstliche Kopfbedeckung. Die Ostseerocker waren in der Auslegung der Bekleidungsvorschriften vergleichsweise locker. So gab es hochgestellte Kragen, sehr schief auf dem Kopf getragene Schiffchen und gelegentlich war auch die Rasur als nachlässig zu bezeichnen. Ich weiß nicht, ob das noch daher rührte, dass ihnen im Falle eines Krieges gegen den sogenannten Ostblock auf der Ostsee nur eine geringe Überlebenschance gegeben wurde. Das hätte sie vielleicht zu einer lässigen Attitüde berechtigt. Nur, zum Glück war mit dem Eintreten eines solchen Ernstfalles ja nicht mehr zu rechnen. Den äußeren Habitus des schnell fahrenden, schnell kämpfenden und schnell untergehenden Seesoldaten gaben sie sich jedoch noch immer.

Wir zwei Minenjäger besuchten also den Ostseerocker, der allein in seiner Bootsstube hauste, was gegenüber zweien bei uns schon wieder ein Fortschritt an Individualisierung war. An seiner Wand hingen Rock- und Metalposter, auf seinem Tisch standen zahlreiche Trinkgefäße, statt der üblichen Bundeswehrbestuhlung existierten ein Sperrmüllsofa und mehrere entsprechende Sessel und als Aschenbecher diente die Hülse einer 75-Millimeter-Patrone. Das Ding, ein Andenken an die artilleristische Bewaffnung der Schnellboote und somit seines Handwerkes, war etwa einen Meter hoch, stand neben dem Tisch und war vom Fassungsvermögen her geeignet, trotz regen Gebrauchs während der Dienstzeit eines Mannschaftsgrades nie geleert werden zu müssen. Die Bude machte der Behausung eines jugendlichen Rockers alle Ehre. Er selbst war dünn und schlaksig und trug sein schwarzes Haar an den Seiten glatt rasiert, mit einem dichten Grat in der Mitte und einer langen Tolle vorne. Sich ihn mit einem Hund und einer Dose Bier in der Fußgängerzone vorzustellen, fiel nicht schwer. Selbst wenn er seinen Matrosenanzug dazu getragen hätte.

Wir saßen an dem Tisch, rauchten zollfreie Zigaretten und tranken zollfreien Whisky. Das Zeug schmeckte rauchig und war aromatisch und scharf. Wir nahmen kein Eis und verdünnten ihn nicht. Das Zimmer füllte sich mit Rauch und unsere Hirne mit Alkohol.

Meines Gemütszustandes gemäß hatte ich den mit Abstand stärksten Zug drauf, so dass im Laufe des Abends mein Bewusstsein sich von dannen schlich, meine Halsmuskulatur im Zustande der Hilflosigkeit zurücklassend. Infolgedessen sank mein Kopf in die Lehne des Sperrmüllsessels, auf dem ich schlaff herumhing.

Meine Zechgenossen, der Ari-Gast und der ehemalige Legionär, hatten, meiner Hilflosigkeit gewahr werdend, nichts Besseres zu tun, als in wahrem Forscherdrang den Schluckreflex des Menschen unter Drogeneinfluss einem klinischen Test zu unterziehen. Dies taten sie, indem sie mir in meinen offen stehenden Mund wohldosierte Portionen eben jener Substanz einflößten, der mein Bewusstsein soeben zum Opfer gefallen war. Späteren Erzählungen der beiden zufolge hatte ich sämtliche Verabreichungen ohne erkennbare Gegenreaktion geschluckt. Eine eindrucksvollere Demonstration der Loslösung von Bewusstsein und Reflex habe ich nie erlebt. Obwohl, erlebt hatte ich sie ja eigentlich gar nicht, aber das ist schon wieder was anderes.

Jedenfalls kam ich wieder zu Bewusstsein, als meine Schultern heftig gerüttelt wurden und das grinsende Gesicht des ehemaligen Legionärs in der Mitte eines zunächst nur vage wahrnehmbaren Gesichtskreises sichtbar wurde. Seine tiefe, heisere Stimme sprach langsam und drohend die Worte:

„He, Gerstenmälzer, wach auf!"

„Oh, Mann. Was 'n soll? Was 'n los?"

„Wir wollen noch wohin."

„… wohin?"

„Ich kenn' da noch so paar Weiber. Zu denen fahren wir jetzt."

„Jetzt? Fahren? Mimm Auto?"

„Ja, klar."

„Du und ich?"

„Wer sonst?"

„'n der Ari?"

„Will pennen. Sind eh nur zwei."

„Und du fährst?"

„Ja, klar."

„Also ich … ach, scheiß der Hund drauf, lass uns fahren."

„Mein Reden."

Der ehemalige Legionär besaß ein sportliches Gefährt, mit dem wir schon öfter Spritztouren unternommen hatten. Es war irgendwie tiefer gelegt und verfügte vor allem über sehr laute Lautsprecher. Im sportlichen Gefährt verließen wir den Bereich unseres Zuhauses, des Marinestützpunktes. Die Torwache winkte uns durch. Auf der Landstraße drückte er mit schnallengestiefeltem Fuß das Gaspedal durch. Der Motor heulte auf. Wir wurden durch eine unvernünftige Beschleunigung nach hinten in die Sitze gedrückt. Ich verlor schon wieder das Bewusstsein.

Ich muss länger gepennt haben, als zunächst gedacht. Der Wahnsinnige hatte uns mit seinem tiefergelegten Dingsbums bis nach Dänemark katapultiert. Mein Magen versuchte mit hilflosen Morsezeichen darauf aufmerksam zu machen, was ihm passiert war, während ich geschlafen hatte und ihm nicht helfen konnte.

Wir waren vor einem Schrebergarten mit Häuschen und stiegen aus. Der leicht angetrunkene ehemalige Legionär schritt durch die Pforte, der sturzbesoffene ehemalige Gebirgsbewohner strunkelte hinterdrein.

Im Inneren der Behausung erwarteten uns zwei jugendliche Damen. Sie saßen in der spärlich ausgestatteten Bude an einem schmucklosen Tisch. Ansonsten gab es Rohrstühle und im hinteren Teil des einzigen Raumes ein Doppelhochbett. Die jugendlichen Damen schienen nicht im Mindesten überrascht zu sein, uns zu dieser späten Stunde ankommen zu sehen (Handys zur Vorabklärung von Besuchsterminen gab es in jenen längst vergangenen Tagen noch nicht). Sie sprachen Deutsch, was in der Grenzregion nicht unüblich war.

Es gab Cola.

Die beiden waren von unterschiedlicher Statur, hatten aber beide fast schlohweißes Haar, welches locker über ihre Schultern fiel. Beide hatten leuchtend blaue Augen wie Wikingermädchen. Eine war schlank, fast schon dünn und etwas größer. Die andere war etwas kleiner, nicht ganz so schlank, aber an den richtigen Stellen genau richtig abgerundet. Ihr Lächeln gefiel mir und mein Hirn schaltete um auf Hormonsteuerung. Zu selbständigem Denken war es auch nicht mehr fähig.

Die schlanke Dänin fand sofort Gefallen an dem ehemaligen Legionär, den sie von ferne zu kennen schien, während die gut ausgestattete kleine Dänin sich überaus charmant mit mir unterhielt. Im Laufe der Konversation merkte ich allerdings, dass es der schottischen Erfindung, die ich in unterschiedlichen Bewusstseinszuständen geschluckt hatte, doch zu viel gewesen war. Und zwar hallo! Der Schub kam plötzlich und stieg schnell an zu einer Stärke, die sofortiges Handeln nötig machte.

Jetzt aber schnell. Kaum, dass ich mich noch entschuldigen konnte: „Entschuldige bitte, wir, oder besser, ich habe wohl doch ein bisschen zu viel von diesem Whisky intus, ich brauch mal grad frische Luft, bitte verzeih meinen ungestümen Aufbruch."

„Ja, klar, ich warte hier."

„Danke, bis gleich."

„Bis gleich."

Raus.

Schnell.

Im Garten ein paar Schritte machen. Mit dem Rücken an einen Baum lehnen. Umdrehen. Vorbeugen, die Stirn an das kühle Holz gelehnt. Tief einatmen. Nochmal. Noch tiefer. Schwarzer Schwindel im Kopf und im Bauch.

Rötger Feldmann hat das nun Folgende in den Werner-Comics immer mit einer Lautmalerei umschrieben, die ich nicht so recht der Wirklichkeit nachempfunden finde. Bei ihm heißt es stets in etwa so: „Hualp!"

Nun, bei mir hörte es sich eher so an: „Huuäääääaaaaarrrgghh…gghh...gghh...pfff."

Nun bin ich ja irgendwie verdammt kurzsichtig. Ohne so ein Spekuliereisen war und bin ich nur eingeschränkt auch nur zum Zeitung lesen zu gebrauchen. Konsequenterweise und unter Anwendung der strengen Regeln höherer Logik verfrachtete mich die Marine genau deshalb auf einen Posten, bei dem man besonders gut gucken können muss. Später las ich in meiner eigenen Stellenbeschreibung, dass es sich hierbei um die „Sonderanforderung Auge" handelte. Ich verfügte eher über eine Sonderanforderung *fürs* Auge.

Bislang war in meinem Leben schon eine erkleckliche Anzahl dieser Sehhilfen zu Bruch gegangen. Die letzte etwa ein dreiviertel Jahr vor diesem Besäufnis, und zwar bei einer Schlägerei auf offener Straße (obwohl ich technisch gesehen gesiegt hatte).

Von dem Zeitpunkt an zurückgerechnet, da ich nun geschwächt im Garten stand und meine Stirn am Baume kühlte, trug ich ziemlich exakt seit vier Wochen keine Brille mehr.

Unser schönes neues Boot musste ja noch ausprobiert werden und fuhr daher allein tageweise die Küste hinauf und wieder hinunter. Meine wiederholten Beschwerden, dass meine Profession ja das Kommunizieren sei und es nichts zu kommunizieren gäbe, da wir immer nur allein führen, führten irgendwann dazu, dass ich zusammen mit mehreren anderen auf den Lehrgang zum Schiffssicherungs-Truppführer geschickt wurde. Und zwar, damit ich bei feuergefährlichen Dingen, wie dem Tanken, im Lederzeug, mit Flammschutzhaube und Helm auf dem Kopf sowie einem Schlauch in der Hand herumstehen und mich nützlich fühlen konnte.

Bei diesem Lehrgang galt es neben einigem Anderen, unter schwerem Atemschutz und auch ansonsten recht verpackt, im Bauch eines stillgelegten Schiffes herumzusteigen und Dinge zu tun, die letztlich auf das Verlöschen eines künstlich gelegten Feuers hinausliefen. Da ist eine Brille eher hinderlich. Also, so unter der Atemschutzmaske. Beschlägt halt. Und die Maske hält nicht ganz dicht. Zwar gab es die sogenannten Gasmaskenbrillen (auf Neudeutsch „ABC-Schutzmaskenbrillen"), die man aber beantragen musste. Infolgedessen hatte ich keine. Anträge verschlure ich immer.

Der ehemalige Legionär war ebenfalls Kursteilnehmer und verfügte erstaunlicherweise über die genau gleich starke Sehschwäche wie ich. In der medizinischen Untersuchung bei seinem vorherigen Wirkungskreis war dies nicht aufgefallen. Er erhielt nämlich durch einen Freund bei der US-Armee Kontaktlinsen in größeren Mengen. Es waren dies die ersten der sogenannten Tageslinsen, weiche Gummidinger, die täglich zu wechseln waren. In Europa waren sie noch ziemlich unbekannt und daher an ihm nicht bemerkt worden.

Ein solches Paar übergab er mir, das ich mir mit einiger Mühe und Überwindung in die Augen tupfte. Das Ergebnis war grandios. Wenn Sie ein halbes Leben mit Brille gewohnt sind, ist es eine tolle Erfahrung, auch ohne das Ding gut gucken zu können. Die Linsen waren einfach da und störten überhaupt nicht. Ich war augenblicklich so begeistert, dass ich sie drin ließ. Tag und Nacht. Vier Wochen lang. Und die waren jetzt um.

Als ich nun aber im Garten stand und königlich reiherte, sprang die rechte Linse aus dem entsprechenden Auge und ward nimmermehr gesehen. Wahrscheinlich abgeplatzt. Durch überhöhten Augeninnendruck. Oder abgeblättert wegen akuter Austrocknung. Was weiß denn ich.

Mit einem sehenden und einem tränenden Auge kreuzte ich der Türe zu, die ich wahrscheinlich nur deswegen gleich fand, weil das Handicap auf meinem rechten Auge ein Doppelsehen verhinderte.

Die schlanke Dänin und der ehemalige Legionär waren irgendwie weg. Die kleine Dänin war noch da.

„Die beiden sind spazieren gegangen, haben sie gesagt."

Offenbar hatte ich in meinem Zustand nicht bemerkt, dass zwei Menschen Arm in Arm durch den Garten spaziert waren, während ich am Baum lehnte und nach Luft schnappte. Aber zum Schämen war keine Zeit.

„Kommst du?"

Es gab ein Doppelhochbett, in dessen unterem Gemach nur eine Matratze lag. Auf der oberen Etage waren aber eine gemütliche Sommerdecke und ein Kopfkissen auszumachen. Die kleine Dänin kletterte behände nach oben. Ich stand unten und inhalierte gewisse Quantitäten Cola. Das Zeug ist gelegentlich doch ganz nützlich. Zum Gurgeln zum Beispiel. Schäumt nur recht stark.

Dann zog ich die Schuhe aus und erklomm den Weg nach oben. Es war warm. Die kleine Dänin roch gut und warm war sie auch. Ihre Finger lagen um meine und ihre Augen blitzen im Halbdunkel unter ihrem schlohweißen Pony hervor. Wir lächelten uns an, lachten leise ein bisschen und spielten gegenseitig mit unseren Fingern. Dabei kamen wir uns ganz langsam ganz nah. So nah, dass ich an ihrem Haar riechen konnte. Ich schaute sie an. Ihre Augen waren schön.

Sanft umkreisten sich unsere Nasenspitzen. Wir lachten beide wieder. Dann fanden sich unsere Lippen. Ich küsste sie lang und zärtlich. Biss ihr sanft auf die Unterlippe. Unsere Lippen ließen sich los. Wir sahen uns wieder an, umarmten uns, näselten und küssten uns. Dann fand ich eines ihrer Ohrläppchen und biss es ganz sanft. Sie zuckte ein bisschen und drehte ihren Kopf so zur Seite, dass ihr Ohr und ihr Hals freilagen.

Die Haut der kleinen Dänin war so weich, so zart und duftete so gut und während ich ihren Hals und ihr Ohr küsste, fanden ihre Hände meinen Gürtel und zogen an meinem Hemd, dass nun langsam seinen Halt verlor und nach oben gezogen wurde. Ihre Hände an meinen Flanken erzeugten ein Vibrieren, dass ich schon zu lange vermisst hatte und mich alles vergessen ließ, was die ganzen letzten Tage und Wochen in mir vorgegangen war.

Wir zupften und zogen uns gegenseitig die Sachen über den Kopf. Unter ihrem T-Shirt trug sie nichts. Zwei hügelförmige, halbrunde, feste kleine Brüste kamen zum Vorschein und erzitterten leicht bei meiner Berührung. In der kleinen Wölbung ihres Bauches lag tief ein lustiger kleiner Nabel, und sie hielt mit beiden Händen meinen Kopf, während ich meine Zunge darin verschwinden ließ und mich unter dem sanften Zug ihrer Hände nach oben küsste bis zu ihren warmen, weiblichen, schönen Brüsten und an ihnen rundherum alle Seiten streichelte und an den harten Knospen saugte. Sie kraulte und kratzte meinen Rücken.

„Bin ich zu fest?" flüsterte die kleine Dänin.

„Nein. Du bist genau richtig. Mach ruhig."

„So?"

Sie kratzte noch etwas fester. Das erzeugte keinen Schmerz, sondern im Gegenteil ein Gefühl wohliger Hitze.

„Ja, prima."

Wir küssten und kraulten uns, wälzten uns umeinander. Irgendwann saß sie auf meinem Po und kraulte und kratzte sich meinen Rücken herauf und herunter.

„Oh! Tut das weh?"

„Nein, tut es nicht."

Sie beugte sich an mein Ohr.

„Dein Rücken ist ganz rot. Tut mir leid!"

„Großartig, das fördert die Durchblutung."

Sie lachte. Und, noch immer rittlings auf mir, griff sie um meine Taille und machte sich am Gürtel zu schaffen. Ich hob mich, mit ihr auf mir, etwas an und machte ihr Platz. Sie fand die Schnalle und zog sie auf. Der Stoff rutschte über meine Haut, über meine Füße und ich drehte mich auf den Rücken. Sie saß noch immer rittlings auf mir. Es gab einen im Mondlicht blinkenden Knopf, den ich öffnete, sowie einen Reißverschluss, der auch nicht geschlossen blieb.

Sie schien ganz Verlangen, schloss die Augen und erlaubte mir, in weiten Kreisen ihren Körper zu streicheln, immer wieder ihre jüngst erblühten Brüste, ihre Schultern, ihre Arme, ihre Flanken zu besuchen und bei der Rückkehr jedes Mal ein bisschen tiefer rundherum in ihren Schlüpfer einzutauchen.

Schließlich musste der störende Stoff ihrer hellblauen Jeans herunter und auch das hauchdünne Stöffchen, dass sie darunter trug, schlüpfte, von unserer beider Hände geleitet, von ihr.

Ob Sie es nun glauben oder nicht, aber ich trug damals diese bei der Einkleidung ausgegebene Bundeswehrunterwäsche, Liebestöter genannt. Die Dinger waren potthässlich, aber so geschneidert, dass alles Platz hatte und die natürliche Funktion der Hoden nicht durch zu engen Sitz Schaden nehmen konnte. Was ästhetisches Empfinden anbelangte, waren sie vielleicht Liebestöter, was Gesundheit und Dehnungsfreiheit anbelangte, waren sie es nicht. Aber jetzt waren auch sie zu eng. Ich wollte schon wieder frische Luft haben.

Die kleine Dänin nahm jedenfalls keinen Anstoß an diesem Ding, das Stück Stoff verschwand von meinem Körper und ich küsste, biss, kraulte, streichelte diese Inkarnation jugendlicher Weiblichkeit, die sich mir entgegenspreizte und durch ihr Küssen, ihr Streicheln, ihren sanften Druck mein Verlangen nach ihr, meine Begierde nach ihr ins Unermessliche dehnte, während wir uns wie von selbst umeinander drehten und sie unter mir zu liegen kam.

Ich bekam nicht genug von ihren Brüsten und dem tiefen, zittrigen, lustvollen Einatmen, dass sie erschütterte, wenn ich an ihr sog, sie liebkoste und mein Gesicht fest daran drückte. Es war zum Verrücktwerden schön.

Und genau in diesem Augenblick, das Gesicht an ihre weiblichen Wölbungen gedrückt, verlor ich die andere Kontaktlinse. Das Ding fiel einfach wie ohnmächtig aus meinem linken Auge und kullerte hilflos an der rechten Seite des göttlichen kleinen Busens der Dame ins Laken. Aber das machte überhaupt nichts und mein Verlangen zog sich wie ein silbriger Faden ihr entgegen, tropfte auf ihren Bauch, wollte sie, wollte sie, wollte sie.

Sie küsste mich tief und lang, unsere Zungen spielten miteinander und sie neckte mich, indem sie meine Unterlippe mit den Zähnen festhielt, meinen Kopf zwischen ihre Hände nahm und mich von sich wegzog. Dann ließ sie meine Lippen los, sah mir aus ihren großen Augen direkt ins Herz, legte einen Finger auf meinen Mund und flüsterte:

„Aber nur mit Kondom."

Ja, richtig. Sie hatte völlig Recht. Wir waren da vollkommen einer Meinung und sie stieg sogar noch in meiner Achtung, sofern das überhaupt möglich war. Der leichte dänische Singsang ihrer Stimme und die Art und Weise, wie sie das gesagt hatte, machten mich ganz wirr. Da lag sie so erwartungsvoll, nackt und hübsch unter mir, und alles, was vernünftigerweise gefordert wurde, war ein Kondom. Oh, ihr Götter!

Ich hatte nur keins. Mit einer solchen Begegnung hatte ich an diesem Abend und überhaupt schon mal gleich gar nicht gerechnet. Sie auch nicht. Ich sank neben ihr ins Laken.

Wir sahen uns an und lagen wieder da wie ganz zu Anfang. Bis auf dass wir splitternackt waren und vor Erregung zitterten. Unsere Finger umspielten sich und ich sah ihr wieder in die schönen Augen, die unter dem niedlichen Pony hervorschauten.

„Tja, hm", sagte ich.

„Tja", sagte sie, etwas bedauernd und trotzdem fast lachend.

„Dann anders", sagte ich.

„Anders?" fragte sie. „Wie denn?"

„Vielleicht so?" sagte ich und küsste sie wieder. Ich löste meine eine Hand aus ihrer Hand und sie sank auf meine Schulter, die sie mit ihrem halblangen Haar bedeckte. Ich legte meinen Kopf an ihren.

Ihr schöner Frauenkörper lag im Mondlicht leuchtend da und meine freie Hand ging wieder auf Reisen, besuchte schon bekannte Gefilde, die so gar nichts von ihrer Faszination eingebüßt hatten. Langsam,

langsam erkundete ich weitere Regionen, die leicht gerundeten Oberschenkel, ihre Hüfte, die Seiten von ihrem Po, den Bauch mit dem lustigen Bauchnabel, wieder ihre Brüste, ihre Flanken, ihr Becken. An meinem Unterarm spürte ich ein sanftes Kitzeln, wie von tausenden kleinen elastischen Fädchen.

Die kleine Dänin atmete tief und tiefer und bewegte sich in meiner Umarmung, ließ zu, dass meine Hand die Innenseite ihrer Schenkel berührte und streichelte und machte mir Platz, indem sie sich wieder so spreizte wie vorhin.

In meinen Lenden tobte ein pochender, pulsierender Schmerz und ich dachte, gleich zu zerspringen. Aber die Faszination dieser Lust, die sich mir in der kleinen Dänin entgegenstreckte, sich wand und leise stöhnte, war so groß, dass ich den Schmerz genoss. Langsam und sanft streichelte ich den oberen Winkel der feuchten, warmen Öffnung und spürte dabei, wie sie sich wand, als wollte sie fliehen.

Sie blieb aber, und völlig erstaunt darüber, was mir erlaubt wurde, was scheinbar erwartet und verlangt wurde, machte ich weiter, mit einem, mit zwei Fingern, die nun am oberen Rand entlang tiefer in sie hineinglitten, hinausglitten, hineinglitten und irgendwann ganz in sie hineintauchten, was einfach war, denn ihr Becken stieß sich mir entgegen, machte die Bewegungen gegenläufig mit, drehte sich, wand sich und ihr Kopf glitt auf meiner Schulter auf und ab, wobei sie mich mit ihrem weichen Haar kitzelte, liebkoste und streichelte.

Meine Finger fühlten ihr Schambein, die Knochenbrücke direkt über dem Geschlecht. Schambein. Scham. Auf der Innenseite massierte ich die Haut ihrer Scheide gegen ihr Schambein. Liegt dort der G-Punkt? Ist das genussvoll? Mag sie das? Mögen Frauen das? Warum fragst du sie nicht? Geht nicht. Würde machohaft klingen und eine vollkommene Ahnungslosigkeit offensichtlich werden lassen. Da würde ich mich schämen. Scham.

Spielt sie das nur? Mag sie es? Ich wünsche mir, ich wünsche ihr, dass sie es genießt. Dass sie einen Orgasmus hat, einen Höhepunkt erlebt.

Das Innere ihrer göttlichen Höhle war warm und feucht, der Ausgang nass und weit geöffnet, ihr Haar an meiner Schulter duftete und alles fühlte sich so wollüstig und gut an.

Im Rhythmus ihres Atmens wurde ich schneller und schneller, ihre Stimme und ihr Becken auch, immer schneller und tiefer, schneller und tiefer, ging unregelmäßig und erzitterte, nahm neuen Anlauf und wurde wieder schneller und regelmäßig und gleichmäßig und stark, arbeitete mir entgegen, wurde zu einem wilden Schlagen und Aufbäumen und Innehalten und nochmal Aufbäumen und nochmal, und nochmal. Dann noch ein bisschen gleichmäßige Bewegung, immer weiter, immer weiter, langsamer werdend. Meine Bewegungen wurden weiter und weiter, noch einmal langsam und tief, ein letztes Mal, während sie ganz zurücksank und nur noch geschehen ließ, tief und stoßweise atmete und sich an mich schmiegte.

Langsam, ganz langsam ließ ich meine Hand aus ihr herausgleiten und legte sie auf ihre Scham. Schon wieder dieses Wort. Schämten wir uns? Nein.

Wir lagen nebeneinander und hielten uns in den Armen, schmiegten uns aneinander und hielten Händchen, ganz brav und lieb. Küssten uns und blieben einfach nebeneinander liegen. Unterhielten uns leise.

Ich fühlte mich überhaupt nicht mehr benebelt, war noch immer spitz wie Nachbars Lumpi und genoss es, völlig erwartungsfrei, erregt aber leicht müde neben der kleinen Dänin zu liegen und mit ihr zu reden. Was sie so machte. Was ich so machte. Was sie so mochte. Was ich so vorhatte in dieser besten aller Welten.

Andeutungsweise und nur leicht verlegen, verspielt verschämt, über unser kleines Abenteuer zu scherzen. Und was wohl wäre, wenn, oh ja, wenn wir in völligem gegenseitigen Einvernehmen und so. Und dann was passiert wäre. Kommt ja vor, dass auf einmal ein neues Leben entsteht. Bienen und Blüten und so. Kennt man ja aus der Schule. Ob sie zur Heirat ein weißes Kleid tragen würde. Ich in Marineuniform, das stand mal fest. Und vielleicht auch schon nicht mehr im Matrosenanzug mit dem langen Kragen hinten, sondern im Zweireiher, mit Krawatte und sowas. Also schon eher in der Lage, für Kinder zu sorgen. Unter solch harmlosem Geplauder schliefen wie wohl irgendwann, noch immer aneinander gekuschelt, ein.

Aber nicht lange, denn die helle Morgensonne schien in das Häuschen und weckte uns. Mit ein bisschen Verrenkung schafften wir es, uns im Bett anzuziehen und stiegen herunter. Nun war es an mir, den ehemaligen Legionär zu wecken. Ich ging durch den Garten, untersuchte dabei unauffällig die Spuren der vergangenen Nacht und ging durch die Pforte. Die kleine Dänin erschien im Türrahmen, lächelte mich an und deutete auf das Nachbarhäuschen, dessen blaues Holzdach hinter einer wilden Hecke hervorleuchtete. Die Tür war nicht abgeschlossen. Ich klopfte. Es tat sich nichts. Ich trat ein. Ein ebenso karg eingerichtetes Innenleben gab den Blick auf ein in der entfernten Ecke stehendes Bett frei.

Der ehemalige Legionär war unter einer roten Decke halb verborgen, während er noch immer in den schlanken Armen seiner Erwählten der Nacht schlummerte. Sie blinzelte mich an, stupste ihn wach und während sie seinen Hals küsste und ihm irgendwas ins Ohr flüsterte, ging ich wieder hinüber zu der kleinen Dänin. Wir frühstückten Cola.

Dann waren die beiden anderen da und wir verabschiedeten uns.

Die kleine Dänin und ich hingen noch einen langen Augenblick verschlungen aneinander und küssten uns. Ich schrieb ihr meine Adresse auf einen kleinen Zettel. Dann noch ein Kuss, und der ehemalige Legionär und ich stiegen in dessen sportliches Gefährt. Und wir rasten dem Sonnenaufgang entgegen, bogen dann nach rechts ab donnerten die Landstraße entlang, der Grenze zu.

„Schaffen wir es überhaupt noch?" fragte ich, wenn auch vergleichsweise gleichgültig.

Er warf mir einen spöttischen Blick zu. Die Straße war jetzt lang, gerade und leer. Und jetzt erst drückte er richtig auf die Tube. Der Motor heulte auf. Wir wurden durch eine unvernünftige Beschleunigung nach hinten in die Sitze gedrückt.

Mir ist solches Gerase wirklich nicht geheuer und eigentlich finde ich es richtig bescheuert. Besonders, wenn es nur dazu da ist, um rechtzeitig zum Dienst zu erscheinen. Aber irgendwie war mir gerade alles gleichgültig.

Die sommerliche Morgensonne beschien uns von links und wärmte uns. Ich sah so gut wie nichts und merkte plötzlich, dass ich doch noch unheimlich besoffen war. Wir waren ziemlich vergnügt, ausgelassen, hundemüde und guter Dinge. So kamen wir im Stützpunkt an, parkten das sportliche Gefährt, das wir hinter uns zurückließen, wo es konsequent und sachlich vor sich hin qualmte. Wir stiefelten an Bord.

Da es im Hafen für mich noch weniger zu kommunizieren gab als draußen vor der Küste, hatten die Mannschaftsgrade meiner Profession, und es gab in dieser Profession damals nur Mannschaftsgrade auf diesen Booten, zu dem Zeitpunkt auf unserem Boot sogar nur einen, nämlich mich, also, ich hatte mangels anderer Betätigung im Hafen den Dienst des Backschafters zu erfüllen. Das hieß, in der Messe für Offiziere und höhere Unteroffiziere zu decken und abzuräumen.

Ohne mich auch nur umzuziehen, ging ich sofort ans Werk und deckte fürs Frühstück, noch immer unvollkommen sehend, stieg sodann ein Deck tiefer und holte zunächst einmal die Brille hervor, die dort seit vier Wochen und einer Nacht ihr Dasein im Spind gefristet hatte. Solchermaßen gerüstet und irgendwann auch in dem dienstlichen blauen Anzug, gelang es mir, den Tag in einem angenehmen Dusel hinter mich zu bringen, trotz dieses Schmerzes in der Leistengegend, der den ganzen Tag über anhielt und nicht weggehen wollte. Auch gelegentlich aufrechtes Stehen schwierig machte.

Das abendliche Bier auslassend, ging ich früh auf den Bock. Oder ins Bett, wenn Ihnen das lieber ist. Oder auch in die Koje. Das ist klischeehafter.

Noch ein Brief

Der darauffolgende Tag war wieder einer von vielen.

„Reise, Reise, aufsteh'n!", durch die Lautsprecher, aufstehen, in der engen Waschgelegenheit waschen, rasieren, anziehen, in der O-Messe aufbacken, selber zum Frühstück, abbacken in der O-Messe, Morgenmusterung auf dem Taucherdeck, Aufgabenverteilung, ich beim Navigationsmeister Seekarten berichtigen, da gab es ungefähr jede zweite Woche einen Packen mit zahlreichen Änderungen, dann an meinen eigenen Signalvorschriften arbeiten, im Selbststudium, um in den Monaten und Monaten der Einzelfahrten nicht alles wieder zu vergessen, was uns in den Monaten und Monaten davor an Kenntnissen und Fertigkeiten eingeschaufelt worden war, dann rechtzeitig zum Smut in die Kombüse und in der O-Messe wieder aufbacken, dann Schlange stehen vor der Kombüse, selber Futter fassen, das an Bord übrigens üblicherweise exzellent war, wieder in die O-Messe und abbacken, Kaffee bringen, in der Kombüse abwaschen, später Tassen in der O-Messe abräumen und kurz selber 'nen Kaffee in der Mannschaftsmesse trinken, Mittagsmusterung auf dem Taucherdeck, wieder Aufgabenverteilung, ich wieder zum Nav-Meister, und dann kam irgendwann derjenige Bootsmitbewohner wieder, der an diesem Tag bei der Geschwaderverwaltung gewesen war und brachte die Post mit. Für mich war ein Brief dabei. Von der kleinen Dänin.

Freude beim Empfang eines Briefes war ohnehin immer gegeben. Und jetzt auch noch von einer jungen, kleinen Dänin. Was für eine hübsche Schrift. Kleine Zeichnung drin, von zwei Engeln, die unter einer Decke kuscheln und offenbar schlafen. Viel geschlafen hatten wir ja nicht, aber Zeichnungen in Briefen, das war was Neues. Kannte ich so noch gar nicht. Das heißt, kannte ich schon, aber das war sonst eher meine Aufgabe. Meine Briefe waren gespickt damit. Zum ersten Mal bekam ich selbst einen Brief mit Zeichnung. Das war eine wunderschöne Erfahrung.

Was für eine hübsche Schrift. Sagte ich schon. Musste mich erstmal zurückziehen, vom Dienstgeschehen fernhalten. In Ruhe lesen. Und glücklich sein.

„Lieber Schatzi,"

oh, Mann. Wie schön. Wie *schön*. Sowas gibt es? Und das mir? War unangemeldet sowie sternhagelvoll dort aufgekreuzt und hatte mich daneben benommen, neben einen Baum gekotzt und war im Morgengrauen wieder von dannen gebraust. Und jetzt? Lieber Schatzi? Des Menschen Herz ist ein verworren Ding.

„… es war wunderschön neulich…"

Ja, fand ich auch.

„…und die blöde Frage am Morgen hättest Du Dir sparen können."

Frage? Welche Frage? Hatte ich in meinem unzureichend bewussten Gemütszustand etwa doch gefragt, ob es ihr gefallen habe oder irgendetwas in der Art? Oh, Mann, echt jetzt? Oder was? Was hatte ich gefragt? Keine Ahnung mehr, echt nicht.
Lange Haare und Schnaps werfen den Seemann lausig schnell um. Alter Spruch, aber immer wieder wahr, trotz angeblicher Aufklärung und angeblicher Gleichberechtigung. Im Zweifelsfalle lieber den Schnaps weglassen. Ist so meine Erfahrung. Aber welche Frage denn jetzt, Krutzitürken-sakrifix-halleluja nochmal?

„Das mit Deinem Rücken tut mir leid."

Mir nicht, schon längst vergessen, aber jetzt, wo sie es erwähnt, nee, das war eher angenehm und wie gesagt, fördert die Durchblutung. Wahrscheinlich bin ich dadurch erst wieder richtig wach geworden.

„Weißt Du überhaupt, wie alt ich bin?"

Nein, weiß ich nicht. Hab ich nicht gefragt. Oder war das etwa die blöde Frage gewesen? Ach nein, sonst hätte sie mir diese ihre Frage doch nicht gestellt. Wär auch zu blöd: „Wie alt bist du eigentlich?" „Sag' ich dir nicht. Weißt du überhaupt, wie alt ich bin?" – Nein, ergibt keinen Sinn, so denken ja nicht mal Frauen.
Aaaah, nein, das wollte ich nicht … zu spät. Aber Sie wissen vielleicht, was ich meine. Also, ich meine, bei allen Irrationalitäten, die ich so begangen habe, teilweise mit akuter Lebensgefahr, und mir dabei unheimlich männlich vorgekommen bin, da kann ich schon Anspruch darauf erheben, selber in gewisser Hinsicht viele angeblich männliche Klischees erfüllt zu haben.
Obwohl, beispielsweise vom Fußball habe ich insofern Ahnung, als dass Bälle rund sind, das weiß ich. Aber was genau ist ein Abseits? Oder wann gibt man einen Elfmeter und wann einen Freistoß? Autos

wiederum fahren, wenn man aus einer vergleichsweise kleinen Auswahl ein entsprechendes energetisches Prinzip zu Hilfe nimmt, zum Beispiel Diesel oder Benzin, das ist mir auch klar. Fragen Sie mich aber nicht, wie sich zum Beispiel ein Lamborghini von einem Porsche unterscheidet. Keine Ahnung.

Dafür weiß ich, was der Finger-Index besagt. Vielleicht bin ich ja heimlich doch schwul und weiß es nur nicht. Wer weiß? Ich nicht.

Andererseits war ich freiwillig Soldat geworden und wäre es sicher noch lange geblieben, wenn sich das Militär nicht als so hochgradig durchpolitisiert und pubertär, aber immer oberflächlich rational und sich selbst nie hinterfragend, und somit letztlich ineffektiv und Scheiße entpuppt hätte. Aber das ist schon wieder ein Thema für ein anderes Buch. Wenn ich einen Verleger dafür finde, veröffentliche ich das auch mal.

Meine gelegentliche Teilnahme an handgreiflichen Auseinandersetzungen hatte ich schon angedeutet. Von wegen pubertär.

Und Jahre später bin ich einmal in Reitstiefeln mit aalglatten Ledersohlen in einer fast senkrechten und in jedem Fall zu hohen Felswand herumgeklettert, nur um ein paar verirrte Schafe zu retten, mit dem Ziel, eine fast anbetungswürdig schöne mongolische Schäferin zu beeindrucken.

Vielleicht kennen Sie den Schreck, der einen durchzuckt, wenn man im Traum für einen Sekundenbruchteil das sehr realistische Gefühl hat, zu fallen. Oder vielleicht waren Sie schon mal zu schnell mit dem Motorrad unterwegs und auf einmal macht die Mühle eine unvorhergesehene Bewegung. Kann zum Beispiel vorkommen beim Überfahren einer auf der Fahrbahn liegenden Zeitung, die auf der Unterseite noch vom Regen nass ist. Das, was einen dann überkommt, ist eigentlich kein Gedanke oder sowas, sondern eher das sehr schnell vermittelte intuitive Begreifen der Tatsache „Wenn ich jetzt falle, dann war's das".

Dieses Gefühl hatte ich einmal da an der Wand, als mein Fuß abglitt. Ein mongolischer Freund und Reisebegleiter sowie ein Schiffskamerad von dem Containerschiff, meinem späteren Wirkungsort, können das alles bezeugen. Wir waren da oben nämlich zu dritt. Die Schafe kamen heil herunter. Wir auch. Die fast anbetungswürdig schöne Schäferin schenkte uns dreien ein dankbares Lächeln. Wir waren selig. So bescheuert können nur Männer sein. Selbst dann, wenn sie keine Ahnung von Fußball oder Autos haben. Oder Frauen. Haben wir auch nicht. Also ich zumindest nicht. Jedoch, ich schweife ab.

Wie alt war sie denn jetzt? Auf gar keinen Fall älter als ich, das hätte sogar ich eventuell vielleicht möglicherweise bemerkt haben können.

„… irgendwie habe ich mich in Dich verliebt!"

Auch das noch. Das war der Satz, der alles zum Überschäumen brachte, wie bei der Aphrodite, der auf nahezu obszöne Weise Schaumgeborenen.

Leicht verwirrt und irritiert, aber freudig erregt und mit sowohl beginnender als auch zunehmender Verliebtheit legte ich den Brief in meinen Spind und schloss ihn sorgsam ein.

Serotonin und Testosteron sind zusammen viel besser als Restalkohol. Der Zustand ist unbeschreiblich. Wenn zudem auch noch ein schlechtes Gewissen dazukommt (bedenken Sie den Umstand meines Auftretens, den Rausch mit seinem desaströsen Effekt, meine blöde Frage, die ich nicht mehr wusste, ihr mysteriöses Alter), dann haben Sie den wunderlichen Cocktail an Gefühlen und Gedanken, die den Geist des jungen Mannes ausmachen können.

Der Rest des Tages war angefüllt mit diesem Sammelsurium an teils widersprüchlichen Empfindungen. Es machte sich Ratlosigkeit breit, aber auch Spannung. Was würde werden? Liebte ich sie? Konnte ich das? Wie alt war sie denn jetzt?

Die Erlösung brachte der Sanitäts-Unteroffizier. Nicht, dass er mir ein heilsames oder hirnanregendes Mittel verabreicht hätte, das hätte ohnehin nicht in seiner Macht gestanden. Er tat eher das Gegenteil.

Offiziell seines Standes unangemessen, aber besonders auf den Booten nicht unüblich, stand er sich mit uns Mannschaften auf recht vertraulichem Fuß. So kam er an diesem Abend dazu, als der Schnellboot-Ari einen Gegenbesuch beim ehemaligen Legionär und mir auf unserer Bootstube abstattete. Der Ari hatte schon von unserem Abenteuer gehört, und der Sani wusste auch bereits Bescheid.

„Rück´ mal ´n bisschen, ich will dir mal was zeigen."

„Was zeigen? Was denn?"

„Ich hab´ da so ´n paar Sachen vernommen, die sozusagen in meine Profession fallen."

„Wie das?"

„Kähähä. Tu mal nicht so. Ich hab´ dir mal ´n paar Fotos mitgebracht. Kähähä."

„Was denn für Fotos?"

Er setzte ein ernstes und gewichtiges Gesicht auf.

„Ich hab da von so ein paar Eskapaden von dir vernommen. Ihr wart doch neulich bei so zwei Weibern?"

„Das würde ich jetzt anders formulieren, aber ja. Und?"

„Ja. Also Damen. Kähähä. Guck mal hier, das Foto. Das ist deine."

„Wer. Die?"

„Ja. Die da. Kähähä."

„……"

„Kähä. Na? Erinnerungslücke?"

Etwas arg gespielt theatralisch ging ich selbstunsicheres Jüngelchen auf die feixenden Gesichter um mich herum ein. Ich wollte doch dazugehören. Also mitspielen. Der Sani grinste. Ich rollte die Augen und spielte Entsetzen. Die kleine Dänin auf dem Foto war nicht ganz der Schwan, den ich in Erinnerung hatte. Eher ein Entlein. Sie wirkte so … unfertig. Nicht zu jung oder kindlich, sondern wie ein Stück Mahagoniholz, an dem der Kunstschnitzer noch nicht so genau wusste, wie es einmal werden sollte und die halbfertige Büste erstmal in die Ecke seiner Werkstatt geräumt hat.

„Na, guck dir das ruhig in Ruhe genau an. Gefällt sie dir?"

„….."

„Kähä."

Er setzte wieder das gewichtige Gesicht auf.

„Also jetzt mal im Ernst. Ich weiß, du hast momentan so deine Probleme. Kommt vor. Aber lass die Finger von solchen Weibern. Die bringen nichts Gutes. Habt ihr wenigstens ein Kondom benutzt?"

„Nein, aber das war auch nicht nötig."

„Was soll denn das heißen? Habt ihr gevögelt oder nicht?"

„Nein, eher nicht."

„Das klingt für mich jetzt aber extrem unglaubwürdig. Also was ist da gelaufen, jetzt mal hier Butter bei die Fische."

Obwohl ich im Geiste bereits Abstand von der kleinen Dänin genommen hatte, wollte ich diesen Menschen nicht in alles einweihen und meine Erinnerung mit ihm teilen. Woher hatte er überhaupt Fotos von ihr?

„Braucht dich gar nichts anzugehen. So 'ne Fete halt."

Ach so. Kam offenbar ganz gut rum, der Sanitäts-Maat.

„Also, was war jetzt?"

„Nichts. Ohne Kondom lief bei uns beiden nichts. Also haben wir im Wesentlichen nur geknutscht."

„Ach so. Aber du weißt, du kannst dich im Zweifel immer ganz vertraulich an mich wenden. Zum Beispiel Aids-Test. Können wir durchführen. Da nehm' ich dir schön ein Ampüllchen Blut ab und schick' das ein, ganz einfach. Müssen wir nur von jetzt ab noch sechs Wochen warten, ist klar, nicht? Sicher, dass du keinen brauchst?"

„Ganz sicher."

„Na gut. Hier, willst du noch mal gucken? Kähähä."

Ich besah mir das Foto. Den Pony erkannte ich wieder. Ihre Augen sah ich nicht, das Bild war eine Profilaufnahme. Die schlanke Dänin war auch drauf.

Was mache ich denn jetzt mit dem Brief, mein armes Entlein? Scheinbar gab es für mich nur diese zwei Zustände: Unglücklich verliebt in eine Dame, die mich nicht wollte, oder unglücklich wegen schlechten Gewissens, weil eine Dame, die ich nicht wollte, unglücklich in mich verliebt war. Grundgütiger, ist das alles kompliziert.

Zunehmend stieg überdies Ärger in mir auf, und zwar über mich selbst. Das Theater, das ich dem Sani zuliebe gespielt hatte, war eine schlechte Schmierenkomödie gewesen. Selbst die Differenz zwischen der Schwanenerinnerung und dem Foto hätte ein souveräneres Handeln erlaubt. Oder gerade die Differenz. Die Nacht mit der kleinen Dänin war wunderschön gewesen. Das war nicht das Betragen eines Gentlemans, sondern das eines unsicheren Jüngelchens, der sich von anderen manipulieren lässt und eine ihm aufgezwungene Rolle mitspielt. Für das Betragen des Sanitäts-Maates fehlt mir noch eine Zuordnung. Vielleicht wissen Sie eine?

Was war zu tun? Mein Bootsstubenmitbewohner hatte den Weg von der Legion hierher gefunden. Vielleicht sollte ich den umgekehrten Weg gehen? Quatsch, ich hatte ja auch noch eine Mutter. Dieser wäre das sicherlich nicht zuzumuten gewesen. Es tauchten zwar am politischen Horizont die Möglichkeiten unseres Einsatzes auf, aber auf dem Minenjagdboot vor der Küste Jugoslawiens zu kreuzen war sicherlich was anderes, als zu Fuß durch die Straßen Sarajewos zu patrouillieren. Zumal dort erst noch so richtig gekämpft wurde. War also keine Option. Außerdem war ich vertraglich noch für die nächsten drei Jahre gebunden. Es war aber eine sofortige Lösung zu suchen und nach Möglichkeit auch zu finden.

Der Rest des Abends war scheiße. Ich glaube, es waren auch nicht nur drei Bier, sondern eher sechs. Halbe Liter. Half aber nicht.

Am nächsten Tag ereilte mich die Nachricht, dass ein Anruf für mich eingegangen sei und die Anruferin noch warte. Falls ich es noch nicht erwähnt haben sollte, Handys gab es noch nicht (zum ersten Mal sah ich ein Handy erst ein gutes dreiviertel Jahr später). Aber im Hafen waren die Boote über Kabel mit der Telefonleitung des Stützpunktes verbunden. Und da kamen auch Anrufe von außerhalb rein.

Es war sofort klar, wer da anrief, so kurz nach Mittag. Da ist ja die Schule aus.

Ich war gerade in der Kombüse und bat den Großen Smut, also den Koch-Maat, um einen Gefallen. Er sollte mich nach spätestens zwei Minuten zum Dienst zurückrufen, kraft seines Amtes als Unteroffizier.

Dem Smut war das zuwider.

„Mensch, das kann ich nicht. Warum redest du mit der Frau nicht ganz normal und sagst ihr, dass du nichts von ihr willst? Ich mach das nicht."

„Weil's keine Frau ist, sondern ein Mädchen. Ich war sturzbesoffen und sternhagelvoll und hab Scheiße gebaut. Das geht einfach nicht. Bitte Smut, tun Sie mir den Gefallen."

„Oh Mann ey, Gerstenmälzer, so 'n Schiet. Passt doch 'n lödn beten op, wo ihr euern Schwanz hinhaltet."

„Ist ja noch nicht mal sowas passiert, Smut, echt nicht. Aber es ist halt mal echt vonnöten, dass sie wieder Abstand gewinnt. Und jetzt *bitte*!"
Widerstrebend ging der Smut mit und ich nahm in dem Stromverteilerkabuff den Hörer ab.
„Gerstenmälzer?"
„Na hallo, du! Du hast dich ja mal echt rar gemacht. Na, hast du meinen Brief bekommen?"
Ich möchte Ihnen das nun folgende Gespräch nicht zumuten und führe als lahme Ausrede an, dass ich mich an Einzelheiten nicht mehr erinnern kann. Aber derlei Gespräche ließen sich mit einem Mindestmaß an künstlerischer Freiheit leicht rekonstruieren, da sie wahrscheinlich täglich tausendfach auf der ganzen Welt geführt werden. Das allerdings wiederum erlaubt es mir, von eben dieser Rekonstruktion Abstand zu nehmen, da Sie wahrscheinlich ohnehin schon im Bilde sind.
In modernem Deutsch ausgedrückt: Die Sache war megapeinlich.
Der Smut rief vereinbarungsgemäß nach mir.
„Entschuldige, ich muss wieder zum Dienst."
Das schluckte sie nicht und verlangte vollkommen zu Recht noch eine Antwort auf die Frage, die sie soeben gestellt hatte. Was ich so empfinden würde und ob wir uns bald wiedersehen. Die Antwort zu geben, überstieg meine Reserven an Ehrlichkeit und Mut. Kaum zu glauben, dass solchen Feiglingen der Schutz des Vaterlandes anvertraut ist.
Durch Zeichen gab ich dem Smut zu verstehen, nun nochmal etwas schärfer nach mir zu verlangen.
„Oh Mann, ich mag das nicht", sagte er leise in den Mittelgang hinein.
Dann rief er mit lauter Stimme in das Stromverteilerkabuff nach mir, wobei er klang wie ein ungeübter Laienschauspieler, der vor versammeltem Publikum seinen Text vergessen hat.
Er war imstande, für uns vierundvierzig Leutchen an Bord seine Kombüse in die Werkstatt eines Kunsthandwerkers zu verwandeln. Zum Schmierenkomödianten hatte er keine Begabung.
Aber es reichte als Vorwand, das Gespräch zu beenden. Mit einem elend schlechten Gewissen schlich ich zurück in die Kombüse, um zu Ende abzuwaschen. In der O-Messe musste auch noch der Kaffee serviert werden.

An einem der darauffolgenden Tage war ich wieder einmal mit dem ehemaligen Legionär in dessen sportlichem Gefährt unterwegs, als neben einem Apfelhain er dieses sein Gefährt zum Stehen brachte, mit den Worten:

„Da sind welche hinter uns, ich glaub' ich muss mal kurz halten."

Diese Äußerung von ihm, der ansonsten einen schnellen Schuh fuhr, verblüffte mich, zumal er denn auch tat, was er angekündigt hatte und ausstieg. Er ging dem hinter uns parkenden Wagen entgegen, welcher keineswegs zur Polizei gehörte, falls Sie sowas gedacht haben mögen. Dessen eine Tür öffnete sich und aus stieg die schlanke Dänin. Ich blieb vorsichtshalber einfach mal sitzen, denn das dort hinten stattfindende Gespräch war wohl so konzipiert, dass es auch ohne Zuhörer auskam. Es dauerte auch entsprechend lange. Ich brutzelte in der Sommersonne, die mal wieder direkt von vorne in das sportliche Gefährt hinein schien.

Irgendwann stieg er wieder ein und sagte zunächst keinen Ton. Er ließ den Motor an und fuhr erstaunlich langsam weiter.

Er hatte eine Röte im Gesicht, die nicht direkt an einen gallischen Krieger im Dienste der République Française erinnerte. Langsam fuhr er am Apfelhain vorbei und legte dann einen nachträglichen Kavalierstart hin, der sich gewaschen hatte. Wir wurden durch eine unvernünftige Beschleunigung nach hinten in die Sitze gedrückt. Die Geschwindigkeit nahm rapide zu. Langsam taute er auf.

„Scheiße", sagte er.

„So schlimm?" fragte ich.

„.......", sagte er.

„Oh Mann", sagte ich.

Die Sache war ja keineswegs so, dass nur immer ich im Zustande unglücklicher Verliebtheit verharrte. Einige Wochen zuvor waren wir bei ihm zu Hause gewesen. Eine Wochenendtour, die trotz seines sportlichen Gefährts eine nicht unbeträchtliche Zeit im Auto bedeutet hatte. An einem Baggersee hielten wir in den frühen Morgenstunden, stellten die Sitze zurück und schliefen erstmal ein- zwei Stündchen.

Kurze Zeit später erreichten wir ein allein an der Landstraße stehendes Haus, in dem uns eine junge Dame aufmachte. Sie war in etwa Mitte zwanzig, hatte langes, blondes Haar, war klein von Statur, aber wohlproportioniert und hatte ein hübsches, trauriges Gesicht, in das jemand mit solcher Gewalt hineingehauen hatte, dass die eine Hälfte eine Färbung aufwies wie ein Gewitterhimmel im Spätsommer, kurz vor Einbruch der Nacht.

Als sie uns sah, lächelte sie mit der anderen Gesichtshälfte, ließ uns ein und servierte Kaffee. Wir unterhielten uns und der erste Eindruck hatte nicht getrogen.

Es gab einen Typen, einen Kerl oder Macker, wie auch immer, ich nenn ihn mal Arschloch. Sie hatte ihn scheinbar wegen wiederholter Verfehlungen zur Rede gestellt und Arschloch hatte die völlig unverdiente Tatsache, größer und stärker als sie zu sein, zu jener Heldentat genutzt, die jetzt offensichtlich war. Und auch das zum wiederholten Mal, um danach abzuhauen und auf unbestimmte Zeit zu verschwinden.

Irgendwie blieben wir länger, als es die Höflichkeit geboten hätte. Ich mochte sie und genoss ihre Gegenwart. Sie hatte, obwohl sie mich überhaupt nicht kannte, sofort Vertrauen gefasst und war ganz zwanglos und offenherzig. Erst gegen Mittag fuhren wir weiter.

„Was hältst du davon?" fragte der ehemalige Legionär.

Ich verfügte damals wie heute über ein manchmal nur wenig rational geleitetes Gemüt, das mich schon öfter in Schwierigkeiten gebracht hatte.

„Arschloch, der Typ. Ich hatte gehofft, der würde doch noch auftauchen. Der Held. Auf den hätte ich mich gefreut."

„Was meinst du, warum wir so lange geblieben sind?"

Diese kurze Episode hat mit meiner eigentlichen Erzählung genau genommen wenig zu tun. Ich musste sie aber einfach mal loswerden. Vielleicht, um zu zeigen, wie nah wir dem täglichen Drama oft sind. Oder auch, um zu zeigen, wie ich oftmals in fremden Angelegenheiten Held sein wollte, um in den eigenen genauso oft zu kneifen. So geht es den Menschen wie den Leuten. Der ehemalige Legionär und ich machten da keine Ausnahme.

Wir besuchten seine Mutter. Er bekam selber Besuch von der Mutter seines Kindes, die die Hoffnung auf ihn wohl noch nicht so ganz aufgegeben hatte. Danach ließ er mich in der apfelkuchigen Obhut seiner Mutter und besuchte selbst wiederum eine Dame, auf die er seinerseits sich Hoffnung machte, woraus dann aber nichts wurde. Hatte ich schon erwähnt, dass die Dinge manchmal unheimlich kompliziert sind?

In einer Stimmung, die an verquerer Emotionalität nichts zu wünschen übrig ließ, traten wir die lange Reise zurück nach Norden an. Ich dachte an Traudl und daran, wie gut ich es doch eigentlich haben könnte. Ich liebte sie. Diese Erkenntnis war kurz vor dem endgültigen Durchbruch, was aber damals schon, wie Sie sicher noch wissen, zu spät war. Um kurz vorzugreifen, nach meinem Weggang von dem Minenjagdboot zog auch mein Reisebegleiter wieder in seine Heimat, um bei seinem Kind zu sein und mit dessen Mutter zusammen zu leben. Ende gut, alles gut. Hoffe ich. Was aus der von Arschloch misshandelten Dame wurde, habe ich nie erfahren.

Zurück im Norden. Soeben hatten wir den Apfelhain hinter uns gelassen.

„…", sagte der ehemalige Legionär.

„Oh Mann", sagte ich.

Er schwieg.

Dann sagte er:

„Ich hab's nicht anders verdient. Ich bin so ein Arschloch."

„Nana", sagte ich.

„Sagt sie zumindest, und sie muss es ja wissen", sagte er.

„Und überhaupt, mit der Mutter von meinem Kind, und mit der anderen, die ich neulich besucht hab, als wir bei mir waren, und die nichts von mir wissen will", sagte er.

Er schüttelte den Kopf.

„Ich bin so ein Arschloch", sagte er.

„Also hör mal", sagte ich, "ich hab dich als 'nen Pfundskerl kennen gelernt."

Er schwieg.

„Und wenn von der Kleinen mit dem blauen Auge neulich der Macker aufgekreuzt wäre, dann hätten wir beide uns doch noch darum gekloppt, wer ihm zuerst aufs Maul hauen darf", sagte ich.

Er schwieg.

„Also kannst du so grundverkehrt gar nicht sein", sagte ich.

Er schwieg noch immer.

Dann sagte er:

„Von deiner hab ich auch Neuigkeiten erfahren."

„Von meiner?" fragte ich.

„Von deiner kleinen Dänin", sagte er.

„Oh Mann", sagte ich.

„Sie liegt im Krankenhaus."

„Was?" schrie ich.

Für einen kurzen Moment setzte mein Herz aus. Dann sprang es mit wild klopfenden Schlägen wieder an und holte das kurzfristig Versäumte auf einmal nach, indem es mir höchst aufdringlich in den Hals kletterte.

„Alles halb so wild", sagte er beruhigend.

„Hat sie versucht, sich was anzutun?" fragte ich mit der zitternden Stimme desjenigen, der sich zu Recht als die Ursache allen Übels identifiziert hat, dies sehr bedauert und die Erkenntnis als zu spät gekommen ansieht. Zu späte Erkenntnis. Ist immer wieder ein Thema bei mir.

„Nein. Ich sag doch, alles halb so wild", sagte der ehemalige Legionär, „Sie hatte ´ne akute Lungenentzündung. Darf aber schon wieder aufstehen und ist nur noch unter Beobachtung. Wir können sie ja morgen mal besuchen, wenn du willst."

„Ja, bitte. Oh Mann. Und ich dachte schon sonst was. Oh Mann. Oh Mann. Oh *Mann*. Ich bin so ein Arschloch."

„Mein Reden", sagte der ehemalige Legionär.

Es war schon fast wie eine Familienzusammenkunft bei der kleinen Dänin. Irgendwelche Onkels und Tantchens waren auch da, ihre schlanke Freundin meine ich in Erinnerung zu haben, der ehemalige Legionär und ich. Sie freute sich über den Strauß Blumen und nicht nachzuvollziehender Weise auch darüber, mich zu sehen. Wir gingen zu zweit etwas im Park spazieren.

„Tut es noch weh?" doppeldeutete ich bezüglich ihrer Gesundheit und meines Betragens.

„Nee, es juckt nur manchmal unerträglich", doppeldeutete sie zurück.

Ich schwieg.

„Du, sag mal."

„Hmmja?"

„Was ist denn jetzt mit uns beiden?"

„Tja, hmm."

„Kein tja, hmm. Du bist mir noch 'ne Antwort schuldig."

„Ja, ich weiß. Und wie ich mich neulich am Telefon benommen hab, tut mir unheimlich leid."

Sie wartete.

„Aber du hast da was angedeutet in deinem Brief. Darf ich dich das fragen? Ich meine, wie alt du bist?"

„Darfst du."

Wir setzten uns auf eine Parkbank und sie sagte mir, wie alt sie war.

Nachdem wir wieder an Bord zurück waren, begann für mich eine Zeit, in der ich täglich nicht drei, sondern fünf oder sechs halbe Liter in mich hineintrank. Diese Zeit endete erst abrupt mit einem Ereignis, über das ich die Kontrolle fast verloren hätte. Davon erzähle ich Ihnen noch. Erst danach begannen die Abstinenz, das Vegetarier sein und die Sportlichkeit.

Das Ergebnis meiner Frage war nicht ganz das, was zu erwarten gewesen wäre. Es war in jedem Falle grenzwertig, und zwar jenseits der Grenze.

„Schreckt dich das so?" fragte sie.

„Ehrlich gesagt, irgendwie ja. Tut es."

„Und meinst du nicht, dass trotzdem was aus uns werden könnte?"

„Sei mir nicht böse, bitte, aber irgendwie finde ich, das geht nicht. Sei nicht traurig. Ich hab dich gern. Aber mehr geht einfach nicht."

Wir saßen noch ein bisschen auf der Bank, dann verabschiedeten wir uns. Das mit dem Alter hatte zwar seine Berechtigung, war aber nur ein Grund von zweien. Der zweite war, dass sie tatsächlich eher dem

Entlein auf dem Foto glich, als dem Schwan in meiner Erinnerung. Ich sagte es nicht. Sie wird es gespürt haben. Wir fuhren weg. Sie war traurig.

Drei Jahre später sahen wir uns wieder. Es erübrigt sich völlig, Ihnen zu erzählen, dass sie mittlerweile zu einem Schwan erblüht war, und zwar zu einem strahlenden.

Meine Dienstzeit bei diesem Trachtenverein war vorüber und meine Mutter hatte mich besucht, um meine privaten Sachen abzuholen und mich gleich mit. Wir wollten noch in einer dieser hutzeligen Gaststätten in einem dieser hutzeligen Fischerstädtchen auf dem Weg etwas Nettes schnabulieren. Wir parkten das Auto und gingen von dem kleinen Fischerhafen in Richtung Innenstadt.

Da kam eine aufrechte, schöne Frauengestalt den Weg herunter, wie eine Fee, die sich den Sterblichen zeigt. Ich erkannte sie auf den ersten Blick und erstarrte in einer plötzlichen Ausschüttung von Überraschungshormonen. Sie hier? Sie sah mich und lächelte mich an.

Ihr Haar verfügte noch immer über den süßen Pony, glich aber ansonsten nicht mehr dem rupfigen Gefieder einer kleinen Ente. Sondern es strahlte leuchtend, wie die Flügel eines jungen Schwanes. Das Ganze hatte etwas Märchenhaftes.

Ihre Augen waren ohnehin schön, aber zusätzlich hatte sie noch irgendetwas Raffiniertes mit ihren Wimpern und einer dunklen Farbe auf ihren Liedern gemacht.

Ihre Haltung war aufrecht und strahlte ein völlig gerechtfertigtes, jugendliches Selbstbewusstsein aus. Etwas perplex stellte ich die beiden Damen einander vor.

„Wie kommt es denn, dass du hier bist", fragte ich in einer selten dämlichen Weise, „das ist ja mal mehr als ein Zufall!"

„Ich besuche eine Freundin. Sind ja grad Sommerferien, auch bei uns", sagte sie. „Und was machst *du* denn so", fragte sie, „ich bin ja völlig überrascht, dich hier noch zu sehen. Warst du echt noch so lange bei eurer Marine?"

„Ja, war ich, aber es reicht jetzt. Was ich so in ziemlich engem dienstlichem Kontakt mit so ein paar Nasen aus der oberen Führungsschicht erlebt habe, geht auf keine Kuhhaut. Hoffentlich haben wir sowieso schon mal nie wieder Krieg, aber wenn doch, und dann mit solchen Typen am Ruder, dann ist der Ofen echt aus. Außerdem hab ich mittlerweile ziemliche Probleme mit deutschen Waffenverkäufen ins Ausland. Da hab ich einiges in ganz komischen Händen gesehen."

Sie nickte wissend. Wie in dieser Gegend nicht unüblich, hatte sie auf der anderen Seite der Grenze selbst nahe Verwandte bei der Marine, die ebenfalls nur noch auf ihr Dienstende warteten.

„Und was machst du jetzt? Du bleibst bestimmt nicht hier, oder?" fragte sie.

„Nein. Jetzt mach erstmal eine Reise, mit einem Freund von dem Containerschiff, auf dem ich die letzten Jahre gefahren bin. Mit dem Zug durch Russland und dann mit dem Pferd durch die Mongolei. Danach fang ich mit dem Studium an."

„Mensch, supergeil. Das hört sich echt interessant an."

„Tja, erstmal was Anderes. Und jetzt brenne ich richtig darauf, was Vernünftiges zu tun."

Sie lächelte anerkennend. Sie war wunderschön.

„Und was machst du so? Erzähl mal."

„Ich bin grad auf dem Weg zum Abitur. Und dann mal gucken. Ich würd mich für was Soziales interessieren. Aber irgendwie finde ich auch die Biologie total interessant. Ich bin da ganz offen."

„Mensch, klasse. Das freut mich. Und ja, lass dir ruhig Zeit mit der Wahl. Du bist ja jung. Alsdann du, meine Mutter und ich wollten noch eine Kleinigkeit essen und dann fahren wir. Mach´s gut und alles Liebe und Gute!"

„Dir auch. Mach´s gut!"

Wir gaben uns die Hand und umarmten uns kurz. Sie verabschiedete sich formvollendet von meiner Mutter.

Auf dem Weg in die Stadt sagte meine Mutter:

„Du hast ja hier interessante junge Damen kennen gelernt."

Ich schwieg. Sie spürte, dass da irgendetwas war, worüber ich nicht sprechen wollte und ließ es dabei bewenden. Mein Vater wäre mit Sicherheit weit weniger feinfühlig gewesen.

Hätte ich vielleicht fragen sollen, ob ich ihr von unterwegs mal schreiben dürfe? Auf diese Weise in Kontakt mit ihr bleiben? Nein, so dachte ich nicht. Nicht nach allem, was ich verbrochen hatte. Außerdem hätte ich in ihrem Fall bestimmt Hintergedanken entwickelt. Sie war umwerfend schön. Opportunismus gehört aber nicht zu meinen ansonsten zahlreichen Fehlern. Auch schien es mir unmöglich, dass sie nicht schon längst einen Freund hatte.

Ich freute mich sehr, wenn auch mit leiser Wehmut und noch immer etwas schlechtem Gewissen, dass sie eine so selbstbewusste, wunderschöne, junge Frau geworden war. Und das, obwohl sie mich gekannt hatte.

Ein Nachmittag

Die Tage, nachdem ich den erschütternden Brief von Traudl erhalten hatte, waren also insgesamt vollkommen beschissen. An einem dieser Nachmittage, an denen Teile der Besatzung in trauter Übereinkunft den Feierabend mit zwei oder drei Bier (ich mit sechs) ausklingen ließen, hielt ich es nicht mehr aus.

Mit ein paar Leuten, darunter der Decksmeister (ein älterer, erfahrener Oberbootsmann) und zwei oder drei von den Mannschaften, stand ich auf der Brücke und bat sie, mich den Brief einmal vorlesen zu lassen. Sie hörten aufmerksam zu.

„Naja, so wie sie das schreibt, hat sie dich ja irgendwie immer noch gern", sagte ein Funker, der zu den Mannschaften gehörte, „das ist doch immerhin was positives. Vielleicht könnt ihr ja so erstmal eine Freundschaft haben, und was dann ist, zeigt die Zukunft."

Das war natürlich vernünftig und gut. Gab mir auch Hoffnung. Das diese, mal mehr, aber häufig weniger eingeschworene Gemeinschaft harter Männer so ein sensibles Thema durchdiskutieren kann, war für mich eine völlig neue Erfahrung. Und es tat gut.

Wir wechselten langsam das Thema. Es kamen andere hinzu, zum Beispiel der Sonar-Meister (ein jüngerer Bootsmann, nicht so alt und erfahren wie der Decksmeister). Er sagte:

„Aber was mir mal aufgefallen ist, Herr Gerstenmälzer, alle Boote um uns herum, auch die alten Landungsboote, haben viel hübschere Heckflaggen als wir. Ist unsere so alt, oder was?"

Die Heckflagge ist ein schwalbenschwänziges, schwarz-rot-senffarbenes Hoheitsstöffchen mit Adler drauf. Im Hafen führen Marineboote und –schiffe zwei davon, eine vorne und eine hinten, diese ist dann die Heckflagge.

„Also", sagte ich, „ich hab mit unseren Signalflaggen schon mal große Wäsche gemacht. Der Mövenschiet ist raus, nur so bunt wie früher werden die nicht mehr. Aber wissen Sie was, Herr Bootsmann? Ich geh da jetzt rüber und tausch die aus. Unsere gegen die von dem Landungsboot da."

„Nee, Herr Gerstenmälzer, so ernst war das nicht gemeint, lassen Sie mal."

„Kommt nicht in Frage, unsere Heckflagge ist zu ausgebleicht, deren nicht und ich tausch die jetzt."

Ich hatte schon drei oder vier Bier intus, und so ließ ich mich nicht abbringen. Aus den Augenwinkeln sah ich noch, wie der Sonar-Meister mich noch zurückhalten wollte, der Decksmeister ihm aber ruhig zuredete, mich mal machen zu lassen, wär grade ganz gut für mich. War halt ein Menschenkenner, der alte Seemann. Ich bedauere es noch heute, ihm später eine Garnitur imprägnierte Regenkleidung geklaut zu haben, für die er unterschrieben hatte, die aber mir für den Dienst an Oberdeck bei schlechtem Wetter anvertraut wurde.

Jedenfalls bekamen wir eine neue Heckflagge, die aber bei näherem Hinsehen auch nicht viel bunter war als die alte. Man soll halt nicht auf das Gelaber der Leute hören. Wenigstens hatte die Aktion einen kurzen Schub von Fröhlichkeit bei allen Beteiligten und erstaunlicherweise auch bei mir erzeugt.

Der nächste Tag war wieder scheiße.

An einem jener schwermütigen Wochenenden saß ich also mal wieder im Wachhäuschen. An diesem vorbei führte der Weg auf die Landungsbrücke und die wiederum auf unsere Pier. Dort lagen zu beiden Seiten unsere Minenjäger sowie einige alte Landungsboote vertäut. Es galt, vom Wachhäuschen aus sämtliche Besucher zu begutachten, um die damals noch jugendliche Hüfte jenes schon erwähnte, heutzutage antiquierte, aber dennoch schwere und brachiale Schießeisen geschnallt.

Den Unteroffizier vom Dienst machte an diesem Wochenende der Sanitäts-Maat. Ausgerechnet. Als ich, im Wachanzug mit schwarzer Schlaghose, weißer Matrosenbluse sowie Mütze mit Flatterbändseln hinten, um zwölf Uhr Mittags auf Wache zog, stand dieser Mensch unnötigerweise am Wachhäuschen vor der Pier und laberte den dort stehenden Matrosen voll. Die sommerlich aufgeheizte Schwimmpier hinauf ging ich an den Reihen der beidseitig dort vertäuten Minenjäger und Landungsboote vorbei. Deren Stellinge, die Laufstege, auf denen man an und von Bord kam, rollten mit ihren Rädern auf dem Asphalt der Pier hin und her, während die Boote sich träge in den Wellen wiegten. Bei großer Hitze konnten die Räder regelrechte Rillen im Asphalt hinterlassen. Ich hatte es nicht eilig.

Nachdem ich offiziell die Dienstpflichten übernommen hatte, war es an mir, diese vollkommen nichtssagenden Geschichten des Sanis zu Ende anzuhören. Was er in seinem nebenberuflichen Geschäft die letzten Wochen und Monate wieder für Einnahmen gemacht hätte.

„Das sind dann insgesamt schon zwanzigtausend Mark auf mein Konto. Kähähä. Mensch, sag' mal, was machst du denn für ein Gesicht. Schon wieder Weibergeschichten?"

„Tja, so kann man's auch nennen. Mit meiner großen Liebe ist wohl jetzt endgültig Schluss. Hatte irgendwie gehofft, ich könnte das noch ändern. Aber war alles zu spät. Ist vielleicht besser so. Ich hab sie nicht verdient."

Die Daumen hinter das Koppel geklemmt, schaute ich in Cowboymanier aufs Wasser hinaus. Die Mützenbänder flatterten in einem kleinen Windstoß. Die Sonne schien. Die Luft roch nach Salzwasser und leicht fauligen Algen. Es war warm.

„Nein, nein. Du siehst das ganz falsch", sagte der Sani. „Du musst dir immer alle Optionen offen halten. Und wenn's die nicht ist, dann halt die Nächste. Lohnt sich überhaupt nicht, da großartig Emotionen drauf zu verschwenden. Machen die Weiber genauso wenig. Kam bestimmt aus heiterem Himmel, oder? Hat sie dir vorher großartig was erzählt?"

„Tja, nicht direkt."

„Na, siehst du. Dann lass sie gehen. Und tschüss. Bei mir gab's auch schon mal eine, die hat gesehen, dass ich mir grade so ein gut gehendes kleines Geschäft aufbaue. Und kam gleich mit heiraten und so. Äh-äh, nicht mit mir. Hab ich gleich durchschaut. Konnte gleich wieder abhauen. Siehst du. So musst du das machen. Bisschen emotionale Bindung ist schön, aber sobald sie was wollen, was dich zu sehr bindet... tschüss. Da bin ich knallhart."

„Ist vielleicht 'ne gute Methode. Dann kann einem wenigstens keiner wehtun."

„Genau. Siehst du, geht doch. Also, lass den Kopf nicht hängen. Ich lass dich jetzt mal alleine. Pass mir schön auf die Pier auf. Hast bis sechzehn Uhr, stimmt's? Ich seh' zu, dass dich die andere Schnarchnase pünktlich ablöst."

„Danke."

„Jou, alles klar."

„Das war gemein von mir", dachte ich. Natürlich hatte sie mir nichts direkt gesagt. Aber indirekt dafür ziemlich deutlich, so was wie „lass uns wieder Freunde sein, das war viel schöner". Außerdem hatte es genügend mehr oder weniger eindeutige Zeichen gegeben. Und schon wieder hatte ich mich zu Äußerungen hinreißen lassen, die ich gar nicht ernst meinte. „Dann kann einem wenigsten keiner wehtun", so ein Müll. Wenn hier wem wehgetan worden war, dann ihr von mir. Dachte ich.

Verdammt, letztendlich waren wir vielleicht bloß sechs Monate „zusammen" gewesen. Sofern man das überhaupt so nennen kann. Aber in dieser Zeit war ich durch himmlische Höhen und erdrückende Tiefen der menschlichen Psyche gegangen. Und dann war ich auf einmal sicher, dass es sie war. Nur sie. Keine andere. Und dann war es zu spät. Ich ging ins Wachhäuschen und trat meinen Dienst an. Da konnte ich endlich alleine und traurig sein. Der Wachdienst fing schon an ewig zu dauern, bevor er überhaupt richtig angefangen hatte.

Die Minuten zählend, starrte ich in den sommerlichen Sonntagnachmittag, traurig und trübselig, enttäuscht vor allem von mir selber. Dachte daran, dass ich diese Scheiße vor allem mir selbst zuzuschreiben hatte. Alles war also folgerichtig und verdient.

Dem noch immer so geliebten Wesen, dieser Gestalt gewordenen Weiblichkeit, dieser von mir so tief verletzten jungen Frau, die mich trotz alledem noch immer gern hatte und mich mochte, konnte kein Vorwurf gemacht werden.

Die zahlreichen Dumm- Blöd- und Gemeinheiten, die ich begangen hatte, schwebten an mir vorüber, darunter Peinlichkeiten, die allein vom Zuhören schon die Bedeutung dieses alten deutschen Wortes „Pein" nachfühlen lassen. Bereits das Zuhören bereitet Schmerzen, das Lesen gewiss nicht minder.

So hatten zum Beispiel, als wir uns einmal ineinander verschlungen auf dem Fußboden ihres Zimmers wälzten, zwar in innigster Erregung, jedoch vollständig bekleidet, der Duft und die Berührung ihres wallenden Haares und auch ihrer Arme und des ganzen Restes, in mir etwas ausgelöst, was... aber das würde jetzt zu weit führen.

Jedenfalls führe ich heute dieses frühzeitige Ereignis sowohl auf meine Unerfahrenheit, als auch auf den Sturm und Drang in mir zurück. Den Sturm in meiner Seele und... aber lassen wir auch das jetzt lieber.

Als dann jedoch die Holde mich fragte:

„Wollen wir ins Bett gehen?"

Da sagte ich:

„Nein."

Dieses zu tun erschien mir angesichts des soeben vorausgegangenen Ereignisses unmöglich.

Peinlich, peinlich. Dabei hätte ein scherzhaftes Wort alles einrenken können. Und ich rühmte mich doch ansonsten so gerne meiner großen Schnauze. Mit der war ich übrigens anfänglich auf dem Boot ziemlich angeeckt und die ersten Wochen ein ziemlicher Außenseiter gewesen. Diese Schnauze schien mich jedoch vollständig verlassen zu haben, sonst hätte ich mich nicht schon wieder zu einer Äußerung hinreißen lassen, die nicht meine eigene Meinung war.

Zur Traurigkeit gesellte sich Abscheu vor mir selber. Ganz egal, woran ich mich erinnerte, immer gab es da irgendein Ereignis, für das ich mich schämte und das mich verfolgte. Die kleine Dänin erschien mir wieder wie im Traum. Wie ging es ihr wohl gerade? Wenn es ihr gerade gut ging, so war das bestimmt nicht mir zu verdanken. Überall nur Tränen und Scherben.

Kaum etwas ist für trübselige Gedanken der Selbsterkenntnis besser geeignet, als eine monotone Überwachungstätigkeit. Das Bewusstsein gaukelt einem vor, mit etwas beschäftigt zu sein, das Unbewusste jedoch weiß um den Denkfehler. Dass nämlich kaum etwas getan werden muss, man nur da zu sein und möglichst nicht einzuschlafen hat.
Obwohl die Augen offen sind und man gegebenenfalls auch mit dem äußeren Anschein der äußersten Entschlossenheit, oder wenigsten Wachheit, da stehen kann, ist man doch mit den Gedanken ganz woanders.
Sehr oft hatte ich diese Erfahrung auf verschiedenen Wachen gemacht und man muss sich hüten, sich davon bei wirklich wichtigen Überwachungstätigkeiten übermannen zu lassen. Die gibt es nämlich auch.
Eine menschenleere Pier innerhalb eines fast menschenleeren Marinestützpunktes im tiefsten Frieden des Sommers 1993 zu bewachen, erscheint aus heutiger Sicht weniger dramatisch. Damals war es hauptsächlich langweilig. Aber dem würde ich Abhilfe schaffen. Und so begann dieses Ereignis, über das ich fast die Kontrolle verloren hätte.
Es war eher unwillkürlich, dass meine Hand sich dem Lederholster mit der Dienstwaffe näherte. Die unsägliche Konstruktion dieses Holsters verhinderte sehr erfolgreich ein rasches Ziehen im Notfall, und das war bei unserer oberflächlichen Schießausbildung vielleicht auch ganz gut so.
Der Öffnungsmechanismus erinnerte fatal an Meik Krügers alten Song „Sie müssen nur den Nippel durch die Lasche zieh'n".
Wenn man das getan hatte, bedurfte es jedoch keiner Kurbel zum nach oben drehen. Die tierhäutene Fehlentwicklung war, bei festgeschnalltem Gürtel im Prinzip unter Zuhilfenahme beider Hände, zu ergreifen

und nach unten zu ziehen, wobei sie das Griffstück des darin enthaltenen Mordwerkzeuges freigab.

„… dort erscheint sofort ein Pfeil, und da drücken Sie dann drauf…".

Sehr viel später habe ich in dem großartigen, autobiografischen Werk „Verdammt in alle Ewigkeit" von James Jones eine ziemlich ähnliche Szene gelesen. Natürlich war die Sache dort anders. Die Geschichte spielt, oder genauer: trug sich wahrscheinlich bei den in Honolulu stationierten US-Truppen zu. Die dort die „Ananas-Armee" genannt wurden, damals, 1941, kurz vor Ausbruch des Pazifikkrieges.

Isaac Nathanael Bloom war Jude, Mittelgewichtschampion seines Regiments, Unteroffizier und stand im Verdacht, schwul zu sein.

Als Jude wurde er verachtet, als Champion nicht so geachtet, wie er sich das gewünscht hatte und als Unteroffizier gleichfalls. Den Dienstgrad hatte er wegen seiner Fähigkeit im Boxen erhalten, obwohl er den Unteroffizierslehrgang nicht bestanden hatte. Sein Kompaniechef war dabei, seine eigene Karriere mit den Sportleistungen in seiner Kompanie zu beschleunigen. Und das bedeutete einiges Gemauschel hinter den Kulissen.

Das harte Boxen in der Armee mochte Bloom gar nicht, er war eigentlich viel zu friedfertig dazu und sehnte sich nach dem Ende der Boxsaison, wenn er für einige Monate nicht zu trainieren brauchte.

In der fraglichen Szene wird Bloom beschrieben, wie er tagsüber in dem leeren Schlafsaal auf seinem Bett sitzt und über sich nachdenkt. Seine verpatzte Unteroffiziersprüfung stand ihm vor Augen und wie ihn sein Kompaniechef trotzdem durchgeboxt hatte. Wie eine Puffmutter ihn wegen seiner Nase „Judenjunge" genannt hatte, die gleiche Nase, die ihm von seinem Erzrivalen Prewitt, der auch noch kleiner als er war, bei einer sinnlosen Schlägerei angebrochen worden war.

Den gleichen Erzrivalen hatte er wegen dessen Kontakten zu vermögenden Homosexuellen denunziert und damit eine Untersuchung ausgelöst, die letztendlich den Verdacht der Homosexualität auf ihn selber lenkte. Das bedeutete damals und übrigens bis vor gar nicht langer Zeit bei der US-Armee die unehrenhafte Entlassung.

Es war in Blooms Gefühlswelt von nachrangiger Bedeutung oder sogar ein Minus, dass er trotz des nicht bestandenen Lehrgangs befördert worden war und des Boxens wegen sogar noch weiter befördert werden sollte. Es war ihm schnuppe, dass er unmittelbar nach der vom Kaplan beendeten Schlägerei mit Prewitt mit noch schmerzender Nase in den Ring gestiegen war und den Endkampf um die Regimentsmeisterschaft in der ersten Runde mittels KO gewann. Es interessierte wenig, dass der scheinbar so gemeine Verdacht, schwul zu sein, schließlich auf allen lastete, die damals vernommen worden waren. Alles, was wirklich sichtbar war und zählte, schien seine jüdische Nase zu sein.

Er fühlte sich einsam. Fast hoffte er, jemand würde hereinkommen und irgendeine Bemerkung machen. Irgendetwas zu ihm sagen.

Damals wurden die Gewehre noch im Schlafsaal aufbewahrt. Bloom ging zum Gewehrständer und sah nach den Nummern. Sein Gewehr sollte der Hierarchie der Besitzer zufolge das dritte von rechts sein. Es war das vierte. Wieder einmal und eigentlich wie immer sah er sich sogar bei Nebensächlichkeiten um seinen Platz betrogen. Die schwere Springfield Rifle in den Händen, begab sich Bloom wieder zu seinem Bett und betrachtete die Waffe. Eine gewisse, eigenartige Formschönheit kann man Gewehren nicht immer absprechen.

Es kam Bloom in den Sinn, einmal gehört zu haben, die beiden schönsten Dinge, die je in Amerika hergestellt worden waren, seien der geschwungene Griff einer Axt und der mit Segeln überstark betakelte Clipper. Doch eigentlich käme noch ein drittes dazu- die Springfield 03.

Dummerweise war es wieder sein Feind Prewitt gewesen, der das gesagt hatte. Vor den ganzen Dämonen, die ihn in seinen Gedanken verfolgten, schien es kein Entkommen zu geben.

In seiner Feldkiste hatte er drei scharfe Gewehrpatronen, die er bei einer Übung entwendet hatte. Bloom stand auf und ging zu seiner Kiste. Er kniete sich hin, schloss die Kiste auf und holte die Patronen unter seinen Sachen hervor. Eigentlich hatte er sich die Dinger nur angeeignet, weil er es mochte, sie in der Hand zu halten. Er ging wieder zu seinem Bett und setzte sich. Dann nahm er das Gewehr wieder auf, öffnete den Verschluss und lud eine Patrone in die Kammer. Dann ließ er den Verschluss zugleiten.

Er genoss das Gefühl, ein geladenes Gewehr in der Hand zu halten. Mehr aus Neugier überzeugte er sich, dass es gesichert war und steckte die Mündung in den Mund. Er versuchte, den Abzug mit den Fingern zu erreichen, aber das gelang ihm nicht. Die Waffe war zu lang.

Mechanisch zog er seinen rechten Schuh und Strumpf aus und stellte den Kolben auf den Boden. Wieder nahm er den Lauf in den Mund. Mit dem Zeh drückte er auf den Abzug. Es geschah nichts. Wieder hoffte er, es würde jemand hereinkommen und mit ihm reden, oder irgendeinen Witz machen.

Noch einmal dachte Bloom über sich nach und über seine Rolle in der Welt. Die Angst überkam ihn, dass jetzt doch jemand hereinkommen, ihn so sehen und auslachen könnte. Das sie alle kommen und ihn auslachen könnten. Dass ihn niemand um seiner selbst Willen mochte, dass er verlacht und verachtet wurde. Dass er von sich selbst glaubte, homosexuell zu sein und das für etwas Schlechtes hielt. Dass in Europa schon Krieg war und dass der im Pazifik bestimmt auch bald ausbrechen würde. Alles das schien ihm das Leben unerträglich zu machen.

Isaac Bloom entsicherte seine M1903 Springfield und stellte sie wieder auf den Boden. Die Mündung nahm er wieder zwischen die Zähne. Mit dem Gedanken, wie hässlich der nackte Fuß eines Mannes doch war, setzte er den Zeh noch einmal auf den Abzug. Er drückte ab.

Minutiös wird dann geschildert, wie die Funktionen seines zerstörten Gehirnes aufhören, während allerletzte Empfindungen durch ihn fließen. Wie er feststellte, dass er doch nicht sterben wollte. Dass er gutes Essen liebte. Dass er Frauen liebte. Dass er Bier liebte. Dass er einen unabänderlichen Entschluss hatte fassen und durchführen wollen, nur um dann festzustellen, dass er sich geirrt hatte. Und die Bestürzung in den Gesichtern der Jungs, wenn sie ihn fanden, würde er auch nicht sehen. Er starb.

„… und schon geht die Sache auf".

Der Griff der Knarre war zum Greifen nahe und ich ergriff sie und zog sie heraus. Ohne je von Isaac Nathanael Bloom gelesen oder gehört zu haben, vollführte ich eine ganz ähnliche Prozedur.

Ich hielt mir das Ding an die Schläfe und drückte auf den Abzug. Es war gesichert und nicht fertiggeladen. Das Gefühl war ebenfalls Neugier, gepaart mit einer unwirklichen Empfindung, etwas zu tun, was vollkommen jenseits meiner bisherigen Erfahrungen lag.

Ich wollte mich nicht umbringen. Ich zog den Schlitten zurück und ließ ihn wieder nach vorn schnappen. Ich wog das Gefühl ab, eine geladene, gespannte Waffe in der Hand zu haben. Eigenartig. Es war mir vollkommen gleichgültig. War eben geladen, das Ding. Gefährlich. Da muss man Vernunft walten lassen. Ich brachte den Hahn wieder in seine Ruheposition.

Dann jedoch klickte ich die Sicherung hoch und hielt mir den Lauf wieder gegen den Kopf, entsichert und schussbereit. Mit dem Zeigefinger ließ sich der Abzug bis zum Druckpunkt drücken. Das Abzugsgewicht, also der Widerstand, der beim Abziehen über den Druckpunkt hinaus überwunden werden muss, lag bei einem bis zwei Kilogramm, soweit ich mich erinnere. Das können Sie sich in etwa so vorstellen, als würden Sie zwei volle Tüten Milch an einem Kleiderbügel befestigen und den Bügel dann mit dem Zeigefinger einen halben bis einen Zentimeter hochheben. Gar nicht so schwer, wenn man bedenkt, was für ein Unheil in Form von ziemlich gerichteter Energie man damit plötzlich loslassen kann. Man muss nur die Kleiderbügel-Milchtüten-Konstruktion durch den entsprechenden Schussapparat ersetzen.

Dieser Gegenstand in meiner Hand war eigens zum Töten von Menschen konstruiert worden. Zum Töten von Menschen. Das muss man sich mal auf der Zunge zergehen lassen. Eigentümlich im Abgang. Und es bleibt ein leichiger Nachgeschmack. Unglaublich, was für eine ekelhafte Perfidie ein Mensch so an den Tag legen kann. Und doch stehen die Konstrukteure solcher Waffen in der direkten Tradition des rußgeschwärzten Schmiedes, welcher vor Urzeiten das Blatt einer neuen Streitaxt aus dem Feuer zog, um dann konzentriert und mit großer Sorgfalt darauf herum zu klopfen.

Wie schneidet die Klinge noch besser? Oder heute: Wie kann das Geschoss noch mehr Energie im Ziel abgeben. Zu Deutsch: Wie ist die Verletzung möglichst fürchterlich? Oder damals wie heute: Wie liegt der Griff besser in der Hand? Auch wichtig.

Die Frage, wie man ein Stück beschleunigte Materie dazu kriegt, möglichst effektiv die körperliche Unversehrtheit eines Menschen zu verletzen, bewegt seit jeher die Gemüter.

Ich spannte den Hahn. Was dabei passiert, ist, dass der Teil des Hahnes, der im Gehäuse liegt, nur noch so eben von einer sehr kleinen Kerbe im sogenannten Spannstück daran gehindert wird, nach vorne zu schnappen. Der Wiederstand am Abzug ist dadurch deutlich geringer. Das ist in etwa so, als würden Sie die Milchtüten-Kleiderbügel-Kombination gegen eine Bastelschere eintauschen und diese mit dem Zeigefinger nur noch so fünf Millimeter anheben. Das nennt sich dann „weicher Abzug".

In diesem Zustand, fertig geladen, gespannt und entsichert, ist diese Pistole ziemlich empfindlich. Angeblich genügt unter Umständen ein unsanftes Hinlegen, und sie kann losgehen.

Ich hielt sie mir wieder an die Schläfe und spielte am Abzug. Er ließ sich noch ein winziges Stück bewegen. Einen oder zwei Millimeter hatte ich schon. Drei… ein jäher Schreck durchfuhr mich.

Ein Mensch in blauer Arbeitsuniform war plötzlich vor dem Wachhäuschen aufgetaucht und starrte im Vorübergehen zu mir herein. Blitzschnell klemmte ich mir die Wumme zwischen die Knie und tat, als wär nichts. Löste Kreuzworträtsel. Guckte dem Menschen hinterher, wie er die Pier entlang ging und sich dabei ständig nach mir umdrehte. Schließlich ging er die Stelling zu einem Landungsboot hoch, sah sich noch ein letztes Mal nach mir um und verschwand dann an Bord. Es war das gleiche Landungsboot, von dem ich wenige Tage vorher die Heckflagge entwendet und gegen unsere alte getauscht hatte.

Ich atmete tief durch. Dann fiel mir ein, was da zwischen meinen Knien steckte und bekam nochmal einen Schreck. Zum Lachen, wenn jetzt doch noch was damit passieren würde. Mir in den Fuß schießen erschien noch harmlos. Ein Treffer in den Unterleib oder von unten durch das Kinn und sich das Gesicht wegreißen wäre schon bedeutend unangenehmer. Mit äußerster Vorsicht griff ich zwischen meine Beine, versetzte das perverse Scheißteil wieder in seinen vorgeschriebenen Zustand und steckte es in das Stück Tier an meiner Seite. Stück Tier hochgezogen, Klappe zu, Nippel durch die Lasche. So. Weg. Zu. Oh, Mann.

Tief einatmen. Ausatmen. Aufstehen. Raus aus dem Häuschen mit seiner Panzerglasscheibe. Was für ein herrlicher, sonniger, möwenschissiger, leicht windiger, langweiliger Sonntagnachmittag an der Küste. Zu schön.

Ich überquere die Straße und setzte mich schräg gegenüber vom Wachhäuschen auf eine Bank, die dort auf dem Rasen stand. Genaugenommen war das ein Wachvergehen. Verlassen des Wachbereiches. Eine der größten Strafsachen, die das Militär so auf Lager hat. Danach kommen eigentlich nur noch Sabotage, Mord und Landesverrat.

Aber ich fand, dass ich das durchaus konnte und durfte. Ich war ja noch da. Zwar nicht mehr panzerverglast, aber außer mir selber wollte ja auch sicher niemand mit geladenen Schusswaffen auf mich zielen. Und außerdem: Die Pier und vor allem die Straße konnte ich von dort auch viel besser beobachten.

Ich schloss die Augen und genoss die Sonne. Das Leben war schön. Unglücklich verliebt und traurig sein ist auch schön. Oder kann schön sein. Man fühlt. Senseo, ergo sum.

Reflektionen, oder auch:
Geschosswirkung, Schießen und Frauen, Frauen, Frauen

Es bleibt noch zu erwähnen, dass sich Isaac Nathanael Bloom mit seiner Einschätzung der Lage gründlich geirrt hatte. Und zwar sowohl, was ihn selbst betraf, als auch was andere anging.

Ein Teil der Leute war weniger bestürzt, als vielmehr sauer auf ihn, weil sie die Sauerei, die er aus sich selbst heraus angerichtet hatte, wegmachen mussten. Den meisten allerdings war gar nicht klar, warum er das überhaupt getan hatte. Es stellte sich heraus, dass kein einziger etwas gegen ihn persönlich gehabt hatte. Nicht einmal sein vermeintlicher Erzfeind Prewitt, der ihm eigentlich am Morgen nach der Schlägerei hatte sagen wollen, dass er das nicht persönlich gemeint hatte. Außerdem wollte er ihm seinen Respekt zollen, weil er ein so großartiger Boxer war. Auch Prewitt war Boxer gewesen, bis er bei einem Trainingsunfall einem anderen Soldaten das Augenlicht genommen hatte. Danach wollte er nie wieder in den Ring. Auch er war im Grunde zu friedfertig. Die beiden hatten Parallelen.

Selbst der heimliche Umgang mit Homosexuellen wurde unter den Mannschaften vollkommen offen und sachlich diskutiert. Es war eine inoffizielle Methode, sein Gehalt aufzubessern. Es scheint, als wären die überwiegend einfachen Leute, aus denen der Mannschaftsbestand der Armee sich damals, vor über siebzig Jahren, zusammensetzte, viel offener und toleranter gewesen, als viele Menschen heute. Oder pragmatischer.

Das klärende Gespräch zwischen den beiden hatte jedenfalls nicht mehr stattgefunden, weil Prewitt am fraglichen Morgen von der Militärpolizei verhaftet worden war. Wegen einer anderen Sache, die er ausgefressen hatte. Von Blooms Tod erfuhr er im Militärgefängnis und machte sich furchtbare Vorwürfe.

Solche Vorwürfe hätte sich bestimmt auch das holde Wesen gemacht, um dessentwillen ich so litt. Vielleicht hätte ihr Leben dadurch eine tragische Wendung genommen. Wer weiß, vielleicht hätte sie sich selber etwas angetan, empfindsam wie sie war. Oder sich in ihrer irgendwie sehr religiösen Seele selber die Schuld gegeben und für den Rest ihres Lebens gelitten und all so was.

So geht man jedenfalls nicht mit einem Menschen um, den man liebt. Oder mal geliebt hat. Da muss man einfach mal zurückstecken. Sich selbst wegen so was absichtlich umzubringen ist verdammt egoistisch. Gefährliche Experimente zu machen, ist elender Leichtsinn. Ich wollte mich nicht umbringen. Aber hätte sie es gewusst? Natürlich nicht. Hätte schon ziemlich zielgerichtet ausgesehen, das Ganze.

Jedoch, der Organismus erholt sich erstaunlich schnell vom Schrecken. Und das jugendliche Hirn vergisst auch viel zu schnell, dass es nur so um ein, zwei Millimeter an dem Schicksal vorbeigesegelt ist, zu Matschepampe zerkloppt zu werden.

Fast wäre es mir zwei Jahre später auf einem anderen Schiff dann doch noch geglückt. Dieses Mal völlig unbeabsichtigt, aber nicht minder bescheuert. Genau dieses Hirn, das ich mittlerweile ganz in Ordnung finde, wenn schon nicht zu Mus zu schießen, so doch sauber mitsamt Kopf vom Hals zu trennen. Und alles zusammen auch gleich konservierend in Öl einzulegen.

Bevor ich davon erzähle, kann ich jedoch noch berichten, was es mir noch in diesem Sommer vergönnt war. Nämlich die infernalische Wucht zu begutachten, welche einem Geschoss zu eigen ist, das aus einer genau baugleichen Pistole wie mein Selbstmordsimulator abgefeuert wurde. Und zwar aus dreißig Zentimetern Entfernung auf genauso eine Panzerglasscheibe wie die, hinter der ich gesessen hatte.

Die Scheibe hat natürlich den Zweck, den dahinter sitzenden Menschen vor ungerechtfertigten Angriffen von außen zu schützen. Famoser Weise schützt sie auch außen befindliche Menschen vor der Beschränktheit der dahinter Sitzenden. Zumindest dann, wenn einer von ihnen die unheilvolle Eingebung hat, unsachgemäß mit Schusswaffen umzugehen.

Dieser Mensch hatte in ähnlicher Manier wie ich seine Dienstwaffe in den Ladezustand „fertig geladen, gespannt und entsichert" versetzt. Dann aber immerhin so viel Restverstand besessen, seinen dienstlichen Tötungsapparat nicht auf sich, sondern ganz allgemein vor sich zu halten, um sodann die Beweglichkeit des ebenfalls bereits beschriebenen weichen Abzuges auszuprobieren.

Der Krater im Panzerglas, den er damit erzeugt hatte, besaß in etwa das Volumen eines halben Schnapspinnchens, von welchem sich spinnwebartig feine Risse nach allen Seiten ausstreckten und einen nicht unerheblichen Teil der Frontpartie der Scheibe einnahmen.

Sowohl die Scheibe als auch der Schütze wurden aus dem Dienstverhältnis entfernt. Die Scheibe, weil sie nach dieser Versuchsdurchführung einen Schaden aufwies. Der Schütze, weil er wahrscheinlich schon vorher einen gehabt hatte.

Merkwürdigerweise konnte ich wochenlang die beschädigte Scheibe fast täglich betrachten, ohne auch nur im Geringsten Parallelen zu ziehen oder selbstreflektiert darüber nachzudenken. Oh, Hirn!

Bezüglich der neuen Liaison von Traudl hatte ich mich nicht geirrt. Sie war nach wenigen Monaten nicht mehr mit dem langhaarigen Mitmenschen zusammen. Auf der Abiturfeier eines Freundes aus Kindertagen, der etwa vier Jahre jünger war als ich, kreuzte sie mit einem etwas spitzgesichtigen Typen auf, den ich nur sehr oberflächlich kannte. Immerhin war das nun geklärt. Sie hatte einen neuen Neuen. Ich hielt mich aus Gründen des seelischen Schutzes etwas fern von ihr. Aber es ließ hoffen. Die Bindungen schienen nicht ewig zu halten. Vielleicht käme die Chance ja noch einmal, ihr zu beweisen, wie sehr ich sie liebte und für sie da sein wollte. Aber nicht heute. Nachdem ich mittelgradig bis etwas sehr darüber betrunken war, wankte ich nach Hause und bestieg am Folgetag wieder den Zug nach Norden.

Unser Kahn hatte noch einige Nachbesserungen nötig. Wir verließen unseren heimatlichen Stützpunkt, dampften die Ostseeküste hinunter und durch den Nord-Ostsee-Kanal. Hinaus in die Nordsee, südlich an Helgoland vorbei und dann wieder nach Süden, die Weser flussaufwärts. Dort lag die Werft, in der das Boot gebaut worden war. Die Nacht über stand ich Ausguck nach achtern, war allein und betrachtete die blau-kalte Nacht auf der küstennahen Nordsee. Das Minenjagd-Boot neigte sich leicht von einer Seite zur anderen. Als es vom Elbstrom in die Nordsee eintrat, fing es an, sachte zu stampfen. Die Hecksee rauschte. Die Meldungen der Ausgucks kamen monoton über den Kopfhörer.

„Steuerbord drei Dez grüne Fahrwassertonne."

„Ja."

Stille.

„Steuerbord querab Fahrzeug Bug rechts."

„Ja."

Stille.

„Backbord zwo Dez Gefahrentonne Nord."

„Ja."

„Backbord querab Mond."

„Danke, Herr Gerstenmälzer."

Wir legten gegen acht Uhr morgens an der Außenmauer an. Nach einer kurzen Musterung musste alles, was nicht niet- und nagelfest war, verstaut werden. Wir gingen ans Werk. Das Bekloppte ist, dass man bei geisttötender Arbeit immer noch denken kann. Aber irgendwann war selbst dieser Tag zu Ende und wir verließen das Boot.

Untergebracht waren wir in einer sogenannten Werftliegerkaserne auf der anderen Seite der Weser. Morgens ging ein Fährboot, das uns an Bord brachte. Wieder nächtliche Wachen in einem Häuschen. Ein dreiviertel Jahr zuvor hatte ich von genau diesem Häuschen aus in langen Nachtstunden Telefongespräche mit Traudl geführt. Auf Werftkosten. Die Erinnerung daran saß tief. Also, jetzt nicht wegen der Telefonkosten.

Das Fährboot ließ auf sich warten. Ein paar Leutchen von uns standen gelangweilt herum. Ich saß halb auf einem kleinen Hafendienstboot, ließ mich vom Strom schaukeln, die Füße in den Seestiefeln auf der Pier. Ein Küstenfrachter grummelte draußen auf dem Fluss in Richtung Nordsee. Sein Bug schob eine weiße Schaumwelle vor sich her. Die Möwen kreischten am Himmel.

Die Bugwelle breitete sich aus. Das kleine Boot schaukelte jetzt stärker. Die Seestiefel neigten sich langsam in die eine, dann in die andere Richtung. Sie wurden flusswärts gezogen. Dann wieder zurück geschoben. Meine Beine darin bewegten sich mit. Sie fühlten sich fremd an.

„Wie tot", dachte ich.

Wie das wohl wäre? Verunglückt. Im Krieg gefallen. Tot. Und doch noch bewegt. Wie sie die Nachricht aufnehmen würde? Ob sie sich vorstellen würde, wie ich da lag, schon nicht mehr lebendig, aber immer noch in Bewegung? Fremdbewegt. Wehrlos.

Eigentlich war das Schaukeln ganz angenehm. Besser nicht tot sein. Ich glaube nicht, dass man dann an so was Unschuldigem, wie sich schaukeln lassen, noch so viel Spaß hat. Besser leben. Dann kann man ein wenig träumen.

Wir hatten uns schon etwa zwei Jahre gekannt, die Traudl und ich. Sie hatte mich sofort irgendwie fasziniert. Und sie, damals noch sehr schüchtern, ließ mich wissen, dass sie keine unbedingte Abneigung gegen mich empfand.

Sie war sehr jung, damals. Erst fünfzehn. Ich neunzehn. Geschwärmt hatte ich zu der Zeit allerdings für eine andere.

Ich war zu dieser Zeit dem Irrtum erlegen, ein Rockstar zu werden. Als Gitarrist einer Band mit dem Namen „Brainless" hüpfte ich mit buntem Kopftuch und roter E-Gitarre über die Bühnen unseres Heimatgebirges und mimte den Hendrix. Es gab immer mal wieder einen Flirt mit der einen oder anderen hübschen Dame. Einmal sogar im Publikum während eines Konzertes.

„Durchsage: Wir möchten unseren Gitarristen bitten, nun wieder auf die Bühne zu kommen!"

Dummerweise pflegte ich überwiegend betrunken zu sein, was der tieferen Bekanntschaft mit jungen Damen zumeist abträglich war. Eine der jungen Schönheiten war oft bei uns im Übungsraum, und ich kann nicht verhehlen, so ziemlich in diese punkige, freche, hübsche Göre verschossen gewesen zu sein.

Eines Abends saßen wir alle zusammen bei unserem Tonmischer und frönten verschiedenen Genüssen. Es gab schönes zu Trinken und auch was zu Rauchen. Mein schönster Genuss war jedoch die Anwesenheit dieser rockigen Göre. Oder, um genauer zu sein, die Tatsache, dass sie an mich geschmiegt und tief atmend so auf meinem Schoß saß, und dass ich ihre überaus festen weiblichen Sekundärgeschlechtsmerkmale streicheln, massieren und kneten konnte, ohne auf nennenswerte Gegenwehr zu treffen. Also, genau genommen auf gar keine. Ich fühlte mich wie im Himmel.

Da ihre Heimstätte etwa drei Kilometer entfernt lag, war es dann irgendwann ein Gebot später Stunde, sie mit dem Fahrrad nach Hause zu fahren. Dabei trat ich nicht allein in die Pedale, sondern Pan, Amor und wie auch immer diese Testosterongötter heißen, halfen kräftig mit und ließen meine Waden zu männlicher Härte anschwellen.

Wir flogen dahin. Ich als verliebter Faun auf dem Sattel, die Hufe in die Pedale gestemmt, und hinter mir eine Fee aus einem Rock-Märchen, ihre schlanken Finger in meinem Fell.

Bei ihrem Elternhaus angekommen, stiegen wir vom Rad. Die junge Punkgöttin umarmte mich und sagte:

„Ey Ralte, hör mal, du bist echt 'n prima Kumpel und ich mag dich ziemlich gern, Mann. Aber mehr ist da leider nicht, tut mir echt leid, ey. Ich will dir echt nicht wehtun und so. Bitte versteh das, ja? Und ich hoffe, dass du mich trotzdem noch gern hast, ey, echt jetzt!"

Natürlich hatte ich. Und falls ich das mit dem neunzehnten Jahrhundert noch nicht erwähnt haben sollte, die Sache war ja so, dass dessen mir wohlvertraute Konventionen geboten, dem Wunsche der Dame zu entsprechen und sich ritterlich zurückzuziehen. Deshalb hatte ich nicht nur Verständnis, sondern sie auch noch sehr gern, wenngleich mit etwas wehmütigen Schmerzen. Echt mal.

Bei einem der nächsten „Brainless"-Konzerte gewahrte ich sie denn auch, wie sie in inniger Umarmung mit meinem besten Freund aus alten Tagen tanzte und knutschte. Und obwohl mir das Puschkin-Epos „Eugen Onegin" damals noch nichts sagte, hatte ich in einer Fernseh-übertragung eine wichtige Schlüsselszene der gleichnamigen Oper gesehen. Nämlich das Pistolenduell. Und das war mir eine Lehre.

Deshalb war der Freund aus alten Tagen auch so ziemlich der Einzige, dem ich ihre Gunst gönnte. So konnte ich mich wieder darauf konzentrieren, trotz mittelgradiger Besoffenheit wie bescheuert auf der Bühne herumzuspringen und Rockmusik zu spielen.

Mein unruhiges Auge schweifte in der Folge immer wieder über den weiblichen Teil der Bevölkerung. Und blieb immer wieder bei der Edeltraut hängen. Diese war mittlerweile sechzehn und ging ihre womöglich erste Liaison mit einem ruhigen, intelligenten und sympathischen Mitschüler von mir ein.

Sie hatte aber auch mehrere Freundinnen, die allesamt keineswegs ohne Reize waren. Zwar hielt ich mich für einen Romantiker, war aber über oberflächliches Gefühlsgedusel hinaus auch nichts weiter als ein typischer junger Mann auf der Suche nach geschlechtlicher Betätigung. Dabei war ich selber nicht immer fair.

Andererseits, wenn außer Begehrlichkeiten ansonsten wenig Interesse an der betreffenden Person besteht, dann ist es vielleicht tatsächlich angebracht, seine Motive zu hinterfragen. Oder aber, sie gut zu tarnen. Dies schien mehreren gleichaltrigen Jungs erstaunlich gut zu gelingen. Also die Tarnung, versteht sich. Anderen gegenüber, also beispielsweise mir, prahlten sie dann gerne mit ihren Eroberungen und wiesen auch durchaus auf die Vorzüge oder intimen Besonderheiten der entsprechenden Eroberung hin.

Was die jungen Damen überhaupt dazu brachte, in größerer Anzahl, und keineswegs nur nacheinander, auf die Avancen ein und desselben jungen Mannes positiv zu reagieren, war mir ein Rätsel.

Da ich hier und da, also so zwischendurch, auch mal was Romantisches auf der Gitarre spielte, war ich öfter, wenn auch stets nacheinander, der Anlaufpunkt der einen oder anderen jener jungen Damen. Der lieh ich dann mein romantisches Ohr, damit sie ihre traurigen Gefühle bezüglich einer der soeben erwähnten jungen Männer in dieses mein Ohr hineinheulen konnte.

Ein vertrauensvoller, tröstender Zuhörer in Herzensangelegenheiten zu sein, war zwar nicht ganz die Wirkung, die ich beabsichtigt hatte. Es erschien mir jedoch keinesfalls vertane Zeit, denn es brachte mich in den Genuss wiederholter intimer Konversation mit jungen Damen, die ich ausnahmslos sympathisch, liebenswert und hübsch fand. Ich spielte schon mit dem Gedanken, Pfarrer oder Psychologe zu werden.

Vertane Liebesmüh allerdings war es durchaus. Denn es kam sehr wohl vor, dass ich der einen oder anderen dieser jungen Damen ebenfalls gerne Avancen gemacht hätte. Allerdings erschien mir eben dies nicht angemessen. Einer traurigen jungen Frau, die sich hilfesuchend an meine versoffene Schulter lehnte, mit neuen Annäherungen zu kommen. Auch dann nicht, wenn sie sich nach längeren Gesprächen an einsamen Orten mit einer Umarmung von mir verabschiedete.

Aber ich war ja selber nicht immer fair. Auf meiner Abschlussfeier ließ ich eine junge Dame, die schon sehr verliebt in mich gewesen war, mit Tränen in den Augen zurück. Konnte ihr nicht helfen. Wusste nicht, wie. Nie gelernt. Stockfeige. Ich ließ die Rockkarriere sausen. Verließ das heimatliche Gebirge, um die Welt zu sehen. *Join the navy and see the world.* Die Monate vergingen.

Irgendwann später war ich bei einer von Traudls Freundinnen war ich zum Geburtstag eingeladen. Spät am Abend befanden sich die restlichen Gäste in ihrem Zimmer. Während sie in ihrer Hängematte lag, saß ich auf ihrem Sofa, im rechten Winkel zu ihr. Und da schien es mir angebracht, meinen seines Schuhs entblößten linken Fuß mitsamt Socke unauffällig zwischen ihre Knie zu schieben. Im Laufe des Abends war ich immer höher gerutscht. Da sie nichts dagegen zu haben schien, rutschte immer weiter. Sie lächelte mir manchmal zu, also blieb ich, wo ich war. Den Fuß sanft an ihre Scham gedrückt und wagte kaum zu atmen.

Als der letzte Gast gegangen war, lösten wir uns voneinander. Und nach meinem Dafürhalten hätten wir uns gleich wieder irgendwie weiter und anders verbinden können.

Sie aber sagte:

„Ralte, verlieb dich bloß nicht in mich. Ich kann dir das nicht zurückgeben."

„Ach so", sagte ich, „das kommt jetzt etwas überraschend. Ich hatte gehofft, du magst mich."

„Tu ich auch, aber mehr ist da leider nicht. Außerdem wäre es nicht fair."

„Warum?"

„Weil die Traudl sich ziemlich für dich interessiert."

Mein Herz tat einen Sprung.

„Ach, echt? Ich dachte, sie wäre fest liiert."

„Ist sie wohl auch. Aber so richtig glücklich ist sie grad nicht. Das geht wohl gerade auseinander mit den beiden."

Das tat mir einerseits Leid für meinen Schulfreund. Er war wirklich ein feiner Kerl. Ich hatte nie Eifersucht empfunden. Aber andererseits war das eine völlig neue Erfahrung für mich. Die Freundin eines heimlichen Schwarmes sagte mir, dass dieser heimliche Schwarm ebenso heimlich an mir interessiert sei.

„Am besten, du schreibst ihr mal. Was hältst du davon?"

„Sehr viel. Ich danke dir. Und, äh, tut mir leid wegen vorhin."

„Ach, ist schon okay. Ich hätte ja was sagen können. Aber es war auch nicht unangenehm."

„Oh. Na denn. Also, mach´s gut. Und nochmal danke."

„Ach, dafür nicht. Viel Glück euch beiden. Mach´s gut."

So war das gekommen. Ich war anfänglich unheimlich verliebt. Die Traudl und ich fanden zusammen und ich schwebte einige Monate durch rosa Wolken. Auch die räumliche Trennung war kein Problem für sie.

„Das ist doch besser so, als wenn man sich dauernd auf der Pelle hängt", sagte sie.

Ich weiß nicht, was es war. Irgendwas stimmte nicht so ganz. Wir waren alle beide noch ziemlich unerfahren. Ich wollte mehr Sex und sie mehr gemeinsam unternehmen. Sie lernte gerade, mit ihren tiefen Gefühlen umzugehen. Tiefe Gefühle waren mir unheimlich. Ich unterdrückte sie. Oder zeigte sie nicht. Was wiederum ihr unheimlich war.

„Warum kann ich bloß so schlecht meine Gefühle zeigen?" fragte ich mich.

„Ey Ralte, was machst denn du für ein Gesicht wie drei Tage Regen?" brüllte ein Kamerad.

Das Fährboot kam. Die Möwen kreischten.

Reifung

Die Sache mit dem jungen männlichen Körper ist ja die, dass er beschäftigt werden möchte. Es gibt da in verschiedener Hinsicht mannigfaltige Möglichkeiten.

Lustigerweise kann es dem zu Teilen noch unausgereiften Geist beschieden sein, weitgehend brach zu liegen, ohne dass dies dem Zustand eines gewissen Grundwohlbefindens abträglich wäre.

Ich zum Beispiel hatte meinen sehr belastbaren Körper durchaus mit großen Mengen verschiedener geistiger Getränke malträtiert, ohne ein

Nachlassen meiner allerdings mäßigen körperlichen Fähigkeiten zu verspüren.

Als ich aber merkte, dass das Mindestprogramm pro Abend an Bord aus drei Flaschen geistigen Getränkes bestand, und eigentlich auch gerne das Doppelte, zog ich die Notbremse und probierte aus, wie es denn wäre, vier Wochen lang überhaupt keinen Alkohol zu trinken. Praktischerweise verzichtete ich in dieser Zeit auch gleich auf Fleisch. So, wie es die Dame in ihrer jungen, tierisches und menschliches Leben achtenden Seele tat. Auch gewöhnte ich meine sterbliche Hülle wieder an etwas mehr Bewegung.

Ging wohl auch wieder zur Schule und wanderte anschließend in einer mäßig verantwortungsvollen Position auf ein Containerschiff, von dem aus die Führung des mir zur Heimat gewordenen Minensuchgeschwaders ihre Führungsaufgaben wahrzunehmen pflegte. Nicht weil das Schiff dazu besonders geeignet gewesen wäre. Aber es war größer und bequemer.

Bis es soweit war, hatte ich ein halbes Jahr lang Zeit, allabendlich in einer Schwimmhalle Bahnen zu ziehen oder in einer rustikal ausgestatteten Muckibude Eisen zu kneten. Beides war praktischerweise in der Schule vorhanden. Die Wochenenden verbrachte ich bei einer Dame, die mir während der Woche regelmäßig, also täglich, einen Brief schrieb.

Der Unterricht wurde interessant gestaltet und bereitete uns darauf vor, verantwortungsvolle Ämter zu bekleiden. Unsere kleine Lerngemeinschaft bestand überwiegend aus ausnehmend angenehmen Zeitgenossen. Der Muskelkater, welcher anfangs mein täglicher Begleiter gewesen war, verwandelte sich langsam in verwertbare Biomasse und die täglichen Besitzanspruch erhebenden Briefe der Dame gingen mir mehr und mehr auf den Sack.

Man sollte meinen, dass dieses alles dazu angetan war, meinen tief sitzenden Kummer zu lindern und mich die schönen Seiten des Lebens wieder spüren zu lassen. Und das war es natürlich nicht.

Die Abende, an denen ich allein war und im Halbdunkel auf der kratzigen Decke lag, die Arme hinter dem Kopf verschränkt, waren fürchterlich. Die Gedanken spielten verrückt und meine tiefste Liebe galt nur ihr, der Angebeteten, meiner lieben Traudl, deren Briefe ich viel lieber empfing als die täglichen Gefühlsausbrüche der anderen Dame, deren Zuneigung ich nicht so erwidern konnte wie sie es verdient hätte. Natürlich schrieb ich auch ihr, doch der Traudl noch viel lieber, die Briefe gespickt mit lustigen Zeichnungen, die mein Dasein allhier beschreiben sollten.

Die einvernehmliche Trennung von der anderen Dame war die logische Konsequenz. Diese hatte selbst irgendwann gemerkt, dass sie zu sehr klammerte und ich mehr Ungebundenheit brauchte. Ich bezahlte ihr einige Schulden, aus Zuneigung und doch auch aus etwas wehmütiger Verliebtheit und fuhr nach einem lieben Abschied nach Hause. Wobei mich plötzlich das unangenehme Gefühl überkam, mich freigekauft zu haben.

In diesen Tagen lernte ich dann allerdings an einem geselligen Abend mit Freunden eine junge Maid namens Natalie kennen. Mit der verstand ich mich verdammt gut. Sie versprühte so viel Witz und jugendlichen Charme, dass mein verkrustetes Herz jäh auftaute. Ich spürte, dass hier eine verwandte Seele war, zu der ich mich hingezogen fühlte. Ihre Schönheit schien überirdisch, ihr Verstand tief und ihr Herz weit. Ich mochte sie und war drauf und dran, mich bis über beide Ohren in sie zu verlieben.

Zum allerersten Mal seit über einem halben Jahr war ich glücklich. Und: Diese Begeisterung, dieses sich hingezogen fühlen, es schien auf Gegenseitigkeit zu beruhen. Sie lachte über meine Scherze und suchte meine Nähe. Nach der glaubhaften Versicherung einer Zeugin hatte sie später in einem Kreis anderer Damen von mir erzählt und dabei aus mir unerfindlichen Gründen geschwärmt. Ich war glücklich.

Fast schon, aber eigentlich tatsächlich mit zittrigen Knien besuchte ich die nächste Zusammenkunft unserer weitläufig bekannten Cliquen und hatte mir fest vorgenommen, die junge Maid zu bitten, sich doch recht bald auch unter vier Augen mit mir zu treffen. Zum Beispiel im Kino. Oder in einem Café. Oder auch im Wald, auf einen Spaziergang.

Zu meiner Bestürzung traf ich auf eine recht reservierte Natalie, die sich nach einsilbiger Unterhaltung auch alsbald verabschiedete. Ebenfalls einsilbig und ohne Freundlichkeit.

Kurz darauf erhielt ich einen Anruf von der Dame mit den besitzergreifenden Briefen.

„Ja, hallo. Ich wollte mich nur nochmal bei dir melden."

„Oh, schön! Wie geht es dir?"

„Mittlerweile macht mir unsere Trennung nicht mehr so viel aus. Aber da wollte ich dich gleich um was bitten."

„Ja, klar. Um was?"

„Ich hab dir doch mal ein Foto von mir gegeben. Das in dem großen Format."

„Ja."

„Ich möchte das gerne zurückhaben. Diese Großformate sind recht teuer."

„Ach so. Ja gut, bring ich dir vorbei."

„Und dann wollte ich mich nochmal bedanken, dass du mir das Geld geliehen hast."

„Äh, von Leihen war aber nicht die Rede. Ich weiß doch, wie es dir gerade finanziell geht. Ist schon okay."

„Nein, nein. Ich glaube, ich habe kein Recht, so was von dir anzunehmen. Ich zahl dir das zurück."

„Na gut, wenn du meinst."

„Ja. Dann fühl ich mich einfach besser, weißt du."

„Ist schon okay."

„Und dann, kennst du eigentlich die Natalie?"

„Äh, ja... ."

„Die war ja neulich mal bei uns, als wir uns bei Franka getroffen haben."

„So."

„Ja. Die hat die ganze Zeit nur von dir erzählt und geschwärmt. Wie witzig und charmant du wärst und so."

„Aha."

„Hmhm. Und dass man schon richtig gut sehen würde, dass du viel Sport machst."

„Ist eigentlich nur Selbsterhalt. Und Flucht vor der Realität. Besser als Nachdenken."

„Wie dem auch sei. Ich hab ihr dann erzählt, dass wir bis vor kurzem eine Beziehung hatten, für drei Monate."

„Soso."

„Und dann hab ich ihr erzählt, dass du sowieso dein Leben auf See verbringen wirst und sie eh nichts von dir hätte."

„Naja, kann man so eigentlich nicht sagen."

„Na, ich weiß nicht. Außerdem hab ich ihr verklickert, dass sie viel zu jung für dich ist und dass sie besser die Finger von dir lassen soll."

„Hast du das."

„Ja. Und dass sie auf dem besten Wege ist, unglücklich zu werden, wenn sie sich in dich verliebt."

„Ich glaube, das kannst du nicht beurteilen."

„Ich glaube doch. Egal. Ich hab ihr jedenfalls gehörig den Kopf gewaschen."

„Das ist ausnehmend nett von dir. Vielen Dank."

„Werd´ nicht sarkastisch. Bringst du mir das Foto?"

Eigentlich hätte ich ihr sagen sollen, dass sie sich ihr dämliches Foto sonst wohin stecken soll. Heute könnte ich das. Aber früher?

Es schien jedenfalls gewirkt zu haben, denn ich sah die junge Maid nie mehr wieder. Sie schien auch aus der Gegend weggezogen zu sein und ihre Telefonnummer hatte ich nicht. Kannte auch nur ihren Vornamen. Und war auch irgendwie so entmutigt und enttäuscht, dass ich nicht auf die Idee verfallen wäre, Detektiv zu spielen, sie zu suchen und in der Manier zahlreicher, zumeist amerikanischer Schnulzen, ihr Herz doch noch zu gewinnen.

Die Dame mit den besitzergreifenden Briefen sah ich auch nie mehr wieder, da sie tatsächlich aus der Gegend wegzog. Es erübrigt sich, zu erwähnen, dass sie entgegen ihrer Ankündigung auch das Geld nie zurückzahlte.

Ich nahm den nächsten Zug zurück in den Norden und knetete noch mehr Eisen. Freie Zeit war nicht gut, war sie doch mit Nachdenken ausgefüllt. Warum hatte sie so gehandelt, die Dame mit den besitzergreifenden Briefen? Meine Traudl hätte gewiss niemals so von mir gesprochen. Sie war ein Schatz. Wieder einmal merkte ich, was ich verloren hatte. Ärger jedoch verspürte ich nicht, wusste ich doch, zu welchen törichten und falschen Handlungen der Liebeskummer verleiten kann. Nur enttäuscht war ich. Und traurig. Und verdient hatte ich das auch. Oh ja. Ganz bestimmt. Hat nicht jemand mal gesagt, Blödheit kennt keine Grenzen? Selbsthass auch nicht. Da war es gut, wieder auf der Schule zu sein. Dort gab es, wenn man wollte, genug zu tun. Für Ablenkung war also gesorgt.

Auf einem dieser Lehrgänge gab es auch wieder Schießunterricht. Und dabei war unheimlicher Weise die einzige Waffe, mit der ich zur Abwechslung nicht grottenschlecht schoss, sondern irgendwie erstaunlich gut … es war diese mir schon auf mystische Weise vertraute Pistole. Die Meisten hatten mit dem Ding ziemliche Schwierigkeiten. Sie galt als ungenau und mit einem zu starken Rückstoß. Fand ich nicht. Ansonsten hielt sich meine Begeisterungsfähigkeit für das Geballer und alles, was damit zu tun hatte, in mehr als mäßigen Grenzen. Meine Begabung dafür genauso.
Aber wenn ich heute so über diesen Umstand nachdenke, kommt mich das Wundern an. Und das Fürchten. Besonders, wenn ich dann an diesen möwenbeschissenen Nachmittag an einem Sonntag im Sommer des Jahres 1993 denken muss.

Der Dienst auf dem Containerschiff nahm seinen Anfang. Regelmäßig fand ich mich beim Wachdienst wieder. Denn wenn der Kahn im Hafen lag, und das tat er meistens, musste er natürlich bewacht werden, wofür täglich eine andere Wachmannschaft zusammengestellt wurde. Ich war nun ob meines neuen Amtes stets der zweite in der Hierarchie einer solchen kleinen Truppe von wachsamen Streitern für die gute Sache.

Einmal hatte der Mensch, der dabei wiederum mein Chef war, der Wachmannschaft folgendes erklärt:

„Beim Gebrauch der Schusswaffe ist nach den eben aufgezählten Vorschriften zu verfahren. Tun Sie das, auch wenn Ihnen nur diese unzuverlässige Dienstwaffe zur Verfügung steht. Statt zu schießen, sollten Sie das Ding dann vielleicht lieber zerlegen und mit den Bauteilen nach der Person werfen."

Nachdem er weg war, nutzte ich die verbleibende Zeit, um den Jungs zu erklären,

„… dass diese Worte mitnichten so stehen bleiben dürfen. Diese Waffe ist zum Töten von Menschen konstruiert worden. Zum Töten von Menschen. Das muss man sich mal auf der Zunge zergehen lassen. Und dass sie dazu taugt, hat sie schon im größten Gemorde der Menschheitsgeschichte unter Beweis gestellt. Daraus folgt, dass Sie eine voll funktionsfähige und übrigens sehr gefährliche Waffe zur Verfügung haben und dementsprechend Umsicht walten lassen sollten. Und im Notfall auch Vertrauen in ihre Zuverlässigkeit haben."

Ich glaubte, da über eine gewisse Sachkompetenz zu verfügen. Insgeheim war mir klar, dass keiner das Teil bei plötzlich hereinbrechender Bedrohung schnell genug aus dem völlig ressourcenverschwendenden Stück Tier heraus hätte, welches noch immer als Aufbewahrungsort beim Tragen der Waffe diente. Das aber sollte sich nicht als Problem herausstellen, denn glücklicherweise hielt der Friede an und ich hatte wieder reichlich Zeit, während stundenlanger nächtlicher Wachen in aller Ruhe in Melancholie zu versinken.

Das heißt, es herrschte natürlich kein Friede, denn im sogenannten Jugoslawien tobte ein ziemlicher Bürgerkrieg. Dieser war dem Vernehmen nach hauptsächlich einem Herrn Milosevic zu verdanken, welcher für die internationale Staatengemeinschaft als der Schuldige erklärt wurde und der somit die Funktion des Bösevic innehatte.
Schönerweise erstrebte die damalige Bundesregierung, deutsche Streitkräfte eventuell wieder an kriegerischen Handlungen im Ausland teil-

nehmen zu lassen. Was mir in diesem Falle völlig richtig erschien, da die offizielle Berichterstattung einen ausgeprägten Sinn für das Massakrieren und Vergewaltigen von Zivilpersonen auf Seiten der serbischen Streitkräfte feststellte. Wie es darum auf Seiten der zumindest offiziell für stark unterlegen dargestellten kroatischen Kriegsteilnehmer bestellt war, entzog sich meiner Kenntnis. Offensichtlich auch der Kenntnis der offiziellen Berichterstattung, denn es wurde nicht erwähnt. Ebenfalls kaum Erwähnung fand, dass das Massakrieren teilweise unter den Augen der internationalen Beobachter stattfand. Selbst dies schien ein sofortiges Eingreifen nicht unbedingt zu erfordern. Ich hoffte, das würde sich ändern.

So fuhren wir denn ins Manöver in die Nordsee, um zu üben, wie man Schiffe in der Adria anhält, die kriegstaugliche Waren für den Bösevic geladen haben. Also, eigentlich haben wir nicht geübt, wie man sie anhält, denn das durften die deutschen Schiffe nicht. Dazu fehlte eine entscheidende Passage im Grundgesetz. Seltsamerweise waren trotzdem deutsche Schiffe in der Adria und übten Präsenz. Schiffe anhalten brauchten sie ja nicht. Da sie das nicht durften.
Wir in der Nordsee derweil taten so, als würden wir den Schiffsverkehr kontrollieren und füllten seitenweise Schiffsbewegungsmeldungen aus. Wenn man so will, ist auch das auf Dauer eine monotone Überwachungstätigkeit und so hatte ich wieder eine wunderbar unwillkommene Gelegenheit zum Nachdenken und traurig sein. Besonders nachts, wenn ich mit Fernglas in der Hand, den Kopfhörer samt Mikrofon um den dämlichen Schädel geschnallt, aus dem Fenster guckte. Ein Rauschen in beiden Ohren und im Hirn, Leere im Herzen und so weiter. Außerdem merke ich gerade, dass ich wieder pathetisch werde. Dieses schwulstige Gefühl ging mir damals so langsam also so richtig auf die Nerven, das kann ich Ihnen aber flüstern. Meine Geduld mit mir hatte langsam ein Ende.

Ein probates Mittel waren da Klimmzüge und Liegestütze. Man kann das fast als Ausdauersport betreiben, dann fällt man irgendwann in Trance. So was ist gut gegen schwulstige Gefühle, Kummer, Melancholie, Selbstmitleid und zu viel denken. Gegen zu wenig denken hilft es leider nicht. Aber es kanalisiert aufkeimenden Selbsthass in nützliche Bahnen und sorgt zudem für herrlichen Muskelkater.

Von überbelasteten Gelenken hatte ich keine Ahnung und pumpte jeden Tag mehrmals solange Liegestütze, bis ich nicht mehr hochkam. Auch ein interessantes Thema: Selbstüberschätzung.

Das ist ja ebenfalls wieder ein dem jungen Manne innewohnendes Fachgebiet, wobei es sich zumeist auf körperliche und charakterliche, jedoch vergleichsweise selten auf geistige Leistungen bezieht.

Während mir der Dienst in der Marine immer suspekter und zielloser vorkam, war ich auf der Suche nach Ablenkung. Die fand ich an einem Festivalabend in meinem Heimatgebirge. Eine der hiesigen Bands trat auf. Die waren mit der Zeit verdammt gut geworden. Der Sänger aber war der langhaarige Typ, der einmal neuer Freund von Traudl gewesen war. Die waren trotzdem gut geworden. Von der Musik bekam ich aber nicht allzu viel mit, denn plötzlich war eine verflossene Dame von mir aufgetaucht. Dass sie überhaupt mit mir reden wollte, grenzte schon fast an ein Wunder. Aber sie wollte. Ich saß halb auf einer der Biergarnituren im hinteren Bereich des Saales und sie stand vor mir. Und plötzlich kniete sie vor mir und kraulte meine Oberschenkel.

Ich will nicht sagen, dass mich die Überraschung überkam oder so. Aber urplötzlich saßen wir in ihrem Wagen und rasten im Schleudertempo zu ihr nach Hause. Dort angekommen, rissen wir uns schwer atmend gegenseitig die Kleider vom Leib und fielen übereinander her.

Die Nacht wurde lang und ich stellte zu meinem Bedauern fest, dass ich schon fast vergessen hatte, wie fest ihre Brüste waren. Wie sie küsste. Auf welche Weise sie mich so gerne gestreichelt hatte. Wie ihr Mund sich anfühlte, wenn sich unsere Zungen berührten. Wie ihre Schenkel sich anfühlten, die sie wie eine Ballerina spreizen konnte.

In dieser Position sind wir sogar eingeschlafen. Ich weiß nicht, ob sie mit meinem Gewicht auf sich gut geschlafen hat. Vermutlich nicht. Aber ich. So ein bisschen jedenfalls, so zwischendurch.

Viermal wurden wir wieder wach und machten genau da weiter, wo wir aufgehört hatten. Danach war uns endgültig die Puste ausgegangen und wir lagen noch etwas auf ihrem Bett und schmusten an uns herum.

Morgens dann stand sie auf und zog sich an. Und während sie im Bad war, dachte ich schon wieder nach. Das war ganz und gar nicht die Ablenkung gewesen, die ich erwartet hatte. Es war ungeheuer wollüstig gewesen. Wenn das Sünde ist, dann mehr davon! Und zum Teufel mit der Hölle.
Aber Liebe? Es stand zu befürchten, dass sie sich wieder in mich verliebt hatte. Und das konnte ich nicht erwidern. Ich hätte sie gestern sanft und lieb, aber bestimmt abweisen sollen. Außerdem hatte ich ja gehofft, die Traudl zu sehen.
Meine Gespielin, meine sehr Gerngehabte, aber nicht Geliebte kam wieder ins Zimmer und lächelte mich an. Ich konnte ihr doch nicht schon wieder das Herz brechen. Also verabschiedete ich mich schnell von ihr.
„Möchtest du nicht noch etwas bleiben?"
„Ich muss den Zug erwischen, weil ich ab morgen Wache habe. Tut mir leid."
„Ach so. Sehen wir uns denn wieder? Wahrscheinlich nicht, oder?"
Fast hätte ich geheult. Aus Mitleid mit ihr und Ekel vor mir. Aber Heulen ging nicht. Mühsam abtrainiert. Und ich ging, wie ich gekommen war. Der Zug nahm mich wieder mit nach Norden.

Aber nur zwei Wochen später war ich wieder da und besuchte den so gut bekannten Musikladen. Und dort traf ich Traudl.
„Ralte! Mensch, das ist toll, dich zu sehen! Schön! Gut siehst du aus."
„Oh danke, aber wer hier gut aussieht, das bist du."
Sie lachte und ihre blauen Augen blitzten mich an. Sie war allein da.
„Bist du allein hier?" fragte ich.
Ihr Gesicht wurde einen ganz kurzen Augenblick ernst.
„Ja. Bin allein."
Dann lächelte sie wieder.
„War auch schon mal vor zwei Wochen da. Irgendwer hatte gesagt, du wärst hier."

„Ja stimmt, war ich auch. Aber ich war auf dem Konzert."

Das fröhliche Blitzen in ihren Augen wurde wieder traurig. Ihre Mundwinkel fielen herab und sie sah zur Seite.

„Dann war ich ja am ganz falschen Ort."

Mein verlogenes Gehirn verdrängte ganz erfolgreich, dass ich mit dieser, der Traudl auch bekannten Ex lange vor Schluss abgehauen war und die Nacht durchgevögelt hatte. Und sie erwähnte nicht, dass sie wohl eher nicht auf dem Konzert gewesen war, weil ihr langhaariger Ex auf der Bühne gestanden und verdammt geil gesungen hatte.

Wie auch immer, jetzt war sie aber da und sah mit ihren traurigen Augen so unheimlich hübsch aus. Sie sah mich an und strahlte wieder. Ich überlegte. Irgendwas sollte ich vielleicht nettes sagen.

Etliche Monate vorher war ich auch da gewesen. An den gemeinsamen Plätzen der Fete und des Abrockens war ich ihrer nicht ansichtig geworden. Die vergebliche Suche mündete in einem Brief meinerseits, in dem ich ausdrückte, sie vermisst zu haben. Dies wiederum hatte einen Brief ihrerseits zur Folge, in dem sie mir verbot, sie zu vermissen. Das war unmissverständlich.

Deshalb stand ich nun da und betrieb höfliche Konversation. An ein Flirten wagte ich nicht zu denken. Dieser ganze allgemeine Scheiß von wegen „gut siehst du aus" und „ich bin allein da" und das traurige Gemache hätten als Aufforderung verstanden werden können. Zum Flirten – oder eher zum Bereden von gefühlsbetonten Lebensabschnitten? Oder als einfache weibliche Nettigkeit, welche die Grundlage für das verfickte „Freunde bleiben" nach einer Trennung bildet. Auf eine erneute Abfuhr hatte ich aber keinen Bock.

„Ralte?"

„Hä, was?"

„Ich sagte gerade, es ist total schön, dich zu sehen."

„Ja, find ich auch."

Und ich streichelte aus alter Gewohnheit ihr Haar. Sie lächelte. Jetzt hätte mir was einfallen müssen. Tat's aber nicht. Ich lächelte dämlich zurück. Wir standen da so völlig unschlüssig herum und laberten einen derartig belanglosen Scheiß, dass mir der Inhalt des Gespräches samt seiner Dauer völlig entfallen ist.

Wir umarmten uns lange und innig. Dann war sie weg und ich ging noch mehr Bier trinken. Der Abend wurde doch noch irgendwie gut.

Mir ging seltsamerweise eine Geschichte nicht mehr aus dem Kopf, die mir der ehemalige Legionär einmal erzählt hatte. Wir hatten über die Frauen gesprochen, über Liebeskummer und warum ich mit der Traudl kaum über meine Gefühle sprechen konnte. Obwohl ich sie doch so geliebt hatte.

Daraufhin erzählte er kurz von seiner Zeit in der Legion. Dann sagte er: „Im Tschad war es einfach. Du wurdest mit dem Hubschrauber dahin geflogen, wo sie dich haben wollten und dann irgendwann wieder abgeholt. Das war relativ gefahrlos. Flughöhe so vierhundert, fünfhundert Meter. Da triffst du mit der Kalaschnikow höchstens mal aus Zufall. Und die Tschadis hatten nie so viel Munition, um einfach so auf uns zu ballern. Im Irak war das anders. Zumindest ganz am Anfang, bevor wir da rein sind. Wir wussten ja auch nicht, was da auf uns wartete. Ob das wochenlange Bombardement wirklich genützt hatte. Und dann wurden wir mit dreißig Mann draußen in der Wüste abgesetzt. Da waren wir dann drei Tage. Außenposten Flankensicherung. Das war vor meinem zweiten Einsatz, wo mir der scheiß Panzer über die Haxe gefahren ist. Am zweiten Tag ging uns das Wasser aus.

Zuerst schwillt dir die Zunge. Klebt einfach am Gaumen. Du kannst kaum noch reden. Dann platzen die Lippen. Und dann kommen die Kopfschmerzen. Du kannst dir kein Bild machen, was für Kopfschmerzen. Wenn du nur mal husten musst, kriegst du das Gefühl, als würde dir der Schädel platzen. Dann fangen sämtliche Gelenke an, weh zu tun. So ein drückender, dumpfer Schmerz. Du kriegst kaum noch ein Bein gerade, um dich auszustrecken. Und diese Hitze. Du glaubst, du wirst wahnsinnig. Aber Hubschrauber konnten sie uns keine schicken. Wurden irgendwo anders gebraucht.

Am dritten Tag wurde es dann kritisch. Eineinhalb Tage ohne Wasser in der scheiß Wüste. Wir lagen nur noch rum. Die Kopfschmerzen wurden richtig ekelhaft. Ich meine, du glaubst, es geht nicht mehr schlimmer, und dann tut es das doch. Jede Bewegung wurde zum Kraftakt. Du schwitzt schon lange nicht mehr. Da hast du gar keine

Wasserreserven mehr für. Du liegst nur noch da und wartest. Unser Adjutant hat denen über Funk die Hölle heiß gemacht.

Und dann kam endlich die Nachricht, sie würden uns zwei Hubschrauber schicken und uns rausholen. Du liegst aber trotzdem nur da. Kannst nicht aufstehen. Willst du auch gar nicht. Nur warten, und dass die verdammten Hubschrauber endlich da sind. Du kriegst eine Ahnung, wie lange eine Minute sein kann. Und es hat Stunden gedauert. Nach zwei Stunden kam noch eine Nachricht. In irgend so einem Scheißkaff wurde heftiger Widerstand gemeldet. Unsere Hubschrauber waren schon gestartet, mussten aber umkehren und Munition und Nachschub aufnehmen und da hin bringen. Einige von uns haben vor Wut geheult. Keine Ahnung, woher der Körper da noch das Wasser für die Tränen nimmt. Nochmal zwei Stunden später kamen sie dann endlich. Wir haben uns aufgerafft, unser Zeug eingepackt und sind eingestiegen. Und dann stellte sich heraus, dass sie in der Eile vergessen hatten, schon mal Wasser mitzubringen. Also noch mal eine Stunde bei dem Geschüttel und Geruckel in diesen Blechdingern.

Dann nach einer Stunde Landung im Camp. Da hatten sie ein großes Zelt aufgebaut, da sind wir eingerückt. Drinnen dann rechts und links vom Eingang jeweils ein großer Ventilator. Angenehm kühl. Und zwei Reihen von so 'ner Art Bierzeltgarnitur. Tische und Bänke halt. Dazwischen ein Gang freigelassen. Und der führte zu einem großen Bassin aus Segeltuch, etwa eineinhalb Meter lang, einen Meter breit und einen Meter hoch. Randvoll mit Wasser. Auf dem Tisch rechts davor standen große Plastikbecher, so durchsichtige Literdinger mit Henkel. Aber vorher erst mal rechts und links auseinander treten. Gepäck in Reihe ablegen. Helm oben drauf. Und Waffe schön ordentlich dagegen lehnen. Legion halt. Immer Disziplin und Ordnung.

Und dann dahin. Du schnappst dir so 'nen Becher, alle stehen um das Bassin rum und du tauchst deinen Becher ein und führst ihn zum Mund. Du willst trinken. Geht aber nicht. Alles zu trocken. Deine Zunge macht verzweifelte Schluckbewegungen, dein Hals tut weh, aber es kommt kein Wasser an. Zu trocken. Du wirst verzweifelt, aber machst weiter. Du fühlst, wie sich das Wasser ganz langsam seinen Weg bahnt. Alles anfeuchtet und langsam weiter vordringt. Dann endlich ist es da und du schluckst. Der erste Schluck tut wahnsinnig weh im Hals. Aber du kannst nicht anders. Du schluckst. Und fühlst, wie das Wasser langsam die Speiseröhre runterläuft und wie es im Magen ankommt. Und du schluckst. Jeder Schluck tut noch weh, aber es hilft nichts. Du schluckst einfach. Und schluckst. Ruck-zuck ist dein Liter weg. Und du tauchst den Becher nochmal ein. Und trinkst. Und trinkst. Dein Magen wird langsam voll. Und du trinkst. Ganz langsam hören die Gelenkschmerzen auf. Und dann werden die Kopfschmerzen erträglicher. Und du trinkst. Und trinkst. Wieder ist der Becher leer und du tauchst ihn wieder ein. Und trinkst. Und trinkst. Du kannst nicht anders. Der Magen ist jetzt langsam so voll, dass du denkst, der reißt gleich irgendwo. Aber du trinkst. Dann kommt der Moment, wo der Magen einfach voll ist und nichts mehr reingeht. Aber du trinkst. Dann krampft der sich zusammen und es kommt ein Schwall Wasser nach oben. Darf aber nicht raus, du brauchst doch dein Wasser. Also schnell die freie Hand an die Nase. Zuhalten. Den Mund zusammenkneifen. Und wieder runterschlucken. Was im Rachen gelandet ist, wird durch die Nase runtergeschnieft. Und dann setzt am Magenausgang endlich die Peristaltik des Pylorus ein und du fühlst, wie zweieinhalb Liter Wasser weiter nach unten durchrauschen. Wieder Platz zum Trinken. Und du trinkst. Und trinkst. Einfach nur noch, weil es so schön ist.

Und nach dem dritten Becher dann füllst du noch mal nach. Damit haben wir uns dann an die Tische gesetzt, jeder mit seinem vollen Becher vor sich. Und haben immer mal wieder einen tiefen Zug von dem Wasser genommen. Haben einfach nur da gesessen und Wasser getrunken."

Er schwieg einen Moment. Dann sagte er:

„Aber weißt du, was das Komische an der Sache war?"

„Nein."

„Wir haben den ganzen Nachmittag da in dem Zelt vertrödelt, während der Doc reihum an uns seine Messungen machte. Und jeder hatte letztlich so an die viereinhalb, fünf Liter Wasser getrunken. Aber den ganzen verdammten Nachmittag lang musste kein einziger von uns Pinkeln."

Ich ließ die Geschichte auf mich wirken. Wir schwiegen. Dann sagte ich:

„Die Story ist irre. Aber was wolltest du mir damit sagen?"

Er sah mich an. Dann sagte er:

„Keine Ahnung."

Wir blickten beide wieder geradeaus. Wir schwiegen noch eine Weile. Dann sagte er:

„Doch. Vielleicht das: Wenn du Durst hast, trinkst du."

John Wayne

Auf der Wache des im Hafen liegenden Schiffes saß ich nun nicht mehr in einem panzerverglasten Häuschen, sondern stand in einer Schleuse auf dem Schiff und glotzte auf Monitore. Trotzdem hatte ich nach wie vor die mir so vertraute Pistole umgeschnallt. Das elende Scheißteil.

Wieder einmal nahm die Nacht kein Ende. Zwar war es jetzt meine Obliegenheit, den Wachplan zu schreiben. Aber um deutlich zu machen, dass ich mich nicht künstlich höher stellte als die Jungs, teilte ich mich regelmäßig genauso für die unbeliebte Wache zwischen null und vier Uhr ein.

Nachdenklich befühlte ich das Lederholster. Wie bei plötzlicher Gefahr das bekloppte Schießeisen daraus hervorzuholen sei, hatte uns niemand erklärt.

Ich öffnete den Verschluss und zog das Holster ruckweise nach unten. Dann ergriff ich die Waffe und zog sie heraus. Ich nahm das Magazin heraus und überprüfte, ob eine Patrone in der Kammer war. Das volle Magazin steckte ich in meine Brusttasche, entspannte die Pistole und steckte sie zurück ins Futteral. Dieses zog ich wieder hoch und verschloss es.

An der gegenüberliegenden Wand hing eine große, runde Borduhr mit Sekundenzeiger. Früher hatte ich damit immer Luft anhalten geübt. Jetzt stellte ich mich gerade hin und ließ die Arme locker herabhängen. Ich wartete, bis der Sekundenzeiger gerade auf die Zwölf schnippte und zog und zerrte so schnell ich konnte die Pistole heraus, ging in Schießhaltung, zog den Schlitten zurück, ließ ihn wieder nach vorn schnappen, entsicherte gleichzeitig und visierte eine Schraube an der Wand an.

Keuchend schielte ich nach dem Sekundenzeiger. Vier Sekunden. Eher etwas drüber. Das schien mir zu lang. Ich brachte alles wieder auf Null zurück und wartete erneut darauf, dass der Sekundenzeiger auf die Zwölf schnippte.

Reißen. Ziehen. Schnappen lassen, klicken und zielen. Wieder vier Sekunden. Alles auf Null und erst mal nachdenken.

Das Haupthindernis war sicherlich die eigentümliche Konstruktion der Pistolentasche. Sollte wohl vor Regen schützen oder so was. Also musste ein Weg gefunden werden, das Ding auszutricksen. Darüber dachte ich nach und kam auf den Gedanken, mit der rechten Hand diese Lasche von ihrem Knopf zu reißen, gleichzeitig mit links die Tasche zu umfassen und dann in einer gegenläufigen Bewegung gleichzeitig die Tasche nach unten und mit rechts die Waffe nach oben zu ziehen. Dann brauchte ich nur noch mit der linken Hand die Tasche loszulassen und die Ladegriffe durchzuführen.

Ich übte ein paarmal langsam. Und dann schnell. Mit Sekundenzeiger. Keuchend nahm ich den Blick von der Visierlinie, hinter der die Schraube hin und her wackelte und schielte zum Zeiger. Drei Sekunden. Vielleicht etwas drüber. Das war schon besser.

In rascher Folge machte ich einen Test nach dem anderen. Ich hatte das Gefühl, sogar noch unter drei Sekunden zu gelangen, wenn ich weiter übte.

Kurz vor der Wachablösung brachte ich alles wieder in den vorgeschriebenen Zustand. Einer meiner Mannschaften kam und übernahm Waffe und Wache von mir. Ich ging mit leicht zitternden Knien und schweißgebadet schlafen.

Die kommenden Wochen erfasste mich ein grimmiger Ehrgeiz. Ich nutzte jede Nachtwache. Von null bis vier oder in den Stunden vor dem Wecken zwischen vier und sechs. Und irgendwann war ich bei zwei Sekunden angelangt. Vielleicht sogar ein bisschen drunter. Mehr schien nicht zu gehen. Auch wackelte die Schraube nicht mehr durch die Visierlinie, sondern diese zitterte leicht über die Schraube. Die

Chancen hätten gut gestanden, sie sauber aus der Wand zu stanzen. Wenn ich's denn probiert hätte.

Ein Dienstgradkollege hatte seine Dienstzeit beendet. Er verließ das Schiff und die Marine, um Nautik zu studieren. Er wollte auf einem zivilen Schiff weiter zur See fahren. Bei seiner Abschiedsmusterung war ich als zweiter Wachführer zugegen. Später stand ich in der Schleuse, als er, seine Koffer schleppend, aus dem Mittelgang hereinkam.

„Ralte!"

„Hannes!"

„Tja, so nimmt man denn Abschied voneinander. Wenn ich daran denke, wie du hier angekommen bist. Frisch von der Schule und noch ganz ehrgeizig. Und jetzt bist du ein alter Hase. Sieh mir bloß zu, dass der Sauladen hier nicht ganz vor die Hunde geht."

„Ich arbeite dran. Hab da so verschiedene Projekte."

„Prima. Schreib mal, bin gespannt."

Er ließ seinen Blick über die Monitore schweifen.

„Das Einzige, was mir so richtig, also so richtig leid tut, sind die vielen sinnlosen Stunden, die ich in dieser verdammten Schleuse vergammelt habe."

„Was das angeht, bin ich auf eine Idee gekommen. Willst du mal hören?"

„Na, schieß los."

Und ich erzählte ihm von meinen Bedenken wegen des Pistolenholsters und was ich geübt hatte.

„Mensch, lass doch mal sehen!"

„Was, hier am hellichten Tag?"

„Na klar, was soll schon passieren. Waffenübung nenn' ich das. Wehrertüchtigung."

„Ach du Scheiße. Noch so ein Wort und ich mach's nicht."

„Och, bitte."

„Na gut."

Und ich entlud die Waffe, kontrollierte die Kammer, entspannte und setzte die Pistole wieder umständlich in das blödsinnige Holster, welches ich in die typische, ungünstige Trageposition hochzog. Stellte mich wieder entspannt und gerade hin, und legte los.

Rupf-schnirr, klick-klick!

Ich schielte jetzt nicht mehr zum Sekundenzeiger, sondern zu Hannes, der mit breitem Grinsen da stand und lachte.

„Mann Ralte, wieso hast du mir nicht schon früher davon erzählt? Das hätte ich auch geübt, darauf kannst du Gift nehmen!"

„Ich hatte Angst, ihr würdet mich dann alle für vollständig bekloppt halten."

„Ach, mach dir darüber keinen Kopf! Den Ruf wirst du eh nicht mehr los, also kann's dir auch egal sein. Aber das", er wies auf das Holster „richtig geil."

„Danke."

„Also, mach's gut!"

„Du auch!"

Wir gaben uns die Hand und er ging, kopfschüttelnd und lachend, von Bord.

Bruce Lee

Da ich nun scheinbar dieses eine Problem gemeistert hatte, suchte ich mir ein neues Betätigungsfeld. In meinen Teenie-Jahren hatte ich einige Zeit ziemlich begeistert Taekwon-do trainiert. Es verhalf mir zu einem etwas ausgeglicheneren Wesen. Und brachte mich in Kontakt mit einer Vielzahl ausländischer Sportfreunde.

Das Taekwon-do ist für seine Fußtechniken berühmt. Man übt diese gegen einen oder mehrere imaginäre Angreifer. Und aus irgendeinem Grund sind diese immer zwei Meter groß. Vielleicht, weil die Koreaner im Schnitt eher klein sind, keine Ahnung.

Das Schiff verfügte im achteren Bereich über einen eigenen Sportraum. Und ich gehörte zu den wenigen, die sich dort regelmäßig aufhielten. Als ich einmal wieder alleine war und gerade erschöpft von der Klimmzugstange plumpste, kam mir der Einfall, dass immer nur Kraftsport ja langweilig sei, und ich sollte beim nächsten Mal mit einer ganz klassischen Taekwon-do-Stunde anfangen. Mal schauen, wie weit wir noch runterkommen zum Spagat. Ein neues Ziel.

Jeder Nachmittag nach Dienstschluss fand mich dann im Sportraum. Nachdem ich wieder ein bisschen Dehnungsfreiheit gewonnen hatte (wenn auch weit vom Spagat entfernt), schlich ich durch den Sportraum wie Inspektor Clouseau auf der Suche nach seinem Sparringspartner Cato. Und genau so wurde ich auch stets von zwei Meter großen Feinden aus allen möglichen und unmöglichen Richtungen angegriffen.

Es schien der Angreifer gar kein Ende zu nehmen. Und sie waren überall. Nicht nur im Sportraum. Auch der Niedergang zum Hauptdeck musste kontrolliert werden. Und der gegenüber liegende Raum. Dort gab es zwei riesig lange, oberschenkeldicke Schleppleinen, die jede auf einer riesigen Winde aufgewickelt waren. Jede Möglichkeit für Feinde, sich zu verstecken.

In diesem Raum befand sich auch der Pressluftstutzen für die Befüllung von Atemgeräten und Taucherflaschen, etwa hüfthoch aus der Wand ragend. Direkt darunter ein kleines Ölauffangbecken. Dieses war etwa vierzig Zentimeter hoch und bestand im Wesentlichen aus drei Stahlplatten, von denen zwei im rechten Winkel an der Wand angeschweißt waren. Die dritte Platte bildete die Vorderseite.

Zwischen diesem Becken und der einen Schleppleinenwinde schlich ich hindurch. Ein Geruch nach dünnflüssigem Hydrauliköl, Teer und Farbe verhieß Gefahr. In diesem Augenblick schwang sich ein zwei Meter großer Angreifer von der Winde auf mich herab. Ich sprang mit einem Satz zurück, wehrte mit der linken Handkante seinen Messerstich ab, blockte mit der rechten seinen Würgegriff, riss das rechte Knie hoch und trat mit voller Wucht gegen sein Kinn. Mein Knie schnappte ein, der Stoff der Trainingshose erzeugte ein knallendes Geräusch und mein linker Fuß flitschte auf der fast durchsichtigen Ölpfütze nach vorne, während der Rest von mir sagenhaft schnell nach hinten sauste und mit einem phänomenalen Bums auf dem Stahlboden aufschlug.

Zunächst einmal musste der Schädel selbständig eine innere Schadensaufnahme machen. Nachdem Schmerzsignale und Taubheitsgefühle analysiert und ausgewertet worden waren, stand fest, dass die externe

Hülle unversehrt war. Im Inneren konnten einfache Grundfunktionen vorerst eine improvisierte Gesamtkoordination aufstellen.

Sodann konnte mit der Atmung wiederbegonnen werden. Da die Lungen noch nicht festgestellt hatten, dass ihre Funktion das Luft umsetzen sei, mussten sie durch Zwangsbelüftung davon überzeugt werden. Sie folgten ihrer Bestimmung, wenngleich hustend und brennend.

Ganz langsam rappelte ich mich auf. Offensichtlich war ich unverletzt, nur etwas benommen. Auf wackeligen Füßen stand ich leicht gebückt zwischen der blödsinnig großen Schleppleinenwinde und der Wand mit dem Ölauffangbecken.

Auf dieses fiel nun mein Blick und ich sah, dass mein Kopf um zwei oder drei Zentimeter an den senkrecht nach oben stehenden Stahlrändern vorbeigeflogen war. Der Effekt von nur drei Zentimetern zu viel wäre wohl so ähnlich gewesen, als würde man ein Frühstücksei seitlich mit einem Messer aufschlagen. Daran war gar kein Zweifel möglich. Nochmal dreißig Zentimeter mehr und ich hätte mich an der Stahlkante sauber guillotiniert. Da bekommt das Wort Fallbeil eine ganz andere Bedeutung.

Das Ding war ein ziemliches Sicherheitsrisiko. Auch wenn die Leute, die sich hier aufhielten, im Allgemeinen anderen Tätigkeiten nachgingen, als sich mit zwei Meter großen Angreifern herum zu prügeln.

Ich hatte also mal wieder ein mordsmäßiges Glück gehabt. Es war Zeit, die verdammte Marine zu verlassen. Nur noch eineinhalb Jahre. Und dann was Vernünftiges machen.

Begegnungen

In Lissabon hatte ich mich in eine schlanke, schwarzhaarige und hübsche Dreißigjährige verliebt, die sich dann als Hure entpuppte. Ich hätte sie trotzdem geheiratet, aber sie wollte nicht. In Cadiz war ich mit zwei schwarzhaarigen Mädchen vom Land reiten. Sie waren auf dem Pferdehof aufgewachsen und konnten sagenhaft gut mit Tieren umgehen. Leider waren sie nicht von sehr hellem Geiste.

In Odessa hätte ich um ein Haar doch geheiratet. Sie war Wolgadeutsche und hieß Olga. Unser Kahn lief aber vorher schon wieder aus. Außer Händchen halten war jedoch nichts Wesentliches weiter passiert, so dass nicht mit einer Vaterschaftsklage zu rechnen war. In Constanza hatte ich in einer halbdunklen Kaschemme drei Typen angestarrt, die mitten in der Nacht in schwarzen Anzügen und mit Sonnenbrillen die Treppe vom Eingang herabgestiegen kamen. Die Hure auf dem Sofa neben mir flüsterte mir ins Ohr:

„Guck da nicht hin."

Unwillkürlich hatte ich nach meinem Messer getastet. Sie fragte hoffnungsvoll:

„Hast du eine Pistole?"

„Nein, ein Messer."

„Das reicht nicht", sagte sie traurig, „du brauchst eine Pistole. Sonst hast du keine Chance."

Sie schmiegte sich an mich. Aber nicht, um mich anzutörnen. Wir schmusten den ganzen Abend da auf dem Sofa. Die drei Typen saßen an der Bar, guckten uns dauernd an und taxierten die junge Frau. Das Bier schmeckte scheußlich.

In Israel kamen wir nur einen oder zwei Tage zu spät zum Krieg. Die Hisbollah hatte aufgehört, israelische Schulbusse in die Luft zu sprengen. Dafür hatten die Israelis aufgehört, die libanesische Küste zu beschießen und Bomben und Granaten auf Islamisten und einen UN-Posten zu schmeißen.

Der ganze elende Scheiß kotzte mich an. Als ich meine Koffer von dem blöden Dampfer heruntertrug, sah ich mich kein einziges Mal um. Meine Mutter wartete. Ich fuhr nach Hause.

Und von dort aus unternahm ich mit einem Freund vom Schiff eine Reise. Wir fuhren mit dem Zug durch Russland, durchritten das Gobi-Altai-Gebirge und einen Ausläufer der Wüste Gobi, aßen Murmeltiere, Yak und viel Schaf und vertilgten beachtliche Mengen Pferdemilchschnaps. Wir hatten einen mongolischen Lehramtsstudenten kennen gelernt, der sich uns als Dolmetscher und Führer andiente. Wir wurden Freunde.

Und aus jedem unserer Zwischenstationen, aus Irkutsk, aus Ulan Bator, aus Altai schrieb ich der Traudl einen Brief oder eine Postkarte. Wir ritten aus Altai ab in Richtung Berge und Wüste.

Einer besonders hübschen Schäferin, die kurz vor der Wüste in einem grünen Felsental wohnte, waren fünf Schafe abhandengekommen. Die lieben, blökenden Viecher hatten sich auf einem hohen Felsen zwischen grasbewachsenen Felsspalten verirrt und kamen nicht mehr herunter. In einer geistesgestört wahnsinnigen Aktion kletterten wir da oben herum, fingen sie mit dem Lasso und zogen sie ganz nach oben. Von dort aus konnten sie am Berghang alleine herablaufen. Als ich um den Fels herumkletterte, rutschten meine Reitstiefel ab und ich krallte mich mit allen Fingern und fast auch mit den Zähnen ins Gestein. Ein plötzlicher Schweißausbruch durchnässte mich innerhalb einer Sekunde. An die zwanzig, dreißig Meter unter mir zerschellten Steine im trockenen Flussbett. Ganz vorsichtig stiegen wir den Felsen nach oben und rutschten den Berghang wieder hinab. Die schöne Schäferin war dankbar und lächelte schüchtern. Wir grinsten blöd.

Am nächsten Tag ritten wir weiter und beteiligten uns an einer Murmeltierjagd. Mein Freund vom Schiff verirrte sich in dem Gewirr der Schluchten und wir verbrachten eine Nacht mit Suchen, weil ein Mensch da oben in den Bergen bei eiskaltem Regen und Wölfen sterben kann. Es ginge ganz leicht, wurde gesagt. Also suchten wir und fragten alle Leute, die wir trafen, nach dem „Russen mit den gelben Haaren". Ein alter Säufer, seine nicht minder versoffenen Söhne und dessen hübsche Töchter behielten den sonderbaren Russen in ihrer Jurte. Ohne ihn zu fragen, trieben die Mädchen sein Pferd in ihre Herde und der alte Mann und seine Söhne traktierten den Russen so lange mit Milchschnaps und Machorka, bis er besoffen einschlief. Während unser Dolmetscher, ein weiteres Dutzend Mongolen und ich im Regen durch die Dunkelheit ritten, schlief er am warmen Ofen, wo ihn einer unserer Helfer am Morgen fand.

Diesem schenkte ich meinen Peilkompass, den er aber gar nicht brauchte. Er wusste auch so, wo welche Richtung war. Das russische Jagdfernrohr tauschte ich später gegen einen mongolischen Mantel.

Mein kleines Mongolenpferdchen hatte mich in diesen ganzen Wochen zweimal abgeworfen. Die Pferde schenkten wir vor unserer Abreise zwei alten Leuten, die am Rande der Wüste versuchten, Kartoffeln anzubauen und die nur ein Schaf hatten. Nach zwei Monaten war ich wieder zu Hause.

Die Füße steckten in handgenähten Reitstiefeln aus dünnem, schwarzen Leder, ein Messer im Stiefelschaft, die schwarzen Jeans waren hellgrau geworden, das blaue Hemd so ausgebleicht, dass es aussah wie Batik, die Haare wirr, mein Gesicht eingerahmt von einem Vollbart und ich roch nach Pferd und Schaf und zu wenig Seife.

Meine Mutter lachte über ihren großen kindsköpfigen Jungen, wunderte sich, wie man trotz so viel fettem Fleisch so mager werden konnte, kümmerte sich um meine Wäsche und ich besuchte Freunde, noch immer vollbärtig, aber nach europäischem Standard gekleidet. Mein Freund Joschi bewohnte eine Erdgeschosswohnung im Haus seiner Mutter, bei meinen Eltern gegenüber.

Sie waren allesamt so vier bis fünf Jahre jünger als ich. Mit meinen fünfundzwanzig war ich der Älteste und sah auch so aus. Aber wir kannten uns seit Kindertagen. Als sie so siebzehn waren, hatten sie alle mit dem Kiffen angefangen, so wie ich. Gegen ein gemäßigtes Kiffen ist im Prinzip nichts einzuwenden. Und so hatten sie Wasserpfeifen konstruiert. Kleine, kunstvolle Gebilde, sorgfältig mit bunten, zierlichen Mustern bemalt. Ich hatte Hanf angebaut und verschiedene Verfahren der schonenden Trocknung probiert. Wir hatten lange Abende zusammen verbracht, im Sommer manchmal auf den Bergwiesen, im Winter in einer der verfügbaren Buden zu Hause. Wir hatten Musik gehört oder sie hatten mir zugehört, wie ich Gitarre spielte. Wir hatten lange und wundervolle Gespräche geführt, manchmal nur Quatsch, manchmal philosophisch, manchmal über Mädchen. Wir hatten uns im Stockkampf oder Ringen geübt, über das Bauen von Jagdbögen und die Pfeilherstellung gefachsimpelt, Filme angesehen oder einfach nur geträumt. Und jetzt war ich wieder da. Der Kopf außen bärtig und windgegerbt, innen angefüllt mit Erlebnissen und Geschichten. Ich platzte fast vor Vorfreude zu erzählen, als ich durch die Tür trat, die wie immer nicht abgeschlossen war.

Karl und Joschi, meine jüngeren Kumpels aus Kindertagen, Freunde aus Teeniejahren, saßen auf Joschis Bett, mit dem Rücken zur Wand. Sie trugen ärmellose Unterhemden. Ihre Münder waren halb geöffnet.

Sie regten sich kaum. Das Fenster stand offen, obwohl es schon kalt war. Der Frank war auch da, rauchte eine Selbstgedrehte und wanderte an der Wand vor dem Fenster auf und ab.

„Hey, Leute, da bin ich wieder!"

„Hey, Ralte", nuschelte Frank.

Karl und Joschi hoben kurz eine Hand und ließen sie sofort wieder fallen. Zwischen beiden stand eine aus einer Plastikflasche und Schlauchstücken zusammengeklebte Wasserpfeife. Weil die Wand genau so weiß war wie ihre Unterhemden, war zunächst nicht aufgefallen, dass ihre Gesichter auch weiß waren.

Sie hingen schlaff herum. Karl ergriff müde die Pfeife, entzündete ein Feuerzeug und führte das Ding zum Mund. Die Flamme strich über den Kopf und Karl saugte aus aller Kraft an dem Schlauch. Der Inhalt des Kopfes zischte, glühte und brutzelte und der graue Rauch sprudelte durch das braune Wasser und füllte seine Lungen.

Er stellte das Ding wieder hin und hielt den Rauch noch in sich. Joschi beugte sich vor, und während Karl geräuschvoll ausatmete, füllte Joschi den Kopf erneut mit einer Tabak- und Haschmischung, die als zerstörtes Häufchen auf einem schmutzigen Holzbrett lag. Der Vorgang wiederholte sich.

„Ey, Frank, was ist denn mit euch los?" fragte ich.

Frank hörte einen Augenblick auf, an der Wand hin und her zu laufen und sagte:

„Wir waren aufm Rave, Alter. Voll durchgetanzt, zwei ganze Tage. Wir sind total alle."

„Zwei ganze Tage? Wie hält man das durch?"

Er hielt Daumen und Zeigefinger aneinander und machte die Geste des Schnupfens. Dann zog er hastig an der Kippe und nahm seine Wanderung wieder auf.

Die Sache war die: Sie hatten auf irgendeiner kommerziellen Riesenfete zu dieser beschissenen Musik zwei Tage lang getanzt und sich mit Amphetaminen wach gehalten. Jetzt waren sie vollkommen erledigt. Ihre Körper verlangten Ruhe, aber sie waren noch zu sehr auf Speed. Deshalb saßen sie im Hemd in der Kälte und rauchten eine Haschpfeife nach der anderen, um wieder herunter zu kommen. Das Ganze machte einen so tristen Eindruck, dass ich wieder ging.

Am folgenden Tag machte ich einen erneuten Versuch. Die Bude war wieder warm und gemütlich. Es brannten Kerzen und irgendein sphärischer Sound schlängelte sich leise aber aufdringlich aus den Lautsprechern.

Es war noch Besuch da. Zwei Typen, von denen der eine sich als Georg vorstellte, der andere als Björne.

„Das ist Dänisch, weißt du. Ich komm aus Dänemark."

Georg war groß und dicklich. Sein graues Hemd hing schlaff über der Hose. Es war vorne zur Hälfte aufgeknöpft und gab den Blick auf eine unbehaarte, schwammige Brust und einen runden Bauchansatz frei. Sein Blick war trübselig und seine halblangen Haare hingen ihm wirr ins Gesicht. Er sah einen nicht an, wenn er sprach. Er gab seiner Stimme einen Klang ganz besonderer Friedfertigkeit, was ihm einen Ton von Unterwürfigkeit verlieh.

Björne war dünn und groß, sein rotes Hemd senkrecht mit Silberfäden durchzogen. Aus seinen engen Jeans guckten Cowboystiefel. Die Nägel seiner langen und dürren Hände waren gelb und schmutzig. Auf dem rechten Handgelenk war ein rotes Herz mit schwarzem Rand tätowiert, darunter der verschnörkelte Schriftzug „Love". Die Unterarme, die unter den halb aufgekrempelten Ärmeln hervorkamen, waren sehnig. Er schien Kraft zu haben. Seine mittelblonden Haare waren lang und ausgefranst. Sein Gesicht war eingefallen, der Mund dünn und verkniffen. Seine Augen waren schwarz und klein. Seine Stimme heiser. Er schnaufte leicht beim Sprechen.

Karl, Joschi und Frank waren auch da. Alle saßen auf dem Fußboden um ein kleines Tischchen herum, das mit einem rotbemusterten Tuch überzogen war. Ich ließ mich neben dem Dänen nieder.

Auf dem Tisch lag das schmutzige Holzbrettchen mit einem großen Haufen Tabak, in dem viele Haschischbrösel zu sehen waren. Der Däne stopfte etwas davon in den Kopf der Plastikpfeife, zündete sie an und sog den Rauch ein. Alle rauchten reihum. Ich konnte noch nie so tief und schnell Rauch einatmen. Also dosierte ich vorsichtig Luft durch die Nase dazu. Anstatt den ganzen Kopf mit einem Mal durch zu ziehen, brauchte ich vier oder fünf Züge.

„Du musst aber noch üben!" meinte der Däne.

„Ich kann so nicht rauchen. Muss ich immer von husten."

„Hier", sagte er und zeigte mir seine krumme Selbstgedrehte, die zwischen gelb-schwärzlich verfärbten Fingern steckte. „Du musst auch nebenbei rauchen. Dann gewöhnst du dich dran."

„Hab ich noch nie lange durchgehalten, Zigarette rauchen."

„Dafür bin ich aber süchtig", knurrte er und zog mächtig an dem Glimmstängel, der rot aufglühte.

„Mann, ich bin immer noch fertig", sagte Frank. „Sollen wir uns nicht noch 'n bisschen puschen?"

Und er holte ein durchsichtiges Plastiktütchen hervor, in dem ein weißes Pulver war.

„Nää, also für mich nicht", sagte Joschi.

„Ich auch nicht", sagte Karl.

„Aber ich", sagte Björne. „Kannst du mir ein Glas Wasser und 'nen Löffel bringen?" fragte er Joschi.

Joschi stand auf und holte Wasser. Der Däne rührte sich eine Löffelspitze von dem Pulver hinein.

„Meine Schleimhäute sind mittlerweile so entzündet, dass ich das Zeug unmöglich schnupfen kann", sagte er und spülte das Zeug hinunter.

„Aaah", machte er, kniff die Augen zusammen und schüttelte sich.

„Aaah", machte er nochmal.

„Wie wär's", sagte er dann, „wir fahren alle nach G. aufn Rave. Ich muss mich bewegen."

„Ach nee, Björne", sagte Georg, „ich bin müde. Ich würd viel lieber hier bleiben und noch 'n bisschen chillen. Weißte, Björne?"

„Ach, komm schon du Flasche. Was ist mit euch? Ey, du", sagte er zu mir gewandt, „kommst du mit? Komm ey, bisschen raven, Alter."

„Nee, danke. Ich konnte dieser Musik noch nie viel abgewinnen. Und nach G. ist es auch ein bisschen weit, meinst du nicht? Da sind wir ja zwei Stunden unterwegs."

„Ach und? Noch 'n bisschen Speed und wir sind ratz-fatz da."

„In dem Zustand Auto fahren finde ich extrem scheiße. Ehrlich."

„Was meinst du, in was für Zuständen ich schon Auto gefahren bin", sagte er und lachte. „Da ist der jetzt noch harmlos. Also los. Ich muss mich bewegen."

Frank und Georg hatten sich jeder eine Linie von dem weißen Pulver auf einem kleinen Spiegel gezogen und mit einer Spielkarte ausgerichtet. Frank drehte ein Papierröllchen und schnupfte eines der länglichen Häufchen sorgfältig blank. Dann machte Georg dasselbe. Joschi und Karl glotzten ausdruckslos vor sich hin und zogen abwechselnd an der ekligen Plastikpfeife.

„Ey, was ist denn mit euch los?" schimpfte der Däne, „So einen müden Haufen habe ich ja schon lange nicht mehr gesehen. Ich glaube, ich muss bald stärkere Geschütze auffahren. Hab noch einiges in petto."

Karl und Joschi glotzten. Der Däne wurde ungeduldig und knurrte vor sich hin. Ich besah ihn mir genauer. Plötzlich bekam ich Angst. Der Typ war mir unheimlich. Seine Augen blickten ohne Freundlichkeit. Er zog ständig den Rotz durch die Nase. Ich hatte das Gefühl, am liebsten hätte er irgendwo hin gespuckt.

Er knetete seine Unterarme. Nun konnte ich deutlich sehen, dass er kräftig war. Plötzlich stand er auf und sagte:

„Das ist mir hier zu traurig. Ich gehe. Ich muss mich bewegen. Und ihr beiden", sagte er zu Karl und Joschi, „ihr könnt mich morgen mal besuchen kommen. Hab was für euch."

Und dabei hob er das leere Plastiktütchen vom Tisch und wedelte den beiden damit vor dem Gesicht herum. Dann warf er es wieder auf den Tisch und drehte sich zur Tür.

„Warte, Björne. Ich komm mit", sagte Georg.

Er rappelte sich hoch, ging zur Tür und sagte weinerlich:

„Aber nicht nach G., ja? Das ist mir echt zu weit. Ich will lieber irgendwo noch ein bisschen chillen. Ja, Björne?"

Björne war schon draußen. Er lachte. Dann waren sie weg.

„Was waren das denn für Typen?" fragte ich.

„Ach, die sind ganz in Ordnung", sagte Frank. „Im Augenblick ist der Björne unsere Quelle."

Und er deutete auf die Haschmischung auf dem Brettchen.

„Für das weiße Zeug auch, oder?" fragte ich.

„Ja, dafür auch. Aber das ist echt harmlos. Wir nutzen das nur zum Raven, Alter."

„Und wenn ihr davon total erledigt seid, dann zum wieder auf die Beine kommen, was?"

„Naja, du warst halt noch nie auf 'nem Rave. Das ist total abgefahren. Macht irre Spaß. Komm doch mal mit."

„Nee, danke. Das ist mir echt unheimlich. Wenn ich mich bewegen will, laufe ich lieber 'ne Stunde durch die Wälder. Da kann man sich auch auspowern. Und fühlt sich hinterher wohl. Nicht so wie ihr gerade. Das kann doch nicht gesund sein. Ihr macht mir gerade echt Sorgen, wisst ihr das?"

„Ach, stell dich nicht so an. Das ist wirklich harmlos, glaub mir."

Ich glaubte ihm nicht. Karl und Joschi hatten den ganzen Abend so gut wie nichts gesagt. Jetzt beugte sich Joschi wieder vor und füllte den Pfeifenkopf erneut mit der Mischung.

„Wo sind eigentlich die ganzen geilen Wasserpfeifen, die ihr früher gebaut habt?" fragte ich.

„Da steht eine", ließ sich Karl vernehmen und deutete auf ein ramponiertes Kunstwerk im Regal. Der Pfeifenkopf fehlte. Das Glas hatte einen Riss.

„Und die anderen?"

„Irgendwie kaputt", sagte Karl.

„Baut doch neue", sagte ich. „Und zeigt mir, wie das geht. Ich würde gerne auch so eine haben."

„Später, Mann", sagte Karl. „Im Moment habe ich irgendwie keinen Bock auf Action. Komm, rauch dir noch einen."

Und er schob mir die Plastikflasche hin, die mittlerweile braunschwarz gefärbt war. Sie stank. Ich stand auf und sagte:

„Ich glaub, ich mach das Ding erst mal sauber."

„Echt Mann, gute Idee", sagte Karl.

Ich ging ins Bad, in dem die Wäsche wahllos auf dem Boden lag. Es roch dumpf. Ich ging in die Küche, wo sich Teller mit Hühnerknochen stapelten, fand aber keine Flaschenbürste. Also spülte ich das Ding so gut es ging mit heißem Wasser und füllte es dann wieder mit kaltem.

Wir rauchten den ganzen Abend. Aber ein Gespräch kam nicht mehr so richtig auf. Der auf- und abschwellende Elektrosound war nervig. Auf meinen Vorschlag, was bluesig-rockiges aufzulegen, wurde mit Ablehnung reagiert.

„Zu aggressiv, Mann. Lass uns lieber chillen. Das passt besser."

Als ich ging, hatte ich so viel gekifft wie schon ganz lange nicht mehr. Aber sonderlich wohl fühlte ich mich nicht. Ich war breit. Aber nicht entspannt. Irgendwas hatte gefehlt.

Und ich machte mir Sorgen. Die Jungs waren fertig. Und dieser Björne und sein unterwürfiger Kumpan waren mir zuwider. Dieser Georg war heimtückisch. Der Däne war es auch, aber während Georg eher feige erschien, hatte der andere etwas von einer gespannten Aggressivität, hinter der noch ein Zug Grausamkeit steckte. Er mochte es, von anderen verächtlich zu reden. Und sich mit seinen Drogenerfahrungen zu brüsten.

Außerdem wollte ich wissen, wie oft er den Jungs dieses weiße Zeug verkaufte. Morgen also schon wieder. Frank schien noch der Vernünftigste zu sein. Auf alle Fälle war er noch geistig wach und sprach mit mir. Aber er nutzte das Zeug auch.

Ich kam auf die Idee, Frank zum Laufen mitzunehmen. Wenn er sah, dass man sich nach einer ordentlichen Runde gut fühlte, weil die Beine wohlig erschöpft und der ganze Körper anständig durchblutet waren, würde er vielleicht sehen, dass ein natürliches High ganz eigene, sanfte Reize hatte. Leider machte ich den Fehler und wählte eine Route durch die Berge, die von Anfang an zu steil war. Vielleicht war ein bisschen Eitelkeit dabei, vielleicht wollte ich Frank zeigen, in was für einem miserablen Zustand er sich befand. Aber das ging nach hinten los. Nach zehn Minuten sagte er:

„Sorry Mann, das ist nichts für mich. Ich kehr um. Aber ich jogge nach Hause. Viel Spaß noch, Alter."

Ich rannte weiter wie ein Besessener, rannte einfach und rannte. Sprang zwischendurch hoch und schnappte mit den Zähnen nach niedrig hängenden Ästen. Ich schrie. Drei Stunden lang lief ich vor irgendwas davon. Ich wollte noch weiter laufen, aber es wurde dunkel. Ich musste zurück. Ziemlich erledigt kam ich vor dem Haus meiner Eltern an. Frank und Karl kamen mir entgegen.

„Jetzt erst zurück? Respekt, Respekt, Alter", sagte Frank.

Damit hatte ich ihn wohl endgültig verprellt. Diese Strategie konnte ich vergessen. Eine Neue musste her.

Zunächst einmal sah ich am nächsten Tag Joschi, der gerade vor dem Haus mit seiner Mutter sprach. Er gestikulierte wild und sprach in lauten, abgehackten Sätzen. Plötzlich hielt sie sich die Hände vor den Mund. Sie schwankte leicht vor und zurück. Unter ihren Fingern hervor ertönte ein hohes, fiepsendes „Hiiiiiii". Ihre Schultern zuckten unregelmäßig. So verharrte sie etliche Sekunden. Joschi stand da in lässiger Haltung, sah auf sie herab und legte die Daumen hinter seinen Gürtel. Dann beugte sie sich vor, ergriff ihre Einkaufstaschen und ging fürchterlich weinend ins Haus.

Ich ging hinüber zu Joschi. Der starrte ihr hinterher. Dann zog er durch die Nase und spuckte geräuschvoll auf den Weg, den sie gegangen war. Als ich kam, drehte er sich zu mir um. Ich erschrak. Sein Gesicht war eine Grimasse. Er grinste ein abgrundtief bösartiges Lächeln. Seine Augen waren stahlhart. Sie schienen zu leuchten. Er lachte leise vor sich hin.

„Sag mal, was hast du denn zu deiner Mutter gesagt? Die ist ja ganz aufgelöst."

„Die geht mir tierisch auf den Zeiger. Die hat kein Recht, mir was vorzuschreiben. Bloß weil ich irgendwann mal aus ihr rausgeflutscht bin. Die soll sich aus meinem Leben heraus halten, die alte Fotze. Das hab ich ihr gesagt."

Er lachte kurz und ging zum Haus.

„Mach´s gut, Alter", sagte er und nickte mir über die Schulter zu.

Ich war erschüttert. Erst einmal war seine Mutter eine schöne und liebevolle Frau. Ich sah ihr manchmal heimlich hinterher und stellte mir vor, ihr jüngerer Liebhaber zu sein. Ich fühlte den Drang, sie zu beschützen. Aber vor ihrem eigenen Sohn? Ansonsten fühlte ich eine elende Traurigkeit in mir aufsteigen. Ich war erschrocken. Da war irgendetwas, was ganz und gar nicht stimmte. Gleichzeitig war ich erfüllt von einer Wut, die nur noch nicht wusste, gegen wen sie sich richten sollte. Ich konnte an diesem Abend nicht einschlafen.

Wieder einen Tag später stellte ich Joschi zur Rede.
„Also, das gestern mit deiner Mutter ist mir die halbe Nacht nicht aus dem Kopf gegangen. Die war vollkommen aufgelöst. So was geht nicht. Oder findest du das okay?"
„Nein, nein. War nicht ganz okay", grinste er.
„ Jetzt mal ehrlich, Alter. Was ist hier los? Da stimmt doch was nicht. Was ist es?"
Er druckste eine Weile herum. Dann sagte er:
„Ach ja, warum soll ich's dir eigentlich nicht sagen? Ich bin am Fixen."
Er rollte seinen linken Ärmel hoch. Sein dünner, von blauen Adern durchzogener Unterarm war zerstochen. Wie kleine Geschwüre zog sich eine Reihe dunkelroter Entzündungsherde eine Vene entlang, von kurz über dem Handgelenk bis zur Ellenbogenbeuge.
„Mann, Joschi. Oh Mann, Joschi. Junge, junge. Was 'ne Scheiße. Wie sieht das denn aus."
„Was soll schon sein? Ganz normal."
„Sag mal, weißt du, dass du dich da gerade zugrunde richtest?"
„Ach was. Ich bin nicht süchtig. Damit hör ich schon irgendwann wieder auf. Nur nicht jetzt. Mir geht grad alles auf die Nuss, Alter. Ich brauch was zum Aufbauen."
„Aber doch nicht so was. Du weißt doch, was das anrichtet. Das baut nicht auf. Das baut ab."
„Solange du es noch nicht probiert hast, kannst du das doch gar nicht beurteilen. Du hörst dich schon fast an, wie meine Mutter. Echt mal."
„Weiß sie das denn?"
Ich zeigte mit dem Kinn auf seinen Unterarm.
„Nicht dass ich wüsste. Aber sie ahnt wohl was. Dass ich sniefe, weiß sie auch nicht."
„Sniefen…"

„Ja, Mann. Sniefen. Schnupfen. Koksen sozusagen. Wenn auch nicht mit Koks, sondern mit Speed eben. Amphetamin-Derivate, verstehst du."

„Versteh schon. Seit wann geht das denn so? Das mit dem Fixen, meine ich."

„Seit ein paar Monaten. Kurz bevor du von der Marine wieder gekommen bist."

„Der Karl auch, oder?"

„Jepp."

„Und der Frank?"

„Der hat's mal ausprobiert. Zu der Zeit haben wir es noch geraucht. Aber er hat ganz schnell die Finger davon gelassen. Ist ihm zu heftig, hat er gesagt. Schore ist halt nicht für jeden."

„Schore…"

„Ja, Schore, Mann. Schooore." Er klang wie der Schwarzhändler aus der Sesamstraße, der dem Ernie einen Pappkarton andrehen will. „Heroin, Alter. Heroiiiiiiin."

Mir wurde schlecht.

„Das ist dieser Björne, der euch die Scheiße verkauft, oder?"

„Ey, Mann, lass meine Freunde aus dem Spiel. Der hat damit überhaupt nichts zu tun. Der vertickt uns manchmal 'n bisschen Hasch oder Speed. Aber kein Schore."

„Und wo kriegt ihr das sonst her?"

„Fällt vom Himmel, Alter. Fällt vom Himmel. Vom Himmel."

Er tanzte einmal um sich selbst und schnippte dabei mit den Fingern. Dann blieb er wieder stehen und sah mich ernst an.

„Ich hab dir das verklickert, weil du mein Freund bist und weil ich dir vertraue. Aber durch deine Fragen zeigst du, dass du kein Verständnis für mich aufbringen kannst. Das ist schade, Mann. Echt schade. Jedenfalls der Björne hat damit nichts zu tun. Also lass ihn in Ruhe. Der Georg auch nicht. Der ist ganz harmlos. Echt. Und du, mach mal nicht so 'n Gesicht. Wir hören schon wieder damit auf. Glaub mir."

Ich glaubte an gar nichts. Aber dass sich Joschi benahm wie in einem schlechten Film, das wusste ich. Er ging. Und ich dachte nach.

Er hatte es bestritten, aber ich hatte diesen hässlichen Typen, der angeblich aus Dänemark stammte, im dringenden Verdacht. Sehr dringend. Und dann fiel mir etwas ein. Ich würde die Jungs nicht allein lassen, sondern am Abend wieder besuchen. Ich würde keine großartigen Fragen stellen, sondern einfach da sein. Und auf diese Weise langsam ergründen, wie die Sache stand. Wo das Zeug herkam. Außerdem konnte ich sie so im Auge behalten und bei Verschlechterung ihres Zustandes geeignete Maßnahmen ergreifen. Welche, würde sich noch zeigen. Wer wusste denn schon, wie weit sie schon in diesen Sumpf verstrickt waren? Vielleicht könnte ich sie auch vor Ärger bewahren. Vor ihren sogenannten Freunden, vor der Polizei, was weiß ich. Ich atmete tief durch. So musste es gehen. Der Tag verging und ich konnte kaum an irgendetwas anderes denken.

Mein Vater, der von allem nichts mitbekam, erzählte mir lang und breit von irgendwelchen Errungenschaften auf dem Gebiet der Biochemie. Er hatte sich immer gewünscht, dass seine Kinder berühmte Wissenschaftler werden. Ich konnte seine detaillierten Erläuterungen gerade überhaupt nicht ertragen.

„Tut mir leid, Vadder, aber ich hab den Kopf voll mit anderen Sachen. Kann dir im Moment wirklich nicht zuhören."

„Ist schon in Ordnung, mein Junge. Ich bin froh, dass du wieder da bist. Tolles Studium hast du dir da ausgesucht. Ich bin stolz auf dich."

Er klopfte mir auf die Schulter und schlurfte langsam davon. Ich sah, dass er geknickt war. Mein Herz drohte zu platzen. Weil ich den Dreck wegräumen musste, den zwei niedrige Individuen verstreuten, erteilte ich meinem alten Vater eine Abfuhr. Und Joschis schöne Mutter verzweifelte gerade. Ich hasste diesen Dänen und seine devote Ratte.

Eine biochemische Reaktion

Der Abend kam und ich saß wieder drüben bei Joschi. Der Däne kam nicht. Stattdessen zog Karl sich eine Linie weißes Pulver, rollte einen Geldschein zur Röhre und „sniefte" sich das Dreckszeug in seine Nase. Er stierte glasig vor sich hin und wartete darauf, dass ihm Joschi die übel riechende Plastikpeife reichte. Das Kiffen hatte seine Unschuld verloren.

Neben dem niedrigen Tischchen, halb unter dem Tuch verborgen, lag eine Pistole. Das war erstaunlich! Beide, Joschi und Karl, waren nicht die Leute, die meinten, bewaffnet herumlaufen zu müssen. Hatte dieser Unsympath Björne das Ding hier verloren? Ich hielt ihn mittlerweile für einen Verbrecher. Ganz unauffällig betrachtete ich das Teil. Es war der Nachbau einer Taschenpistole, wie sie noch vor hundert Jahren von Spielern, Damen und Reisenden getragen wurde. Es gab einen Hahn und zwei übereinander liegende kurze Läufe. Der Griff war klein und wie ein Haken gekrümmt. Der Abzug lag frei. So ein Teil lässt sich schön unauffällig in der Kleidung oder einer Handtasche mit sich führen. Aber was wollte Joschi mit so was?

Die beiden waren schon wieder so dicht, dass sie kaum merkten, dass ich da war. Ich sah mich weiter im Raum um. Auf der Fensterbank lag Reinigungszeug. Ein Fläschchen Waffenöl, eine kleine Bürste, Tücher und ein öliger Pfeifenreiniger. Das Ding gehörte also hierher. Joschi, der früher die schönsten und kompliziertesten Wasserpfeifchen gebaut hatte und der Aquarelle von Tieren, Menschen und Landschaften in fotoartiger Echtheit malen konnte, war also auch bei Waffen sorgfältig. Oder paranoid. So, wie er da saß, gleichzeitig auf Speed und auf Hasch, und unruhig hin und her rutschte. Er kratzte sich an beiden Unterarmen und fing an zu schwitzen.

Ganz unauffällig zog ich die Waffe an mich heran und verbarg sie unter meinem rechten Oberschenkel. Ich hatte das Gefühl, Karl starrte mich an. Er sah aber wohl eher durch mich hindurch. Ich drehte mich so, dass ich ihm die linke Seite zuwandte. Dann griff ich nach der Wasserpfeife. Ablenkungsstrategie. So tun, als würde man etwas anderes machen, während man das Eigentliche gerade vorhat. So rauchte ich also auch aus diesem Kotzgerät, und zwar das Haschisch, das in den Händen dieses schmutzigen Kriminellen gewesen war. Mit der linken Hand stellte ich das angerauchte Gerät wieder auf den Tisch.

„Du hast ja gar nicht fertig geraucht", beschwerte sich Karl.

„Rauch du zu Ende, ich hab grad keinen Bock."

Karl zuckte träge mit den Achseln, nahm die Wasserpfeife und ein Feuerzeug und sog den Kopf mit einem knisternden Fauchen leer. Joschi guckte ihm zu. Ich griff mit der rechten Hand nach der Pistole. Sie fühlte sich ölig an. Ich steckte sie langsam in meine Hosentasche. Das Metall drückte sich kalt und glitschig durch den Stoff der Tasche an mein Bein. Ich atmete erleichtert auf. Unter Umständen hatte ich die beiden schon jetzt vor einer riesengroßen Scheiße bewahrt. Ich hatte nicht vor, die Pistole zurück zu geben. Die Tarnaktion war in vollem Gange. Ich fühlte mich wie ein Geheimagent. Und wieder etwas wohler. Jetzt wollte ich doch noch.

„Moment mal, jetzt hab ich doch Bock, zu rauchen. Aber nicht aus dem Ding da. Kann mir einer ein paar Blättchen geben?"

„Ja, klar. Hier", sagte Joschi, „aber das ist schon ziemliche Verschwendung, das weißt du."

„Bei mir nicht. Ich kann aus so einer Pfeife eh nicht rauchen."

Also drehte ich einen kleinen Joint, zündete ihn an und machte ein paar Züge. Dann stand ich auf.

„Hier, raucht ihr weiter. Ich geh mal pennen."

„Alles klar. Mach′s gut, Alter."

„Ihr auch. Tschö mit ö."

„Tschau mit au."

Ich ging über die Straße zu meinen Eltern und betrat mein altes Zimmer. Knipste das Licht an, schloss die Tür und ließ die Rollläden herunter. Dann holte ich meine Beute aus der Tasche, setzte mich an meinen Tisch und betrachtete das Ding bei Licht.

Links neben den Läufen war ein kleiner Hebel. Dieser ließ sich nach vorne schwenken. Die Läufe klappten nach oben. Es fielen zwei Patronen heraus. Auf dem Hülsenboden waren Buchstaben und Zahlen eingestanzt. „CS – 9mm". Es war Reizgasmunition. Kaliber neun Millimeter. Die hatten immerhin ordentlich Wumms. Aber keine Geschosse drin. Etwas erleichtert legte ich die Teile beiseite. Sie fühlten sich ebenfalls ölig an. Dann guckte ich durch die Läufe. Sie waren jeder mit einer senkrechten Lamelle zugeschweißt. Man konnte damit keine scharfe Munition verschießen. Es war eine Gaspistole.

Trotzdem, auf kurze Entfernung ist mit den Dingern auch nicht zu spaßen. In den Nachrichten kamen in letzter Zeit häufiger Meldungen, dass sich die vietnamesischen Zigarettenmafiosi in deutschen Großstädten gegenseitig mit Gaspistolen erschossen. Man muss nur nah genug ran.

„Konfisziert!" sagte ich laut zu mir selber. Dann versteckte ich die Pistole unter einem mittelalterlichen Helmnachbau, der bei mir an der Wand hing. Die Patronen verstaute ich hinter Büchern in meinem Regal. Die verdeckte Aktion hatte schon Erfolg gezeigt.

Erleichtert legte ich mich schlafen. Lag aber noch lange wach. Die Sache kam ins Rollen. Und das war gut. Als nächstes würde ich mit Frank reden. Der schien noch der Wachste zu sein. Aber vorher wollte ich herausfinden, wie es bei Karl aussah. Der war der Fertigste von allen. Und Joschi war der, bei dem sich die Persönlichkeit am deutlichsten verändert hatte. Mit einem Mischgefühl aus Hass, Sorge und dem Bewusstsein, etwas zu tun schlief ein.

Am nächsten Mittag besuchte ich Karl. Der lag am helllichten Tag im Bett, die Fenster verdunkelt, und hörte irgendeine scheußliche Musik. Die Gitarren gaben verzerrte, einzelne Akkorde von sich. Sie hallten lange nach. Eine Melodieführung war nicht zu erkennen. Der Sänger stöhnte, wie unter Schmerzen. Das Ganze machte den Eindruck von Krankheit. Im Zimmer roch es nach einer Mischung aus Schweiß, alter Unterhose und Medikamenten.

„Was ist das denn für Musik?"

„Hä?"

„Die Musik. Die hört sich ja schräg an."

Karl drehte sich mit dem Rücken zu mir.

„Ja, das macht man, weil man manchmal darauf achten muss."

„Was meinst du?"

„Schsch", machte er und hielt den Zeigefinger hoch. „Hörst du´s? Hörst du´s?"

„Was denn?"

„Schsch."

Ich schwieg. Seine Hand sank zurück. Er sagte:

„Da kann ich gerade auch nicht helfen. Musst du mal Ralte fragen."

„Hä? Ich bin Ralte."

„Genau. Den musst du fragen. Frag dich, Ralte, frag dich."

„Was denn?"

„Hörst du´s wieder? Da! Hörst du´s?"

„Mann Karl, komm mal zu dir. Da ist nichts!"

„Genau. Hähähä. Wenn du in der Mongolei bist, musst du da mal den Ralte fragen."

„Ach, komm schon! Wach auf!"

„Wer?"

„Du!"

„Ich?"

„Ja, du!"

„Hm. Mal drüber nachdenken. Mal drüber nachdenken."

Er schnarchte. Ich schloss die Tür.

Mein nächster Weg führte mich schnurstracks zu Frank.

„Ey Frank, jetzt hör mal zu. Der Karl liegt völlig erledigt im Bett. Der ist total fertig. Und Joschi hat mir gesagt, sie seien beide am Fixen. Das war das abgefuckteste Gespräch gerade, dass ich je in meinem Leben geführt habe. Und Joschi hat vorgestern das Abgefuckteste zu seiner Mutter gesagt, was je auf dieser Welt ein Sohn zu seiner Mutter gesagt hat. Das dauert nicht mehr lange, und beide sind völlig im Arsch. Oder tot."

„Ja, ich mach mir auch schon Sorgen. Bin vorhin auch mal bei Karl gewesen. Da war der auch schon high. Und ich bin halt gegangen, ich wollte ihm auch seinen Törn nicht versauen."

„Seinen Törn nicht versauen. Schön gesagt, Alter. Und jetzt mal ehrlich. Nimmst du das Dreckzeug auch?"

„Nää. Ich hab´s mal probiert. Aber da hab ich Angst gekriegt. Das ist total heftig, das kannst du dir überhaupt nicht vorstellen. Ich bleib lieber beim Kiffen."

„Sehr vernünftig. Obwohl ich das Gefühl hab, das du das auch übertreibst. Und jetzt noch ´ne Frage. Das ist dieser Kotzbrocken Björne, der denen das Ekelzeug verkauft. Richtig?"

„Naja, eigentlich hab ich Joschi versprochen, dir das nicht zu sagen. Aber schon richtig, der hat die angefixt. Und der beliefert die auch."

„So. Und jetzt will ich wissen, wo der wohnt."

„Mann Ralte, mach da bloß keinen Scheiß."

„Im Gegenteil. Und ich will wissen, wie der wohnt. Gibt es Kumpels, hat der Waffen?"

„Also Waffen wüsste ich jetzt nicht. Ein Messer wird er wohl haben, und wenn's zum Mischung machen ist. Und Kumpels gibt es so auch nicht. Aber der lebt mit so 'ner Frau zusammen. Ein Baby haben die auch."

So eine Scheiße. Ich hatte mir vorgestellt, da aufzutauchen, zu klingeln, und wenn die ekelhafte Dreckfresse die Tür aufmachte, ohne Kommentar zu zuhauen. So fest, so oft und so lange, bis die beschissene Heroinlieferung für die nächsten zwei Monate ausfallen würde. Die Existenz dieser Frau und des Kindes änderten nun die Grundvoraussetzungen ganz entscheidend.

In deren Beisein kam eine unangekündigte Gewaltanwendung nicht mehr in Frage. Es würde eine vorhergehende Klärung etwaiger Standpunkte notwendig sein. Eine friedvolle Einigung war anzustreben. Oder zumindest nicht von vornherein auszuschließen. Zu Frank sagte ich:

„Hör mal, ich brauch deine Hilfe. Du musst mich jetzt zu mir nach Hause fahren, da muss ich noch eben was besorgen. Hab halt kein Auto. Und dann fährst du mich zu diesem Arschloch."

„Naja, ich hab auch nichts dagegen, wenn der mal Ärger kriegt. Na gut, können wir machen. Eigentlich ist das schon ein ziemlicher Dreckskerl."

„Sag ich doch. Klasse. Danke dir."

Und so fuhren wir zu mir nach Hause, wo ich eilends mein Messer einpackte und dann die Patronen hinter den Büchern hervorholte. Dummerweise hatte ich vergessen, wo diese verdammte Gaspistole war. An einem vergleichsweise offensichtlichen Ort, das wusste ich noch. Ich warf alles durcheinander, während Frank unten im Auto wartete. Dass er mich fahren musste, hatte natürlich die Bewandtnis, dass er Joschi nicht Bescheid sagen konnte. Karl war ja eh nicht aufnahmefähig, der schunkelte gerade durch seine kranke Welt, in der ich komischerweise ebenfalls vorkam.

Unten brummelte der antike Fiat Uno vor sich hin und ich suchte mir hier einen Wolf. Das war doch nicht auszuhalten, so eine Scheiße. Dass ich so vergesslich sein konnte, hatte mir schon in der Grundschule kein Lehrer geglaubt. Aber jetzt wurde es geradezu lächerlich.

Los Ralte, der Feind naht! Wehr dich! Feuer frei!

Moment, geht grad nicht! Ich hab vergessen, wo ich meine Knarre hingelegt hab!

Kann doch nur mir passieren! Verdammt. Ich hab doch bestimmt schon eine Viertelstunde gesucht. Der Motor ist aus. Weg? Schnell aus dem Fenster gucken. Nein, noch da. Sitzt auch noch drin, der Frank. Prima Kerl. Also, mal nachdenken. Wo würde ich etwas verstecken? An einem offensichtlichen Platz. Welcher Platz ist offensichtlich? Auf dem Schrank? Schon geguckt. Nochmal gucken. Nicht da. Hinter den Büchern? Nein, ich war mir sicher, dass ich Waffe und Munition getrennt verstaut hatte. Also wo? Hinter dem Plattenspieler? Nein. Den Platten? Nein. In der Schachtel mit meinen Andenken von der Marine? Würde vom Kontext her passen. Aber nein.

Ich wurde nervös. Und fing irgendwann an, lauthals auf mich selber zu schimpfen.

„Verdammte, elende, verfluchte Scheiße! Was bin ich doch für ein oberbescheuertes Arschloch! So eine Kacke! Ich will das Ding unbedingt dabei haben. Ohne vollständige Einsatzmittel geh ich nur, wenn es sein muss! Muss es aber nicht! Ich will den Typen zur Not auf Abstand halten können. Und ihm im Bedarfsfalle seine Fresse tätowieren! Himmel Herrgott nochmal! Jetzt hab ich aber gleich den Kaffee auf!"

Kaffee auf? Ich stellte mir eine Kaffeemütze vor. Zum warm halten der Kaffeekanne. So eine rot-weiß geringelte, wie meine Mutter sie hatte. Mit Bommel oben dran. Hab ich mir als Kind manchmal aufgesetzt. Kaffeemütze auf. Mütze. Helm! Der Helm!

Ich riss das Blechteil von der Wand. Im Helmfutter steckte die schwarz glänzende Gaspistole. Schnell die Patronen… mein Gott, wo sind die denn jetzt? Voller Wut schmiss ich die Papiere auf meinem Tisch durcheinander, die ich rausgeräumt hatte, um die Pistole zu suchen.

Da waren sie. Schnell in die beiden Läufe stecken, Läufe herunterklappen, Hebel nach hinten, zu. Zur Probe den Hahn spannen und kontrolliert herablassen. Der bestand aus zwei gegeneinander beweglichen Teilen. War der erste Schuss gefallen, konnte man ohne erneutes Spannen den zweiten abgeben. Tolle Technik. Das Ding in die Tasche und los. Treppe runter, auf die Straße, Tür aufreißen, einsteigen.

„So, da bin ich. Kann losgehen."

„Mann, das hat aber gedauert. Ich hab schon gedacht, du hast es dir anders überlegt. Ich wollte schon fahren."

„Ohne Bescheid zu sagen?"

„Naja, ich hab mir gedacht, du würdest es schon sagen."

„Was sagen?"

„Ach, egal. Geht los."

Wir fuhren aus dem Dorf heraus. Über die Landstraße. In die Kreisstadt hinein, durch diese hindurch und auf der anderen Seite wieder hinaus. Die Straße schlängelte sich zwischen den Bergen entlang. Seltsam, dass es auch hier in dieser Scheißidylle solche Typen wie diesen Björne und sein weinerliches Faktotum gab.

Wir bogen seitlich ab. In ein Dorf direkt am Berg. Und gleich wieder seitlich ab. Halb aus dem Dorf hinaus. Dort standen drei Mehrfamilienhäuser in einer Reihe. Kleine dreigeschossige Häuser mit je zwei Eingängen, hohen Giebeln und schmutzig-weißen Wänden, von denen der Putz bröckelte. Werksiedlung. Noch aus der Zeit, als hier die Eisenbahn gelegt wurde und sich in Backsteinbauten mit hohen Fenstern die ersten Industrien gebildet hatten. Trostlose Gegend.

Vor dem mittleren Haus hielten wir, auf einem Asphalthof mit Rissen drin und einem kaputten Fußball drauf. Auf der anderen Seite eine Wiese, auf der an rostbraunen Pinnen Wäscheleinen gespannt waren. An einer schmutzigen Hauswand lehnte ein altes Fahrrad.

„Ich komm mal lieber nicht mit rein", sagte Frank. „Da, der linke Eingang im mittleren Haus, da ist es. Du musst in den ersten Stock. Rechte Tür. Viel Glück, Alter."

„Jo, danke Mann."

Ich stieg aus. Frank fuhr sein altes Auto im Halbkreis um mich herum und nahm denselben Weg zurück, den wir gekommen waren. Der Motor verklang hinter der Hausecke. Plötzlich war mir mulmig.

Aber ich durfte mich nicht zu lange hier im Freien aufhalten, wo ich von den zahllosen Fenstern aus gesehen werden konnte. Also los. Ich ging auf das mittlere Haus zu. Der linke Eingang. Die Türen waren aus grau gestrichenem Holz, mit einem rautenförmigen, kleinen Fenster auf Gesichtshöhe. Ich ging hinein.

Die Treppe war ebenfalls aus Holz. Das Geländer grau gestrichen, die Absätze braun-rot. Die Treppe führte von der Tür aus gerade nach oben, bis zum ersten Stock. Ich war mir unsicher. An der linken Tür war ein Name, „Kosovarovic" oder so ähnlich. Hm. Klang nicht sehr Dänisch. Auf der rechten Tür stand „Müller". Hm. Also ging ich einen Stock höher. Welches der erste Stock war, wusste ich nie so genau. Ich verwechsle das immer mit Erdgeschoss. Aber da oben gab es nur noch „Schneider" und etwas völlig Unaussprechliches. Mit vielen „sz" und „cz" drin. Es musste schon Müller sein. Erster Stock, rechte Tür.

Ich stieg wieder herunter und klingelte. Wenn die Frau aufmachte, würde ich erst einmal reden.

Die Tür ging auf. Eine kleine, ungepflegte blonde Frau in hellblauen Jeans und einem dünnen, hellrosa Pullover stand vor mir. Ihr Gesicht war ängstlich.

„Ja?"

„Guten Tag. Ich wollte einmal den Björne sprechen. Ist der da?"

„Ist das dringend? Der schläft nämlich gerade."

„Ja, ist sehr dringend. Bitte."

Sie ging einen engen Flur entlang nach hinten in die Wohnung.

„Björne?"

„Hm?"

„Björne! Da ist jemand, der will dich sprechen."

„Was?"

„Da will dich jemand sprechen. Sagt, es sei dringend."

„Hm."

Sie kam zurück.

„Er zieht sich gerade was an."

„Danke."

Sie musterte mich ängstlich. Mein Gesicht hatte noch immer einen Vollbart. Ich trug eine braune Lederjacke und schwarze Jeans. Meine Hände steckten in den Jackentaschen. In der rechten Tasche war die Gaspistole. In der rechten Hosentasche mein Messer. Ich atmete langsam, tief und gleichmäßig.

Björne kam. Er trug ein buntes Batik-T-Shirt, eine Art Pumphose mit bunten Mustern und Turnschuhe. Er guckte mit halb offenen Augen und ging recht nah an mich heran. Er blinzelte.

„Ja?" Es war klar, dass er mich nicht erkannt hatte.

„Ich bin ein Freund von Joschi und Karl. Die beiden sind so ziemlich auf dem Trip. Da leiden gerade alle Familien und Freunde drunter."

„Und? Was hab ich damit zu tun?"

„Es ist mal so ziemlich sicher, dass die beiden von dir harte Drogen beziehen. Heroin und so. Damit ist jetzt Schluss."

Er wurde laut.

„Was? Sag mal, hast du den Arsch offen? Die sollen von mir harte Drogen beziehen? Heroin? Was fällt dir ein, du Penner?"

Er rückte nun bedrohlich nahe. Ich nahm die Hände aus den Taschen.

„Es gibt Zeugen dafür. Und das wird von heute an unterbleiben, verstanden?"

Er brüllte:

„Du hast mir gar nichts zu befehlen, Alter! Verpiss dich, du Arschloch!"

Und er stieß mit beiden Fäusten gegen meine Schultern. Ich drehte mich seitwärts und blockte mit links seine Rechte. Seine Linke glitt an meinem rechten Unterarm ab. Mit einer kurzen Explosion aus beiden Handflächen in die Mitte blockierte ich weiter seine Arme und katapultierte ihn gegen die Wand. Er schlug hart dagegen. Für einen Moment lehnte er benommen da.

Los, Alter, schlag zu! Schlag zu! Mitten ins Gesicht. Einen Tritt seitlich gegen den Kopf und er liegt. Du kannst ihn töten oder umhauen, ganz wie du willst! Tritt zu! Schlag ihm seine ekelerregende Fratze ein! Der soll Zähne husten! Mach schon! Mach!

Ich tat es nicht. Irgendetwas hielt mich ab. Ich wusste nicht, was. Er kam wieder zu sich. Ich stand da. Er ging zur Tür.

„So! So! Vom Joschi ein Kumpel! Und vom Karl! Na, pass auf. Da ist das letzte Wort noch nicht gesprochen."

Er ging den Flur entlang. Die Frau trat heraus, ging auf mich zu und sah mir flehentlich in die Augen. Ihre Hände waren leicht erhoben. Sie rieb sie aneinander.

„Bist du sicher, dass das der Björne war? Kannst du dich da nicht auch irren?"

„Leider bin ich sicher. Ich hab ihn einmal da beobachtet. Und ein anderer Freund von den beiden hat es bestätigt."

In diesem Augenblick wurde es im Flur lebendig. Björne kam den Gang entlanggestürmt, ein langes Brotmesser in der Rechten. Er brüllte wie ein Berserker. Zwischen dem entmenschten Gebrüll kamen artikulierte Worte hervor:

„Ich bring dich um! Ich stech dich ab, du Sau!"

Die Frau versuchte, ihm in den Weg zu treten, rannte ihm entgegen und schrie: „Björne! Björne, nein! Björne, bitte!"

Sie sprang beiseite und schrie vor Angst und Verzweiflung. Der Typ rannte an ihr vorbei auf mich zu. Plötzlich stoppte er abrupt und kam stolpernd genau im Türrahmen zum Stehen. Er sprang zurück und riss die Tür vor sich.

Ich war in der allergrößten Gelassenheit einen Schritt zurück getreten, hatte die Pistole gezogen und den Doppelhahn bis zum Anschlag gespannt. Die Mündung zeigte genau in sein Gesicht. Ich hielt die Waffe mit beiden Händen und trat zwei Schritte vor. Die Entfernung in diesem engen Treppenhaus betrug jetzt weniger als einen Meter. Gute vietnamesische Schussentfernung. Nicht direkt tödlich.

Er guckte hinter der Tür hervor, die er aber gleich wieder vor sich riss. Das wiederholte sich mehrmals. Ich sagte laut und ruhig:

„Bleib hinter deiner Tür, Alter. Bleib bloß hinter deiner Tür."

Er guckte immer wieder dahinter hervor und verschwand jedes Mal sofort. Seine Augen waren nicht mehr schläfrig, sondern hatten einen fiebrigen, harten Glanz und standen sperrangelweit offen. Die Frau stand mit dem Rücken an der Wand im Flur, direkt neben ihm, hielt die Hände vor die Brust und schrie aus Leibeskräften. Beim Einatmen verschluckte sie sich an ihren Schluchzern. Hustend und weinend schrie sie weiter.

Mir fiel plötzlich ein, dass man von vorne ja ziemlich gut sehen musste, dass diese Pistole nicht scharf war. Es war nicht klar, wie lange die Situation noch so halb stabil bleiben würde. Es musste eine souveräne Entscheidung getroffen werden. Und ich traf eine. Leider die Falsche. Zuerst schob ich den linken Zeigefinger über die Mündung des unteren Laufes, um die Lamelle zu verdecken. Das war natürlich vollkommen unsinnig, also ließ ich das wieder bleiben. Sodann erhob ich die Hände ein wenig, wie um einen Warnschuss über ihn hinweg abzugeben. Das wiederum erschien mir dann bei nur zwei Schuss in der Waffe eine gefährliche Verschwendung zu sein. Also beugte ich die Handgelenke etwas nach unten. Als er wieder zum Vorschein kam, zeigten die beiden Läufe von leicht oben mitten in sein Gesicht. Ich drückte ab. Klick!

Der Klang des Schlagbolzens auf dem Zündhütchen erreichte meine Ohren und wurde über die Trommelfelle an die Gehörknöchelchen weitergegeben. Diese leiteten den Schall jeweils an das ovale Fenster weiter. Von dort bewegte er sich in der Flüssigkeit der Perilymphe mit der fünffachen Geschwindigkeit weiter, die Vorhoftreppe im Schneckengang entlang. Die Vorhoftreppen wurden von den Reissnerschen Membranen zum inneren Teil des Schneckenganges hin abgegrenzt. Sie schwangen und leiteten den Impuls nach dort weiter. In diesem inneren Bereich des Schneckenganges warteten Myriaden von mit zwei weiteren Membranen verbundenen Haarzellen darauf, über ihre feinen Fortsätze, den Zilien, Bewegungsenergie in elektrochemische Impulse umzuwandeln.

Klick! Der kurze Schallimpuls erzeugte die ersehnte Bewegung. Durch diese Bewegung wurden in den Zilien Ionenkanäle geöffnet. Positiv geladene Kalium-Ionen strömten in die Zilien und schossen das elektrische Ruhepotential über die Höhe des Aktionspotentials hinaus nach oben, von wo es wieder auf das Aktionspotential hinunterfiel. Von einem Kanal zum nächsten wurden nun die Aktionspotentiale fortgereicht, die ein spezifisches elektrisches Spannungsmuster ergaben. Die Kanäle schlossen sich anschließend für mehrere Millisekunden, so dass die Aktionspotentiale nicht zurück konnten und vorwärts mussten. Sie rasten die Hörnerven entlang, nahmen verzweigte Wege über die Ganglien, verließen das Innenohr und wurden vom Hörnerv getreulich ins Gehirn weitergeleitet. Ein Abgleich mit bekannten Geräuschen ermöglichte in der Hörrinde im Großhirn die Identifikation dieser elektrischen Spannungsmatrix. Klick!

Ich sprang in Riesensätzen die Treppe hinunter, der amphetamingepuschte Wahnsinnige hinter mir her. Der Schwung ließ mich gegen die Tür prallen, die Hand mit der nutzlosen Gaspistole schlug gegen das rautenförmige Fenster. Mit einem dumpfen Knall zerprang es. Ich riss die Tür auf und rannte hinaus. Auf dem Hof blieb ich stehen und drehte mich um. Es kam niemand. Aus dem kaputten Fenster ertönte noch das Schreien der Frau. Mein Herz raste.

Ich lief zur Ecke der Häuserreihe und spähte nach allen Seiten. Es war niemand zu sehen. Um nicht aus irgendeiner Nebentür überfallen zu werden, ging ich schnellen Schrittes auf dem Weg, den wir vorhin mit dem Auto gekommen waren. Dann weiter, wieder zurück auf die Hauptstraße. Diese führte den Berg hinunter. Die Hand mit der Pistole steckte wieder in der Jackentasche. Mittelfinger und Handgelenk waren warm, glitschig und verschmiert. Ich konnte mit dem Daumen dagegen tasten. Der Daumen blieb kleben und löste sich mit einem leichten Schmatzen. Ich fühlte nichts. Keinen Schmerz, keine Wut, keine Scham. Nur Enttäuschung.

Plötzlich hörte ich hastige Schritte hinter mir. Ich drehte mich um. Da kam er gelaufen, eine schwarze Lederjacke über dem bunten Hemd.

„Hey, bleib doch mal stehen!" rief er schnaufend.

Ich nahm einen leichten Trab auf. Er rannte schneller. Ich ließ ihn auf fünf Meter herankommen, lief dann schneller und vergrößerte den Abstand wieder. Er versuchte es noch einmal. Er spurtete los. Wieder ließ ich ihn hinter mir zurück, ohne sonderliche Eile. Die Ruhe hatte mich wieder, als ich sah und hörte, wie er schnaufte.

„Bleib stehen, du Feigling!" keuchte er.

Allerdings hatte ich meine Kindheit zu einer Zeit und in einer Umgebung verbracht, wo das Wort Feigling durchaus eine Beleidigung war. Manche Gewohnheiten lassen sich schwer ablegen. Besonders, wenn eine Ratte wie der sich darin versteigt, mich einen Feigling zu nennen. Ich wurde langsamer. Meine lädierte rechte Hand schob sich in die Hosentasche und lockerte den Messergriff. Das Blut klebte.

Nun hatte ich schon einmal eine Messerstecherei beobachtet. Das war im Freihafen von Malta gewesen. Wir hatten mit ein paar Leuten vom Schiff auf die Rückkehr einer der Motorgondeln gewartet, deren Besitzer für wenig Geld die Fährleute abgaben. Die Gondeln sahen fast wie venezianisch aus.

Am gegenüber liegenden Kai war ein Fischerboot mit italienischer Flagge festgemacht. Auf dem Vordeck saßen vier Männer. Einer war untersetzt, kräftig und vollbärtig, mit schwarzem Haar. Zwei weitere sahen aus wie Süditaliener, klein und schwarzhaarig. Der Vierte war ein baumlanger, dünner Schwarzer. Die vier schienen in eine Unterhaltung vertieft. Plötzlich sprang der Schwarze auf, gestikulierte wild und schrie den Bärtigen an. Der stand auch auf und auf einmal ließ der Schwarze einen Hagel von Ohrfeigen von rechts und von links auf den Bärtigen herabsausen. Der duckte sich, tänzelte herum wie ein Boxer und gab mehrere kurze Geraden mit der Linken auf das Kinn des anderen ab. Die anderen beiden sprangen hinzu und trennten sie.

Alle setzten sich und die Unterhaltung wurde wieder aufgenommen. Plötzlich sprang der Schwarze wieder auf und schrie und prügelte wieder auf den Bärtigen ein. Und diesmal ging es vom Boot herunter auf die Pier. Wieder duckte sich der andere und schoss kurze linke Geraden auf das Kinn des Schwarzen, die aber keine große Wirkung zu haben schienen. Er wich im Halbkreis zurück und sprang dann auf das Achterdeck des Bootes. Der Schwarze sprang hinterher, ergriff einen großen Korb und schlug ihn dem anderen rechts und links um die Ohren. Der wich ins Deckshaus zurück. Der Korb flog ihm hinterher und der Schwarze rannte gleich auch noch mit hinein.

Aber er kam sofort wieder heraus und hielt sich den Bauch. Er sprang noch ein paar Mal auf der Stelle und stolperte dann rückwärts von

Bord. Der kleine Bärtige kam aus dem Deckshaus. In der Linken hielt er ein Fischmesser. Er ging vorsichtig vom Boot, wo sich die anderen beiden vom Vordeck schon eingefunden hatten und versuchten, die zwei Gegner voneinander fern zu halten. Die Hose des Schwarzen färbte sich vom Gürtel bis über das Knie dunkelrot. Plötzlich sprang er wieder vor und schleuderte dem Bärtigen eine Handvoll Blut ins Gesicht. Dann drehte er sich um und ging laut schimpfend davon. Sein rechtes Hosenbein war nun vollständig rot, ebenso der untere Teil seines Hemdes. Die beiden Polizisten auf unserer Seite des Kais hatten nichts unternommen. Sie hätten nur außen um das vergleichsweise kleine Hafengelände herumgehen müssen.

Hier auf der Straße, wo ich ihn auf Abstand halten konnte und mehr Bewegungsfreiheit hatte, konnte ich kämpfen. Mein Lauf wurde zu einem verhaltenen Trab. Ich sah mich um. Er war noch da. Das Blut an meiner rechten Hand klebte. Und dann fiel mir ein, dass er ja auch bluten würde. So, wie der Schwarze, der wahrscheinlich um die Überfahrt nach Europa betrogen worden war.
Mit einer offenen Wunde an der Hand diesem Feind das Messer in den Bauch rammen? Oder schnelle, kurze Schnitte über Hand, Arm und Gesicht? Er würde mit Sicherheit auch bluten. Aber mit dem Blut von diesem abstoßenden Menschen wollte ich nichts zu tun haben. Der Geier mochte wissen, welche elenden Krankheiten er schon in seinem ekelhaften Körper angesammelt hatte. Halb war ich entschlossen, wieder schneller zu werden. Da machte er eine überraschende Wende. Er bog ab, griff in die Tasche und holte einige Münzen daraus hervor.
„Jetzt wird die Polizei angerufen!" rief er.
Ich nahm ihn nicht für voll und vermutete eher eine Art Ablenkungsmanöver. Mich auf irgendwelchen Seitengassen überholen und überraschend angreifen. Also blieb ich in der Mitte der Straße und nahm meinen Trab wieder auf. Erst als ich weit aus dem Dorf heraus war, ging ich in normalem Tempo weiter.
Von vorne kam ein Polizeiwagen. Er hielt vor mir. Zwei Polizisten stiegen aus und riefen:
„Halt! Bleiben Sie stehen!"

Ich griff in meine innere Jackentasche, um meinen Ausweis hervorzuholen.

„Halt! Keine Bewegung! Ganz langsam, Freundchen. Wir sagen hier, was Sache ist."

„Meinetwegen, gerne. Und was soll ich tun?"

„Hier mal an das Wagendach lehnen. Beine spreizen. Und still halten."

Ich tat, wie mir geheißen und ließ mich durchsuchen. Die Pistole und das Messer wurden zutage gefördert, ebenso mein Ausweis.

„Sie sind Herr Gerstenmälzer?"

„Ja, der bin ich."

„Haben Sie gerade den Herrn Värensen mit der Pistole bedroht?"

„Keine Ahnung, dass der so heißt, aber sofern niemand sonst mit einer Pistole bedroht wurde, bin ich das wohl gewesen. Es ist übrigens eine Gaspistole."

„Das tut erst mal nichts zur Sache. Sie können sich wieder normal hinstellen. Mein Kollege nimmt dann Ihre Personalien auf."

„Hier", sagte der Kollege und hielt dem anderen mein Messer in der Scheide hin, „was machen wir damit?"

Der andere Kollege taxierte mich einen Augenblick.

„Ach, gib´s ihm halt wieder."

So durfte ich das Messer wieder einstecken. Mittlerweile hielt noch ein Zivilwagen und aus stieg ein grauhaariger Herr im Hemd. Mit Krawatte.

„Welches ist die Schusswaffe?" fragte er.

„Hier", sagte einer der Uniformierten.

Der grauhaarige Herr nahm das dysfunktionale Schießeisen in Empfang und versuchte es aufzukriegen.

„Aber geschossen haben Sie nicht?"

„Nein. Der Schuss ging nicht los. Hier, der Hebel an der Seite, den nach vorne umlegen. Nein, nach vorne. Und dann die Hand drunter, sonst fallen die Patronen raus."

Die Patronen fielen raus und rollten unter den Streifenwagen. Ich holte sie hervor und gab sie dem Zivilbeamten. Das Zündhütchen der einen Patrone war eingedrückt.

„Sehen Sie hier", sagte ich, „das Zündhütchen hat ´ne Delle."

„Also ist doch geschossen worden", kombinierte der Kriminaler.

„Nein. Zündversager. Ich habe abgedrückt, aber es ist nichts passiert."

„Und was ist das an Ihrer Hand?" Er deutete auf zwei Schnittwunden. Eine am Mittelfinger, eine am Handballen kurz vor dem Puls.

„Beim taktischen Rückzug durch eine Glasscheibe gehauen."

„Ah. Ja gut. Dann ist ja alles klar. Das heißt, Sie werden noch eine Vorladung zur Vernehmung erhalten. Und mit Ihrer Hand sollten Sie vielleicht mal ins Krankenhaus, oder bei einem Arzt vorsprechen."

„Danke für die Empfehlung. Auf Wiedersehen."

„Ja. Wiedersehen."

Ich ging über die Berge nach Hause. Bei Einbruch der Nacht kam ich an. Pinselte Jod auf die Schnitte und legte mir selbst einen kleinen Verband an. Drauf geschissen.

Ein taktischer Erfolg war der Unternehmung nicht beschieden gewesen. Ganz im Gegenteil. Als Joschi mich an diesem Abend sah, ließ er nur ein verächtliches Schnaufen ertönen und blickte geringschätzig.

Am nächsten Tag war ich in der Kreisstadt auf der Hauptstraße unterwegs, diesmal ohne Messer. Die Begegnung mit der Polizei hatte meinen Hang zum Tragen von Waffen vorerst abgekühlt. Da kam mir auf der anderen Straßenseite dieser Björne entgegen. Bei ihm war noch ein Typ, den ich nicht kannte. Sie wechselten die Straßenseite und kamen auf mich zu. Ich blieb stehen und wartete. Der erste Schreck wich einer bodenlosen Abscheu.

„Ha, wie gut, dass wir uns noch mal treffen! Hier guck mal, hab ich extra für dich mitgebracht."

Er zeigte mir ein kurzes Kampfmesser mit einer leicht gekrümmten Klinge.

„Wenn wir uns nochmal sehen und du machst irgendeine Aktion, stech ich dir das Ding in den Bauch. Meine Freundin hat Rotz und Wasser geheult."

Mein Messer hatte ich ja leider nicht dabei. Aber der Hass auf diesen menschlichen Kotzbrocken war bei weitem größer als meine Angst. Er wuchs fast ins Unermessliche. Ich blieb stehen und sagte, wenn auch mit leicht unsicherer Stimme:

„Dann fang mal an. Ich freu ich drauf. Und die Zeugen sind diesmal auf meiner Seite. Hier sind überall Leute."

„Das ist mir so was von Scheißegal", sagte er.

Er stand vor mir. Meine Knie zitterten vor Wut, Hass und Angst. Wir standen da und beäugten uns gegenseitig. Ich versuchte immer mal wieder, meinen Beinen den Impuls zu einem sehr festen Tritt in seinen Unterleib zu geben. Oder gegen die Hand, die das Messer auf Bauchhöhe hielt. Mehrmals spürte ich, wie es in meinen Beinen zuckte. Aber es ging nicht. Irgendwas hielt mich ab. Ich tat es nicht. Er würde kommen müssen. Wir standen da und sahen uns in die Augen. Meine Knie zitterten.

Dann legte der andere ihm von hinten eine Hand auf die Schulter und sagte:

„Komm schon, Björne, das bringt doch hier nichts."

Er steckte sein Messer weg und wandte sich ab.

„Wir sehen uns noch", sagte er.

„Das hoffe ich", sagte ich.

Und ich drehte mich um und ging zur Polizei. Es war mir übrigens schleierhaft, wieso dieser Vollhonk dort angerufen hatte. Ach so, wahrscheinlich auf dringendes Anraten der Frau hin. Langsam hörte ich auf, mich zu ärgern, dass der Schuss nicht losgegangen war. Die Frau hätte zwar nicht direkt im Strahl von Funken und Gas gestanden, aber ihren Teil an Reizgas hätte sie auch abgekriegt. Nur wegen dem Typen tat es mir leid. Die glühenden Pulverpartikel hätten ihm ordentlich sein hässliches Gesicht punktiert. Viel gab's da nicht zu verunstalten. Andererseits, er hätte auch ohne weiteres sein Augenlicht verlieren können. Ob es das wert gewesen wäre?

Aber gerade vorhin hätte ich ihm die Nase zertrümmert, in die Hoden getreten, den Kiefer gebrochen, wenn er mit seinem Scheißmesser auch nur einen Schritt auf mich zu gemacht hätte. So langsam wurde ich *doch* wieder sauer auf ihn. Vor allem, weil mir plötzlich wieder einfiel, was ja der Anlass zu dem ganzen Trara gewesen war.

Also stürmte ich auf die Polizeiwache und rannte zum Empfang.

„Sachte, sachte. Was können wir denn tun?"

„Ich möchte eine Anzeige machen gegen den Herrn Björne Värensen. Wegen Bedrohung mit einem Messer."

„Hat der Sie angegriffen?"

„Nein, nur damit gedroht."

„Und was haben Sie gemacht?"

„Ihn gewarnt, dass ich mich freue, wenn er mich angreift."

„Das heißt, Sie hätten sich adäquat zur Wehr setzen können?"

„Wie man es nimmt."

„Sie hätten ja auch weglaufen können."

Fast hätte ich gefragt „Schon wieder?" aber verkniff es mir gerade noch rechtzeitig.

Ein Beamter wurde nun etwas sachlicher.

„Liegt etwas zwischen Ihnen und diesem Herrn Värensen vor?"

„Allerdings. Der verkauft Heroin an Jungs bei uns im Dorf. Und das dürfte der Polizei bekannt sein."

„Liegt da schon eine Anzeige vor?" fragte der eine Polizist den anderen. Der andere schüttelte den Kopf.

„Wenn Sie das zur Anzeige bringen wollen, müssen wir ein Protokoll aufsetzen."

„Halt, Moment mal", rief noch ein anderer, "Värensen, Värensen. Dann sind Sie Herr Gerstenmälzer."

„Ja, in der Tat."

„Na, da geht doch heute eine Vorladung an Sie raus. Für übermorgen. Dann können Sie das ja eh zu Protokoll geben."

„Ach so. Und was ist jetzt mit der Bedrohung?"

„Solange da kein wirklicher Angriff stattgefunden hat, können wir lediglich einen Platzverweis aussprechen. Aber das wird relativ wirkungslos bleiben, denn Sie werden sicherlich auch nicht den ganzen Tag an dem Platz verweilen wollen, von dem wir den Herrn Värensen verwiesen haben."

„Ja nee, äh, natürlich nicht."

„Dann können wir momentan recht wenig für Sie tun. Kommen Sie einfach übermorgen zur Vernehmung. Da können Sie dann Ihre Sicht der Dinge schildern."

„Ja, gut, vielen Dank."

Ich ging auf die Straße. Erst einmal tief Luft holen. Und da sahen meine Augen tatsächlich an der Ecke schräg gegenüber diesen Kleinverbrecher und die trübe Gestalt von vorhin stehen. Ich war so wütend, dass ich geradewegs auf sie zu stiefelte.

„Du bist ja immer noch da, du Arschgeige", knurrte ich heiser, „los, zieh dein verficktes Messer und schau, wie weit du damit kommst."

Er tat nichts. Der andere sagte:

„Halt, mal langsam. Warum gleich so aggressiv? Vielleicht hat es Missverständnisse gegeben. Die sollten wir lieber klären. Wir sind doch alle vernünftige Menschen."

„Sehe ich ganz anders. Außerdem habe ich keinen Bock, mit euch zu reden." In Wirklichkeit hatte ich den doch, denn ich wollte herauskriegen, wer der andere war und was sie so vorhatten. Material sammeln für übermorgen. Geheimagent.

„Also", sagte der kleine, scheele Typ, „ich bin der Thomas. Ich dachte, ich helfe euch mal, diese Situation irgendwie zu entschärfen."

„Zunächst mal", sagte Björne, „möchte zu gern wissen, was du da auf der Polizei gemacht hast. Und dann will ich wissen, woher du weißt, wo ich wohne."

„Das Eine ist ganz einfach. Ich habe die Bedrohung mit dem Messer vorhin gemeldet. Und das Andere ist auch einfach. Ich sage nicht, woher ich das weiß. Aber so was ist ja raus zu kriegen. Du weißt ja wahrscheinlich auch, wo ich wohne."

„Da hat er Recht", sagte Thomas, „wenn man es drauf anlegt, kriegt man das raus. Da brauchst du nicht weiter zu bohren, Björne."

„Na gut", sagte der, „aber was war das mit der Polizei? Wenn du da 'ne Anzeige gemacht hast, dann nimmst du die am besten wieder zurück. Das wäre besser für dich. Sonst postiere ich nämlich einen bei dir vor der Tür. Und irgendwann werden wir dich schon erwischen. Da glaub mal ganz fest dran. Außerdem lass ich mich nicht mit 'ner Wumme bedrohen. Das Ding war wahrscheinlich sowieso illegal."

„Das war 'ne Gaspistole. Ganz legal."

„Da hat er Recht, Björne. Gaspistole darf man haben."

„Ja, zu Hause. Aber nicht damit rumlaufen und Leute bedrohen."

„Das war ja wohl in unserem Falle ein kleines bisschen anders. Heroin darf man jedenfalls nicht mal zu Hause haben. Und es verkaufen erst recht nicht."

„Wer sagt denn, dass ich Heroin verkaufe, hä? Und wenn, dann krieg ich höchstens vier Jahre dafür. Die sitz ich auf einer Arschbacke ab. Aber was für 'nen Spaß du noch mit deinem Körper hast, wenn wir mit dir fertig sind, das steht auf einem anderen Blatt."

„Aha. Das wird ja immer besser. Da bin ich ja mal gespannt, wie du diese neue Bedrohung beim Verhör begründen willst."

„Halt mal", meldete sich Thomas wieder zu Wort, „ich glaube, ich stelle mich erst mal vor. Also, ich habe zwar auch so meine Drogenerfahrungen. Aber dann hab ich die Kurve gekriegt. Fachabitur, dann drei Semester Jura. Ich weiß also ein wenig, wovon ich rede. Und ich will euch helfen."

Offensichtlich wollte er mich vor allem für blöd verkaufen. Fachabitur. Jura. Lauter Deppen. Ich tat, als wäre ich aufgeschlossen.

„Also hör mal", sagte Thomas wieder, „ dir bringt das überhaupt nichts, wenn du den Björne anzeigst. Das fällt höchstens auf dich zurück. Geh einfach wieder zurück und sag, du hättest dich geirrt. Das war gar keine Bedrohung."

„Dann fällt auch der Typ vor deiner Tür weg", ergänzte Björne.

„Da bin ich gespannt, wie ihr damit durchkommen wollt", sagte ich, „ich nehme jedenfalls nichts zurück, solange hier noch dieses Scheißzeug kursiert, und das weiße Zeug ebenfalls. Und das hast du auch genommen. Das wird sich ja nachweisen lassen. Ich denke, du kommst am ehesten davon, wenn du geständig bist."

„Also mit dir kann man nicht reden. Du wirst sehen, das wird noch sehr unangenehm."

„Ich überleg 's mir."

„Gut. Umso besser für dich."

„Halt Björne", sagte Thomas, „du musst dich auch ein bisschen bemühen. Also, ihr zwei, vielleicht schließt ihr einfach Frieden und bereinigt die Sache, indem ihr euch gegenseitig nicht belastet, und alles wird gut. Sollen wir so auseinander gehen?"

Die ganze Sache wurde mir langsam zu blöd.

„Ich überleg ′s mir. Und du lässt dein beschissenes Messer das nächst Mal besser in der Tasche."

„Ich hab doch gar keins", sagte Björne. Dann lachte er mir zu und die beiden gingen um die Ecke.

Erste Studienjahre

Bei der Vernehmung stellte sich heraus, dass dieser Björne schon lange unter Beobachtung stand. Man ließ ihn aber gewähren, um einen besseren Überblick über die Szene zu haben. Jetzt, da meine Gegenanzeige vorhanden war, musste reagiert werden. Er wurde zu vier Jahren Haft verurteilt. Musste sie aber nicht antreten, weil er, selber abhängig, eine Therapie aufnahm. Die brach er später ab. Die Frau trennte sich lange vorher von ihm und zog mitsamt dem Kind aus. Allein deswegen hatte sich die ganze Scheiße vielleicht doch gelohnt.

Der unterwürfige Georg verlor wegen seiner Amphetaminsucht den Führerschein und musste sechs Monate Drogenfreiheit nachweisen, bevor er ihn neu beantragen durfte. Er drohte mit einem Anwalt und wollte gegen mich vorgehen. Tat aber nichts.

Dieser Thomas war als Schwätzer mit solidem Halbwissen bekannt, der als der Intellektuelle und Vermittler auftrat. Aber das wusste ich ja schon.

Karl und Joschi machten mehrere Entzüge und Therapien durch. Seelisch gestört sind sie aber geblieben. Wenigstens kifften sie danach nur noch. Beide sind nach sechs Monaten Junkie-Karriere und mehrerer Rückfälle im Prinzip Wracks.

Selbst die Sache mit dem Schuss, der nicht losgegangen war, klärte sich auf. Joschi hatte in seiner drogeninduzierten Pedanterie auch die Patronen geölt. Dabei war Öl in die Zentralzündung gedrungen und hatte die Zündhütchen unbrauchbar gemacht. Die Sache war also rundherum nach hinten losgegangen. Oder eben auch gar nicht.

Monate später, als ich schon im zweiten Semester war, kam von der Staatsanwaltschaft noch ein Schreiben:

„Sehr geehrter Herr Gerstenmälzer,
das Ermittlungsverfahren gegen Sie, wegen Bedrohung, Hausfriedens-
bruch und Sachbeschädigung, habe ich eingestellt.
Hochachtungsvoll,
im Auftrag
Spießbaum (Rechtspfleger)"

Das war der einzige Hinweis darauf, dass überhaupt gegen mich ermit-
telt worden war. Drauf geschissen. Der einzige Lichtblick war vielleicht
wirklich die Sache mit diesem Kind. Manchmal sind wir doch alle irgendwie ziemlich im Eimer.

Ich verließ erneut das heimatliche Gebirge, um einen vernünftigen
Beruf zu erlernen. Ich zog in eine der berühmten deutschen Universi-
tätsstädte.
Dort lebte ich in einer Altbauwohnung mit einer kleinen Kommilitonin
und studierte so vor mich hin. Meine Ersparnisse aus der Marinezeit
sowie gelegentliche Arbeit in der Industrie oder als Waldarbeiter er-
möglichten mir ein halbwegs sorgenfreies Leben, ohne auf Bafög oder
Eltern angewiesen zu sein. Traudl und ich schrieben uns immer mal
wieder lange, schöne Briefe.
In diesen unruhigen Zeiten stand in den Zeitungen jener berühmten
deutschen Universitätsstadt, dass es hier im Schnitt jede Woche zu fünf
Vergewaltigungen kam. Ich nahm mir vor, nicht untätig zu bleiben,
sollte ich an solch einem Geschehen vorbeikommen. Ich kaufte mir
einen ziemlich voluminösen Gasrevolver und eine Schachtel Munition.
Diese enthielt einen Reizstoff, der mittlerweile verboten ist, wie ich
glaube. Dieses Ding und das Messer schleppte ich im Prinzip dauernd
mit mir herum. Eine Vergewaltigung oder ein sonstiges Verbrechen
habe ich aber nie beobachtet.
Eigentlich kann man diese Zeit ganz gut mit einem Lied beschreiben.
Es ist nur ein ganz kleines bisschen künstlerische Freiheit drin. Aber
das ist ja legitim. Also:

Scheißegal

Es war am Montagabend,
so gegen früh um vier,
Ich liege noch im Bett,
da steh'n die Bullen vor der Tür.

Keine Zeit zum Aufsteh'n,
sie hau'n die Türe ein-
„Wieso hammse nicht geöffnet,
Sie mieses Kifferschwein?"

„Genosse, mach mal halblang,
was soll der ganze Scheiß?
Ich hab doch nix verbrochen,
wenigstens soweit ich weiß."

„Schnauze halten, Hanf her,
oder hammse den gefressen?"
(Ach du Scheiße, ja das Cannabis,
das hatte ich vergessen!)

Man durchstöbert meinen Wintergarten,
trägt die Pflanzen raus.
Wieviel Liebe hab ich reingesteckt,
ich halte das nicht aus.

„Wegen Protokoll kommse noch mit auf das
Revier",
sagt ein Polizist zu mir am Montag früh um
vier.

Scheißegal, scheißegal, scheißegal, scheißegal

Mit Anzug, Schlips und Kragen

In die Universität-
Die Prüfung hat schon angefangen,
ich bin wieder zu spät.

„Sie warn doch etwas eher dran,
wo warn Sie denn um acht?"
„Kam gerade von der Polizei
und hab mich noch zurecht gemacht."

„Polizei? Naja egal,
Se sind jetzt dran und schaun Se hier:
Das da unterm Mikroskop,
beschreiben und erklär'n Se's mir."

„Das Präparat stammt von der Niere",
sage ich und bin recht froh,
doch der Professor will mehr
und der Frohsinn bleibt nicht so.

Er fragt noch lange weiter,
mein Gesicht wird ziemlich blass.
„Das Gewebe filtert Blut?
Wie sieht das aus, wie macht es das?"

„Herr Kandidat, das war recht dürftig, denn da
gab's noch viel zu seh'n.
Tut mir wirklich herzlich leid, das gibt 'ne
Fünf, Sie dürfen geh'n."

Scheißegal, scheißegal, scheißegal, scheißegal

Ich trotte unglücklich nach Hause,
sehne mich nach etwas Sex,
doch meine Freundin ist davon
und nun bei ihrem alten Ex.

Der Abwasch nicht erledigt
und im Flur sieht's scheiße aus.
Der Kühlschrank leer, kein Bier mehr da-
Ich glaub' ich wander' aus.

Im Kasten liegt ein Brief für mich,
die Hausverwaltung schreibt,
dass sie mir gekündigt hat
und wo die Miete bleibt?

Der neue Hausherr will sanieren
und fängt nächste Woche an.
Bis dahin soll ich weg,
sonst rückt er mit 'nem Anwalt an.

Jetzt reicht es mir, ich gehe los
und kaufe Munition
für meinen riesengroßen Gasrevolver
und dann seh'n wir schon.

Wieder vor der Wohnung angekommen fällt
mir ein:
Ich ließ den Schlüssel drinnen liegen und jetzt
komm ich nicht mehr rein.

Scheißegal, scheißegal, scheißegal, scheißegal

Ich geh zu einem Kumpel
und erzähl ihm die Geschicht'.
Der lacht sich tot über die Story
und sagt mir in mein Gesicht:

„Du bist ein riesengroßer Trottel,
sag mal, wusstest du das schon?

Das Beste wär für dich,
du gingst zur Fremdenlegion."

„Halt die Fresse, blöder Arsch!"
habe ich ihn angeschrien
und mir für die nächsten Tage
hundert Mark von ihm gelieh'n.

Ich geh zu einem Mädel
das ich aus der Uni kenn
und frage: „Macht es dir was aus,
wenn ich mal heute bei dir penn?"

„Nö-nö, ist schon okeeh
denn mir ist langweilig und fad.
Schmeiß deine Jacke in die Ecke
und nimm erst einmal ein Bad."

Später kamen noch zwei „Zeugen", lasen aus
Jehowas Lehren
und zu dritt hammse die ganze Nacht versucht, mich zu bekehren.

Scheißegal, scheißegal, scheißegal, scheißegal

Übernächtigt und gerädert
schleich ich morgens durch die Stadt
und fange plötzlich an zu merken,
welche Bauchschmerzen ich hab.

„Das ist der Blinddarm", denke ich,
denn sowas hatt' ich doch schon mal
und krieche ich geduckter Haltung
hin zum nächsten Hospital.

Die Schwester fragt mich lang und breit
nach „wer und was" ich bin
und sagt: „Sie geh'n jetzt in den Wartesaal
und setzen sich mal hin.

Wir untersuchen Ihre Schmerzen,
stellen fest, woher sie stammen."
Ich brech' nach stundenlangem Warten
dann im Wartesaal zusammen.

Ich hatte Recht, es war der Blinddarm
und der ist jetzt endlich raus
und nach einer Woche Krankenhaus
darf ich dann nach Haus.

Doch ein Zuhause gibt's nicht mehr-
das wurde leergeräumt.
Im ersten Moment denk ich noch,
ich hätte nur geträumt:

Mein ganzer Krempel steht im Regen, völlig
ungeschützt
und der riesengroße Gasrevolver hat mir nichts
genützt.

Scheißegal, scheißegal, scheißegal, scheißegal
Scheißegal, scheißegal, scheißegal, scheißegal

Wie gesagt, etwas künstlerische Freiheit drin. Blinddarm hab ich zum
Beispiel noch. Auch ist nicht alles an quasi *einem* Tag passiert. Das
Elend zog sich hin. Über Wochen. Monate.

Aber es gab auch Lichtblicke. An einem Abend war ich eingeladen zu
der Geburtsfeier einer früheren Mitschülerin namens Keks. Zu der

hatte ich noch in den letzten Monaten der Schulzeit für wiederum mehrere Monate zärtliche Gefühle gehegt, bevor die Sache mit Traudl losgegangen war.

Jahre nach der Schule war ich nun auf ihrer Geburtstagsfete, die mit ihrem Freund zusammen eine kleine Wohnung bewohnte. Dort traf ich auf jenen Gebirgsbewohner, dessen ich seinerzeit auf der Abifeier des Freundes aus Kindertagen an Traudls Seite ansichtig geworden war und der selbst auch wieder nur wenige Monate an ihrer Seite zu verweilen hatte.

Da die Sache ja schon verjährt war und ich ohnehin keinen Groll gegen ihn hegte, hatte ich auch nichts dagegen, neben ihm auf dem Sofa zu sitzen.

Obwohl, als ich ihn einmal mit Frank besuchte, jenem Freund aus Kindertagen, auf dessen Abifeier er mit Traudl aufgetaucht war, hatte er ein paar besonders hübsche Fotos von ihr auf dem Tisch liegen. Dabei hatte seine lächerlich kurze Liaison mit ihr auch schon etwa zwei Jahre zurückgelegen. Er hatte vorher gewusst, dass ich komme.

Er war ziemlich geschickt darin, das Gespräch sachte und unmerklich in Richtung Traudl zu lenken. Er sagte:

„Ja, die Edeltraut, die hält ja noch immer ziemlich große Stücke auf dich."

Wenn ich so was höre, freut es mich, da kann ich nicht gegen an. Das mag ich. Ein freudestrahlender, wohliger, süßer, leicht schmerzender Schauer durchlief mich.

„Was? Echt? Auf mich?"

„Ja klar, echt jetzt. Sie hat immer in den höchsten Tönen von dir geschwärmt. Sie hat dich richtig gern. Und wenn Briefe von dir gekommen sind, hat sie sich halt immer unheimlich gefreut."

Ja, die Briefe. Ich habe mich ja auch immer unheimlich gefreut, sie zu schreiben. Stunden-, manchmal tagelang hatte ich an den Dingern herumgefeilt und Zeichnungen dafür entworfen, die mein Leben und das, was in dem Brief sonst noch so vorkam, untermalen sollten.

Und auch beim Einwerfen der Briefe hatte ich mich gefreut und malte mir gern aus, wie sie die Dinger bekam, öffnete, wie sie sie las und die Zeichnungen betrachtete. Und manchmal, oft sogar, kamen ja auch

Antworten von ihr, die mein Herz jedes Mal hüpfen ließen vor Freude. Die Schönheit ihrer weiblichen Handschrift gereichte der Schönheit ihrer Augen zur Ehre. Ich mochte sie und liebte sie nur noch so ein bisschen aus der Ferne.

Daher waren die Briefe auch immer ein kleiner Weg, an ihrem Leben und ihren Empfindungen ein wenig teilzuhaben, sozusagen. Eine wundervolle Empathie, eine tief wurzelnde Freundschaft war da im Entstehen.

„Nur der Sex mit dir soll halt nicht so berühmt gewesen sein."

„Was?"

„Na, ihr seid halt im Musikladen gewesen, dann hättest du sie nach Hause gefahren und da haste sie halt gefickt."

Es geschah dies zu jener Zeit, da ich noch ziemlich gut im Futter stand. Meinen Rekord an Liegestützen und Klimmzügen hatte ich zwar schon länger nicht mehr erreicht, aber die Reise durch das Gobi-Altai hatte mich schmal, sehnig und hart werden lassen.

Ich sah ihn an. Es würde ihm verdammt wehtun, das stand mal fest. Er saß da in seiner ganzen rattigen Gestalt und war ein leichtes Ziel. Wahrscheinlich müsste ein Krankenwagen kommen.

Es war Keks' Geburtstag. Also ließ ich den Typen ganz, was ich ehrlich gesagt auch so getan hätte. Eigentlich hatte ich Mitleid mit ihm. Stattdessen sagte ich:

„Das glaube ich dir jetzt nicht, dass sie so was gesagt hat. Sollte mich wundern, wenn sie überhaupt darüber gesprochen hat."

Er schüttelte den Kopf und sah etwas zur Seite.

„Hat sie auch nicht. Wollte dich halt bloß ein bisschen ärgern. Sie hat dich wirklich gern."

Ich nickte. Wusste ich schon. Ich sie auch, aber das geht dich nichts an. Ah, da kommt Keks. Mach ihr mal Platz, du Schlemil.

Ich hatte Keks nie wirklich gesagt, dass ich in sie verliebt war, weil ich mit neunzehn über so eine verfluchte Unfähigkeit verfügte, über Gefühle zu sprechen. Aber sie wird es geahnt haben. Auch sie war gelegentlich Empfängerin meiner Briefe gewesen.

Einen hatte ich von einem Kameraden, der auf einem dänischen Gymnasium gewesen war, ins Dänische übersetzen lassen und sauber abgeschrieben. Er enthielt unter anderem ein Rezept für dänische Butterkekse. Eine Anspielung auf ihren Spitznamen und meinen Aufenthaltsort oben im Norden. „Kære Cookie, det hvad jeg vil scrive dig…" und so weiter, ich krieg das jetzt nicht mehr so genau zusammen.

An diesem Abend, Jahre nachdem wir die neunzehn hinter uns gelassen hatten und auf die zweite Hälfte der Zwanziger zusteuerten, saßen Keks und ich nun auf ihrem Sofa und unterhielten uns prächtig. Mein Ärger verrauchte, verdampfte und verflüchtigte sich unter der Sonne ihrer Gegenwart. Und zu meinem Erstaunen gelang es mir mehrmals, sie zum Lachen zu bringen. Der Abend war großartig. Der andere Typ war irgendwie weg.

Nach Keks kam eine andere ehemalige Mitschülerin, die schon ihr Studium zur Grundschullehrerin fertig hatte und als Punkgirl bestimmt eine andere Lehrerin hergab, als wir diese Spezies noch von früher in Erinnerung hatten. Es war heilsam, fast wie beim Psychodoc. Also nicht die Grundschule, sondern die Feier. Ich auf dem Sofa in entspannter Haltung und nacheinander gleich zwei Therapeutinnen. Meine zweite Therapeutin erzählte mir von einem witzigen Film und brachte ihn mir auf Video tatsächlich am nächsten Tag vorbei. Die Feier war großartig. Der Tag darauf auch.

Ich stieg in den Zug, fuhr wieder in meine Studienstadt und verschwendete keinen Gedanken mehr an jenen Unsympathen, der da in unserem Heimatgebirge hockte und die gute, reine Luft verbrauchte. Ich sah ihn nie mehr wieder.

Ein Geburtstag (und die Folgen desselben)

An einem besonders schönen Winterabend befand ich mich in einer bedeutenden Weltmetropole.

Ein Freund aus meiner Marinezeit hatte mich wie jedes Jahr zu seinem Geburtstag eingeladen. Er verfügte über ein fast um den ganzen Kopf rumgehendes Grinsen. Etwas weiter darunter befanden sich extrem breite Schultern. Weiterhin waren vorhanden ein ziemlich ausgleichender Charakter und neben sehr großer Intelligenz zudem noch unvoreingenommene Freundlichkeit. Eine seltene Mischung, wird man zugeben müssen.

Damals, in der Grundausbildung bei der Marine, hatten wir uns kennen und schätzen gelernt. Natürlich hatten wir sehr viel Bier zusammen getrunken. Und einmal auf dem Marktplatz des Städtchens eine ordentliche Straßenschlägerei gegen knüppelbewehrte Volldeppen durchgestanden. Wir waren natürlich die Guten gewesen. Um das Recht und die Freiheit des deutschen Volkes tapfer zu verteidigen. Sozusagen.

Zwar trennten sich dann irgendwann unsere Wege, aber wir blieben in Kontakt. Auch er war gelegentlich Empfänger von bebilderten Briefen gewesen. Und während ich ein Boot im Hafen bewachte, meine erste so richtig tief gehende Liebe grundlegend vergeigte, nahe an der Alkoholkrankheit vorbeisegelte und mir um ein Haar die Rübe weggeballert hätte, wurde er auf der Nordsee einmal so richtig durchgeschüttelt und verließ diesen norddeutschen Trachtenverein zur richtigen Zeit wieder. Er studierte dann irgendwas mit internationaler Wirtschaft in London und wurde ziemlich vernünftig. Ich blieb weitere Jahre bei dem Laden und tat törichte Dinge. Solange, bis auch ich die Nase voll hatte und danach trachtete, einen vernünftigen Beruf zu erlernen.

Wir hatten also schon was erlebt, wir beide. So, quasi.

Er war im Laufe seiner Studienanfänge dann mit einer Dame zusammen gewesen. Hatte teilweise sogar mit ihr zusammengewohnt. Einen Hund gab es auch schon.

Dann war eines Tages ein Brief von ihm eingetroffen, der in den düstersten Metaphern gehalten war. Der Duktus war ein durchweg militärischer. Die Linien seien durchbrochen, der Feind habe Brückenköpfe gebildet und die geschlagenen Truppen fluteten in die sich auflösende Etappe zurück. Noch bevor er zum Eigentlichen kam, war alles klar. Sie hatte ihn sitzen lassen. Es gab da einen Typen, den sie wohl wahnsinnig toll fand. Dieser hatte eine große Wohnung, viel Geld und ein tolles Auto, während jener über ein Zimmer im Studentenwohnheim,

Auslands-Bafög sowie ein kaputtes Motorrad verfügte. Ich schrieb ihm einen tröstenden Brief, denn so was kannte ich ja auch.

Das Zimmer im Wohnheim gab er auf. Er hatte dann sein Quartier in einer erstaunlichen WG aufgeschlagen. Dort hatte es unter anderem ein befreundetes Pärchen gegeben, bei dem die Dame den Freund hatte sitzen lassen. Scheint öfter vorzukommen, das.

Dieses Drama jedoch gereichte nunmehr meinem Freunde zum Vorteil, indem er nämlich dort einzog. Und in einem der winterigen Monate hatte er mich, wie in den vergangenen Jahren auch, zu seinem Geburtstag eingeladen. Also bestieg ich den Zug, besuchte jene britische Weltmetropole und im gleichen Zuge auch die erstaunliche WG.

Dort wohnten außer meinem Freund ein kiffender Theologiestudent und ein kiffender Wirtschaftsstudent. Zudem waren die rustikalen Küchenwände mit DDR-Ampelmännchen bedruckt. Das führte natürlich ständig dazu, dass man englischen Besuchern erklären musste, was das war. Auf diese Weise blieb stets ein interkultureller Austausch im Gange. Es war demnach insgesamt ziemlich freakig.

Wir rauchten erstaunliches Zeug und führten interessante Gespräche, hörten abgefahrene Musik und sahen uns eigentümliche Filme an. Fritz the Cat. Coonskin, aber den kannte ich schon.

Auch debattierten wir tiefschürfend über Dick-und-Doof. Ich konnte Stan Laurel nachmachen. Der Theologe konnte die Filme auswendig.

Er begeisterte mit einer klangvollen Wiedergabe der Szene, in der Stan und Ollie als Straßenräuber im achtzehnten Jahrhundert auf den Räuberhauptmann Fra Diavolo treffen. Er brachte sogar die operettenartige Gesangseinlage von Diavolo. Allein schon Stanleys glucksendes „Das isser", vorgetragen von dem Theologen, stellte meine armselige Parodie glatt in den Schatten. Der Mensch hatte Begabung. Der Abend ging weiter. Neue Joints wurden gedreht, neue Musik aufgelegt.

Von einer Platte, nämlich der „Rubber Legs" von Iggy Pop und den Stooges war ich hellauf begeistert.

Der Betriebswirtschaftler sagte:

„Pass auf, die schenk ich dir."

„Nee, Mann, is′ nich′ nötig, sowas kann ich nich′ annehmen. Ich werd′ die schon irgendwo finden."

„Das wird dir wahrscheinlich schwer fallen, die ist nicht mehr erhältlich. Ich brauch die nicht. Hab sie schon so′n bisschen über. Schenk ich dir."

„Hey, Mann. Das ist echt ′ne unerwartete Freude. Danke."

„Keine Ursache. Ist mir eine Freude, sie in guten Händen zu wissen."

Mann, was hatten wir gekifft. Jetzt nicht *zu* übertrieben, sondern angenehm. Schön so.

Irgendwie vergaßen wir die Sache mit der Platte tags darauf, was der Entspanntheit der Gesamtsituation keinen Abbruch tat.

Ich fuhr zurück, wechselte den Studiengang, zog in die kleine Stadt, in der mittlerweile die kleine Kommilitonin residierte und begann eine neue Ausbildung. Wurde auch, wie schon im Lied erwähnt, von der kleinen Kommilitonin in den Wind geschossen. Vielleicht ganz gut so.

Ein Jahr später war ich wieder in London. Es war mal wieder der Geburtstag, und diesmal war in der freakigen Studenten-WG der Teufel los.

Die Wohnung platzte aus allen Nähten, die Musik lief, die erstaunlichsten Gespräche wurden geführt und jener Freund hatte eine neue, seine große Liebe gefunden. Wieder einmal war er mir um mehrere Schritte voraus.

Die große Liebe meines Freundes hatte ihre Schwester mitgebracht. Und zwar eine schöne Journalistin.

Es war eine Zeit, in der ich zur Abwechslung mal wieder halbwegs gut im Futter stand. Sozusagen, trotz einseitiger Ernährung. Meine Touren zur Vorlesung vollzog ich mittels eines alten Fahrrades, mit dem morgens sechs Kilometer gegen den Wind zu fahren waren. Abends hatte der Wind dann aus unerfindlichen Gründen *immer* gedreht und es waren die sechs Kilometer schon wieder gegen den Wind zurück zu fahren. Bergauf. Außerdem war mein Konto so vollkommen leer, dass ich zum Einkaufen manchmal einen vierkilometrigen Zusatzweg hin, und danach wieder zurück in Kauf nahm. Und zwar, weil in dem Zielladen ein tausendzweihundert Gramm schweres Weizenbrot für eine

Mark achtzig zu haben war. In dem näheren Laden hätte ein bloß siebenhundertfünfzig Gramm schweres Mischbrot zwei Mark fünfzig gekostet. Und die lagen nicht vor. Also mit dem Fahrrad mehr Energie verbrauchen, und dann für weniger Geld mehr Energie kaufen können. Außerdem boxte ich ein bisschen.

Der Effekt war jedenfalls, dass die schöne Journalistin fast den ganzen Abend mit mir flirtete und quatschte. Ich begann mich schon für witzig und redegewandt zu halten. Später gestand sie dann mal, dass sie auf solche Ärsche stand, wie ich damals einen hinter mir hertrug. Der war natürlich nur da wegen der kargen Ernährung und des Fahrradfahrens und so. Lang, lang ist's her.

Ihr Haar war lang, glänzend und braun. Ihre Augen waren auch braun. Ihre Nase war schlank und leicht gebogen. Ihr Mund war sinnlich und ihr Kopf wurde von einem schlanken Hals getragen, der in zarte aber doch sportliche Schultern überging.

Sie trug ein sehr enges, leuchtend rotes Kleid mit schmalen Trägern. Was sich unter dem Kleid abzeichnete, war das Ergebnis von viel Bewegung, wobei um die Mitte doch eine ganz kleine Wölbung nach außen sichtbar war.

Ich war fasziniert. Sie elektrisierte mich. Sie sprach gewandt und mit einer schönen Stimme, die sie manchmal im Scherz zu einem kermitartigen Froschquaken verzog, wenn sie in Selbstironie von einem Missgeschick sprach und dabei ihre Augen herzlich lachten.

Auch ertappte ich mich dabei, wie ich immer nach ihrem Po schielte. Sie stand manchmal so neben mir, dass ihr Profil großartig zur Geltung kam. Und das betrachtete ich ausgiebig von beiden Seiten. Also vorne und hinten. So, dass sie es nicht merkte, versteht sich. Oder sich es nicht anmerken ließ. Versteht sich.

Wir standen in der mit Ampelmännchen bedruckten Küche und unterhielten uns prächtig. Sie wurde auf eine ganz possierliche Art beschwipst.

Irgendwann musste sie leider gehen, weil ihre Schwester fahren wollte und sie mitfuhr.

„Well… Ich hab mich ja echt gerne mit dir unterhalten. Aber leider …"
(Augenaufschlag)

„… muss ich jetzt nach Hause. Meine Schwester fährt jetzt und nimmt mich mit. Außerdem bin ich auch ein bisschen müde und betrunken und hab morgen *noch* 'ne Feier vor mir."

(Kopf schief leg, zu mir hoch guck)

„Tja, hmm. So ist das halt. Da wirst du wohl mit müssen, sofern du deine Schwester nicht enttäuschen möchtest. Auch wenn ich, if I may say so, deinen Fortgang durchaus, eventuell ein bisschen bedauere."

„Reeaaally? Do youuu?"

„In der Tat… yes, indeed", sagte ich und versuchte, ihr tief in die Augen zu sehen, was mit einiger Konzentration auch gelang. Ich hatte auch schon ein bisschen was intus. „I really do."

„Oh, that's so sweet", hauchte sie. „Aber pass mal auf. Ich feiere nämlich morgen selber Geburtstag. Und dazu bist du hiermit offiziell eingeladen. Ich weiß, schon wieder 'ne Fete, aber das macht dir doch sicher nichts aus, oder? Bist du überhaupt noch so lange hier?"

„Oh doch, das bin ich. Und über diese deine Einladung freue ich mich sehr. Mein Herz hüpft sozusagen vor Freude. Joyful vibrations, so to speak."

Ich hatte mal echt schon ein bisschen was intus.

„Pass auf", sagte sie, „ich schreib dir mal meine Adresse auf. Wo ist denn ein Stift?"

Zufällig lag einer in der Küche herum, jedoch mit dem Papier wurde es eng. Da fiel mein Blick auf das Päckchen mit den Kaffeefiltern. Und so zog ich einen dieser papierenen Phasentrennern heraus und hielt ihn ihr hin. Sie war hellauf begeistert.

„Das ist ja amüsant. Dreh dich mal um."

Ich tat wie mir geheißen und die schöne Journalistin schrieb, mit meinem Rücken als Unterlage, ihren Namen und ihre Adresse auf den Filter. Und weil ihr das im ersten Ansatz nicht schön genug war, fing sie gleich nochmal an.

Das Gekratze erzeugte weitere Vibrationen.

Dann gab sie mir ihr Schriftstück, nahm meinen Kopf zwischen ihre Hände und küsste mich auf den Mund.

Sagte ich joyful vibrations? Aber hallo. Die joyful vibrations umrieselten meinen geheimratseckigen Kopf, schossen wie der Nervenimpuls, der sie ja waren, meinen Rücken hinunter und nahmen dann den eigentümlichen Weg über den Po, zwischen den Beinen hindurch und erregten jene Stelle, die beim Küssen manchmal gleich mit erregt wird. Obwohl sie so weit weg ist vom Mund.

Die schöne Journalistin ging. Und ich war bis über beide Ohren verliebt.

Ich glaube, der Abend war selbst danach noch großartig, weil in mir lauter Glückshormone ziellos hin- und herschwappten.

Am nächsten Morgen waren der Bruder meines Freundes und ich als erste wach. Wir machten Kaffee, wobei mir beim Herausziehen des Filters der andere Filter einfiel, der noch in meiner Tasche steckte. Ich sah nach. Es gab ihn wirklich. Das war kein Traum. Herrlich.

Der Bruder meines Freundes und ich rauchten eine Zigarette, tranken Kaffee und unterhielten uns prächtig. Ja, stimmt. Wir rauchten. Kommt selten vor, aber manchmal mache ich das. So alle drei bis vier Monate mal. Auch der Bruder meines Freundes rauchte manchmal, obwohl er als Sportstudent mehr auf seine Gesundheit achtete.

Wir erörterten so unter Männern die Sache mit der schönen Journalistin.

Er sagte:

„Ich kenn sie ja nur so von Ferne. Als die Schwester der großen Liebe meines Bruders. Ich find sie ziemlich nett. Wär dir ja zu gönnen, dass du bei ihr landest."

Mann, wie sich das anhörte. Bei ihr landen. Ich flog gerade im Blindflug durch rosa Wolken und sollte auch noch landen dürfen. Bei ihr. Oh, Mann.

Und als dann nach und nach alle wach wurden, erinnerte sich der Wirtschaftswissenschaftler wieder an die „Rubber Legs" von Iggy Pop und den Stooges, die er mir ja geschenkt hatte. Er übergab sie mir feierlich mit einem Jahr Verspätung. Das Glück schien vollkommen.

Tagsüber Tour durch die bedeutende Metropole. Das machten wir immer, wenn ich da war. Es gab natürlich eine Menge zu sehen und mein Freund aus Marienetagen wusste alles Mögliche über seine

Wahlheimat. Vor allem dachte ich ein kleines Geburtstagsgeschenk mitzubringen: Eine kleine Rose in einem Topf. Symbol gerade erwachter Liebe, mit Erde im Töpfchen, damit sie weiter wachsen könne.

Dann ergab sich ein Problem. Inmitten von angehenden Juristen, Wirtschaftswissenschaftlern und Theologen, die sich anschickten, in der adretten londoner Altbauwohnung einer schönen Journalistin eine Feier zu besuchen, wirkte ich, nun ja, sagen wir mal, rustikal. Oder besser, chaotisch. Ich hatte der Mode in meinem Kommilitonenkreis nie viel abgewinnen können. Einem Klischee entsprechend blühten dort karierte oder grüne, gebügelte Hemden und es wurden klobige Schuhe bevorzugt, die halb Wander- und halb Arbeitsschuhe zu sein schienen. Demgegenüber war meine Kleidung nicht so sehr leger, sondern völlig unmodisch. Um nicht zu sagen: alt und verschlissen.

Also wurde in aller Eile eine dem Anlass entsprechende Kollektion aus dem Kleiderschrank für mich zusammengestellt. Was mir vollkommen neu war, dass man einen dünnen Wollpullover mit großem Ausschnitt einfach so über einem Unterhemd tragen konnte. Das sei italienisch und ziemlich in, sagte man mir.

So also schlugen wir bei der schönen Journalistin auf. Sie trug nicht mehr das rote Kleid, sondern eine figurbetonte Jeans mit breitem Gürtel und ein weißes T-Shirt. Sie wirkte sehr jugendlich und flippig. Ich übergab ihr mein Blümchen. Die Party war schon in vollem Gange. Natürlich war es in dem Pullover sehr schnell viel zu heiß. In Italien ist es doch per se wärmer als in England. Wie es die Italiener in solch modischem Fummel hinkriegen, nicht einzugehen, ist mir ein Rätsel.

Aber es war kein Problem, die Gastgeberin war gern bereit, mir eines ihrer T-Shirts aus dem Schrank zu holen. Es war mir auch lediglich unwesentlich zu klein.

„Meine T-Shirts bügele ich nie. Ich hoffe, das macht dir nichts aus."

„Natürlich nicht. Übrigens bügele ich selbst sozusagen gar nicht. Also nicht nur keine T-Shirts."

„Dafür siehst du aber ganz adrett aus."

„Oh, vielen Dank."

Über die Tatsache, dass die adrette Kleidung nicht meine war, schwieg ich diskret. Das kann ich manchmal sehr gut. Diskret schweigen.

Der Rest der männlichen Anwesenheit befand sich vorläufig noch in Schlips und Kragen, was aber bei zunehmender Besoffenheit immer mehr nachließ. Überall lagen diese verdammten Krawatten herum.

Die Feier war stilvoll. Aber sie wurde immer ausgelassener. Vornehme Jacketts hingen über Sessellehnen und Lampen, bunte Schlipse schlappten an Türklinken, guckten aus Hosentaschen oder lagen auf dem Boden.

Die meiste Zeit unterhielt ich mich mit einer Dame, deren unbestimmbares Alter in die späten Vierziger wies. Ansonsten verfügte sie über eine schöne Stimme und große Bildung, weiterhin über leuchtende blaue Augen und eine bei aller Schlankheit erstaunliche Oberweite.

Es tut mir leid, ausgerechnet diesen Umstand so hervorzuheben, aber das ist nun mal, was in meiner Erinnerung am deutlichsten hervorsteht. Wobei ich ihr während des ganzen langen Abends vorwiegend in ihre schönen blauen Augen geschaut habe, ich schwör´s.

Zwischendurch schaute aber auch die Gastgeberin zwischen ihren zahlreichen Verpflichtungen immer wieder mal vorbei. Dabei zeigte sich nicht nur, dass ihre braunen Augen an Schönheit keinen Vergleich zu scheuen brauchten, sondern auch, dass meine Verliebtheit mit jedem Atemzug, den ich in ihrer Nähe tun durfte, noch zunahm.

Der Abend wurde spät. Sehr spät, und irgendwann waren wir nur noch zu viert. Mein Freund und seine große Liebe, die schöne Journalistin und ich. Es wurde leise Musik aufgelegt und im Wohnzimmer getanzt. So was hatte ich noch nie mitgemacht. Aber warum nicht. Tanzen kann ich zwar eigentlich nur mit leichtem Alkoholpegel, aber der war ja vorhanden und in Anbetracht der späten, oder frühen Stunde auch entschuldbar.

Wir tanzten und hielten uns eng umschlungen. Lagen uns zärtlich in den Armen und wiegten und fühlten uns. Ihre Augen waren wie ein Versprechen, eine Bitte, eine Verheißung, ein Meer zum darin Aufgehen, alles gleichzeitig.

Verspielt flirteten wir miteinander, was das Ganze noch um ein Vielfaches reizvoller machte. Das Gefühl ihres Kopfes an meiner Brust, ihrer Händen in meinen, ihr Duft, ihre Stimme waren unbeschreiblich. Sie war die Inkarnation alles Weiblichen. Eine Frau. Und zum ersten Mal in meinem Leben bekam ich eine Empfindung dafür, was dieses Wort im Leben, auf der Welt überhaupt ausmacht. Eine Frau.

Ich konnte das Wort fühlen, auf den Lippen spüren, mich hineindenken in eine Welt voller Empfindungen und Schönheit. Eine Frau. Ich war verschossen bis hinten gegen.

Und, was früher kaum möglich war, ich konnte entspannt mit ihr tanzen und ihr in ihre (braunen) Augen sehen. Und reden.

Wenn so was dann irgendwann beiderseits nur noch in verliebtes Gesäusel übergeht, ist das jedenfalls in Ordnung.

Die Musik war zu Ende.

„Das war eine schöne Feier", sagte mein Freund aus Marinetagen. Seine große Liebe und ihre Schwester erörterten im Flur noch irgendetwas unter Frauen und ich sagte zu ihm:

„Du hör mal, entschuldige bitte. Aber ich glaube, ich möchte nicht mitfahren. Ich hoffe, das wird nicht als unhöflich empfunden."

„Nein, ganz im Gegenteil", sagte der Freund in seinem typischen breiten Grinsen, „ich glaube sogar, das wird von dir erwartet."

Wir grinsten uns an. Er grinste bis fast um den ganzen Kopf herum, wie es seine Art sein konnte.

Die Frauen kamen wieder und die schöne Journalistin hakte sich bei mir ein. Sie legte ihren Kopf an meine Schulter. Die Sache schien geklärt. Bald darauf waren wir allein. Das Aufräumen wurde auf später verschoben.

Das große Sofa rief. Irgendwie passte dessen Farbe. Rot. Sie war schön. Und sie fühlte sich gut an. Ihre schlanken Finger gehörten zu den Händen einer erwachsenen Frau. Und ihre Lippen auch. Also, die gehörten natürlich nicht zu den Händen. Aber zur Frau. Sie sah mich an.

„Du? Ich glaube, im Bett ist es gemütlicher."

„Dann lass uns da mal hingehen, was meinst du?"

„M-hm."

Bevor wir uns hochkämpften, küssten wir uns noch lange und oft und stemmten uns dann irgendwie gemeinsam hoch.

Ich war wie auf Wolke sieben. Eng umschlungen gingen wir in ihr Schlafzimmer, aus dem sie viele Stunden zuvor das T-Shirt geholt hatte, dass ich jetzt trug. Sie hatte aber schon darunter geguckt und schien mit dem Ergebnis einverstanden zu sein.

Ich guckte unter ihres und war auch einverstanden. Wir lagen auf ihrem großen, gemütlichen Bett und guckten nach, was es sonst noch so zu entdecken gab. Sie machte viel Sport, das war deutlich. Trotz der niedlichen kleinen Wölbung so um den Bauchnabel herum. Ihre warm duftende Haut war mit hauchdünnen, fast durchsichtigen Pfirsichhaaren bewachsen.

Sie atmete tief, bewegte sich langsam und erlaubte es, sich ausziehen zu lassen. Sie küsste und streichelte mich, während ich sie wieder küsste und streichelte und so ganz nebenbei ihren göttlichen Körper entblätterte. Sie half dabei mit.

Ihre schlanken Arme hoch und über ihr Kissen haltend, erlaubte sie, dass ihr T-Shirt über ihren Kopf gezogen wurde. Und weil das so einladend war und auf keine Gegenwehr schließen ließ, machte ich mich gleich daran, sie weiter zu entkleiden und sie dabei zu küssen, zu massieren und zu streicheln. Ihr Gürtel war modisch und breit, mit einer großen Schnalle. Die passte fast gar nicht zu ihrem filigranen Leib. Aber das kam natürlich erst zur vollen Geltung, wenn sie oberhalb der Gürtellinie nichts an hatte. Dann aber war es egal, ich guckte ganz woanders hin. Außerdem ging das Ding leicht auf. Ich zog die blaue Markenjeans über ihre durchtrainierten Beine.

Reizende Unterwäsche. Wirklich reizend. Das Höschen war weiß und stand in schönem Kontrast zur durchbräunten Farbe ihrer Haut.

Und es war bedruckt mit Snoopybildern. Snoopy-Unterwäsche! Ich bin ein Riesenfan von den Peanuts. Charlie Brown ist fast so was wie mein Idol. Er hat dauernd Pech. Aber er gibt nie auf. Das macht ihn irre sympathisch. Natürlich haben alle ihre Klasse. Das Musikgenie Schroeder oder der kleine Linus. Sogar dessen übellaunige Schwester Lucie. Aber vor allem: Snoopy ist der coolste Comic-Hund aller Zeiten!

Eine erwachsene Frau, die Snoopy auf ihrer Unterwäsche trägt, muss toll sein. Cool. Sympathisch.

Soweit bisher zu beurteilen war, traf alles dieses auf die schöne Journalistin zu. Ihr schlanker Hals und ihre mädchenhafte Frisur, ihre geschlossenen Lieder, die schlanken Arme, die an den Achselhöhlen in zwei hübsche Brüste übergingen, alles, was ich sah, war von solcher Schönheit, dass ich plötzlich das Gefühl hatte, mit ihrer Lust, ihrer Erregung, könnte sie unmöglich mich gemeint haben.

So begeistert, so verliebt und erregt wie ich war, so unsicher wurde ich. Genau lässt sich das natürlich nicht sagen, woran es lag, aber ich glaube, die Unsicherheit übertrug sich. Was danach geschah, war im weitesten Sinne schon so was wie Sex. Nur das erwartete Gefühlsfeuerwerk blieb aus.

Auch ohne Snoopy-Unterwäsche war sie schön, agierte und reagierte und hätte sich vielleicht doch mehr, oder was anderes oder was weiß ich gewünscht.

Ich versuchte jedenfalls, ihr das zu geben, von dem ich hoffte, dass es ihr gefallen würde.

Grundgütiger, allein dieser gestelzte Satz beweist, in was für einem Gefühlsdilemma ich steckte. Jedenfalls hoffe ich, dass nicht alles grundverkehrt war. Und wenn, hätte sie ja was sagen können. Oder auch nicht. So richtig traut man sich das meist erst, wenn man sich schon ziemlich gut kennt. Im Bett und auch so.

Immerhin war die Nacht sehr kuschelig, die wir so eng beieinander verbrachten. Bis auf, dass mein rechter Arm irgendwann anfing, wie bekloppt zu kitzeln, weil ihr hübscher Kopf direkt auf meinem Oberarm lag und die Arteria axillaris sehr effektiv abdrückte.

Der nächste Morgen fand uns in zärtlicher Stimmung. Wir standen nach langem Schmusen auf und zogen uns an. Mit einem Schritt aus dem Schlafzimmer waren wir in einer Welt des Chaos. Als ob eine Horde Selbstgedrehte rauchender Cowboys eine Herde texanischer Langhornrinder durch die Wohnung getrieben hätte. Sie hatten auch eine gewisse Anzahl Krawatten zurückgelassen. Wenigsten aber hatten sie der Gulaschsuppe nicht gänzlich den Garaus gemacht. So war immerhin das Frühstück gesichert.

Gegen Nachmittag fanden wir auch wieder mit dem Freund und dessen großer Liebe zusammen und begaben uns zum Bahnhof Charing Cross, ziemlich in der Stadtmitte. Dort bestieg ich den Zug, winkte der schönen Journalistin zu und fuhr von dannen. Wieder einmal war ich in einen rätselhaften Gefühlszustand versetzt. Der jedoch bestand größtenteils aus Glück. Weiterhin waren vorhanden Selbstzweifel, etwas Scham und eine Prise Wehmut, wegen der Entfernung. Und Erschöpfung.

Die kommenden Tage fanden mich wieder bei meinen drei Hauptzeitvertreiben. Dem Studieren, dem Musizieren und dem Boxen.
Aber eigentlich kam noch ein vierter dazu: Selbstzweifel bis zum Selbsthass hegen. Der kleinen Kommilitonin erzählte ich davon und sie sagte:
„Journalistin? Ach du liebe Zeit. Zwei Weltverbesserer beieinander. Na, herzlichen Glückwunsch."
Offenbar hatte sie von diesem Beruf keine genaue Vorstellung.
Da ich ja, neben vielem anderen, auch ein erfolgloser Kinderbuchautor war, lag es nahe, der bücherliebenden Schönheit ein eben solches zu schicken. Ein von mir gezeichnetes und geschriebenes Kinderbuch. Das Skript dazu also kopierte ich und sandte es ihr zu, zusammen mit einem, ich glaube recht schnulzigen Brief. Wenn sie mich danach für einen Volldeppen hielt, sollte es mir recht sein. Dann wäre immerhin das schon mal geklärt.
Aber es gefiel ihr. So sprach sie. Auf meinen Anrufbeantworter. Juhu. Und sie freute sich darauf, mich wiederzusehen. Doppel-Juhu! Und hatte auch gleich schon den Wunsch, dieses noch vor dem nahenden Sylvester zu bewerkstelligen. Dreifach-Juhu! Das waren ja tolle Nachrichten, da auf dem Anrufbeantworter.
Innerlich hüpfend rief ich sie an und wir verabredeten gleich ein tolles Programm.
Ich würde sie nach Weihnachten bei ihren Eltern abholen und mich bei der Gelegenheit gleich mal vorstellen. Sodann würde ich sie nach Deutschland in mein Heimatgebirge geleiten und sie dort meinen Eltern vorstellen.
Zum Übernachten hatte ich jene Räumlichkeiten im Untergeschoss meines elterlichen Hauses ausgesucht, in denen bis vor kurzem mein Bruder gewohnt hatte.

Dazu galt es, stillgelegte Aquarien so beiseite zu räumen, dass sie optisch nicht allzu sehr ins Gewicht fielen, ordentlich zu saugen und zu wischen und vor allem, das selbstholzvertäfelte Bad so was von zu schrubben, dass das Holz wie neu glänzte. Oder wenigstens wie nicht ganz so alt.

Außerdem war unter Zuhilfenahme zweier Matratzen sowie einer Anzahl Kissen und Decken eine gemütliche Liegestatt herzustellen, auf der ich verschiedene Kunstfertigkeiten zur Anwendung zu bringen gedachte, die mir aus jugendlicher Lektüre altchinesischer und indischer Autoren bekannt waren.

Meine Mutter besah sich meine Anstrengungen und fragte in der unverfänglichen Art der Erziehung der fünfziger Jahre:

„Ja, aber wo willst denn *du* schlafen?"

„Oh, Mutter! Hier natürlich."

„Hier?"

„Ja, natürlich. Was dachtest du denn?"

„Naja, ich hab doch dein Bett frisch bezogen."

„Och nöö, Mütterchen! Hör mal, wir sind zwei erwachsene Menschen und dieses ist das erste Jahrzehnt des einundzwanzigsten Jahrhunderts."

„Naja, wenn du meinst. Das müsst ihr wissen."

„Oh ja, in der Tat. Das wissen wir schon."

„Na denn", sagte meine Mutter, die in dem Geist hanseatischer Kaufmannskultur aus dem neunzehnten Jahrhundert aufgewachsen war und die Hemmnisse dieses Erbes nie ganz abschütteln konnte. Und auch nicht wollte.

Aber wie schon erwähnt, hatte das alles auch auf mich abgefärbt, oder genauer: auch ich hatte darunter zu leiden gehabt und versuchte, den ganzen Mist irgendwie loszuwerden.

Wobei andererseits gute Tischmanieren vielleicht gar nicht immer so fehl am Platze sind. Auch andere Formen der Höflichkeit. Sofern sie nicht zu einer ungesunden Selbstverleugnung führen.

Mit dem Auto meiner Eltern fuhr ich bis nach Calais, stieg dort in den Zug und besuchte die Eltern meiner Angebeteten, welche in einer auch eher kleinen Stadt in Kent wohnten. Sie waren äußerst nett und freuten sich sehr, mich kennen zu lernen. So was kommt mir immer etwas seltsam vor, wenn sich jemand darüber freut.

Nach ein paar Tagen verabschiedeten wir uns und stiegen in den Zug nach Calais, und fuhren von dort aus mit dem Auto in mein Heimatgebirge.

Die Autobahn hörte auf. Es ging gut eine weitere Stunde in verschnörkelten Linien bergauf. Die Dörfer wurden immer seltener. Die Häuser darin immer fachwerkiger und schiefergedeckter. Die Namen der Dörfer gemahnten immer mehr an die längst vergessenen Sprachen und Dialekte der verschiedenen Stämme, deren Nachfahren teilweise noch an den gleichen Stellen siedelten und das „R" rollten.

Ich war stolz, in dieser urigen Landschaft groß geworden zu sein und auch schon mehrmals unter widrigen Umständen ein Feuer angekriegt zu haben.

Die schöne Journalistin aus der Weltmetropole wurde immer stiller. Während es dann irgendwann in verschnörkelten Kurven bergab ging, in schluchtige Täler mit Fichten, Buchen und Birken und so was hinein, kannte ich die Gegend immer besser und merkte gar nicht, wie still sie war.

Dann waren wir irgendwann da. Die Sonne schien. Die Luft war klar und frisch. In der Ferne muhten die Rinder. Wir stiegen aus dem Wagen und wurden von zwei freudig erregten Hunden und zwei freudig erregten Eltern begrüßt.

Die schöne Journalistin trat lächelnd an meine Eltern heran und begrüßte sie formvollendet. Daraufhin wurde sie nicht nur auf das Herzlichste willkommen geheißen, sondern augenblicklich ins Herz geschlossen. Schön zu sehen, wenn die Geliebte auch den Eltern gefällt. Das ist natürlich nicht ausschlaggebend. Hieße sie Capulet und ich Montague, ich liebte sie dennoch.

Aber die unvoreingenommene Freude der Eltern ist eine Bereicherung. Rebell zu sein, nur um des Rebellentums Willen ist total uncool. Schön, dass ich das auch endlich begriffen hatte. Wundervoll, diese Frau zur Freundin zu haben. So charmant. So gebildet. So klug. So schön.

Weil meine Mutter nicht nur eine klassische hanseatische Erziehung erhalten und zwei Berufe erlernt hatte, sondern dazu noch genial kochen konnte, war nach der langen Autofahrt gleich für Stärkung gesorgt.

Und da es nicht verkehrt ist, nach dem Essen tausend Schritte zu tun, taten wir dieses sodann in hundlicher Begleitung. Natürlich begegneten wir einem Nachbarn, irgendwo auf dem Weg am Berg. Er sagte: „Mensch, das ist ja schön, dich auch mal wieder zu sehen. Ist das deine Freundin? Hallo, angenehm. Mensch, da hast du aber einen tollen Fang gemacht. Pass mir bloß auf ihn auf, dass er nicht wieder zu viel Blödsinn macht. Und ihr besucht grad' deine Eltern? Die freuen sich bestimmt, ich kenn' ja deinen Vater, das ist 'n ganz feiner Kerl, wir gehen schon mal zusammen mit den Hunden 'ne Runde spazieren oder trinken 'nen Tee bei euch hinterm Haus, 'n ganz feiner Kerl ist das, und deine Mutter auch. Und das Wetter ist toll, nicht wahr? Mensch, bei so 'ner klaren Luft schön 'ne Runde um den Berg, das ist was Feines. Aber hör mal, das ist ja auch verdammt kalt, zieh dir mal bloß was an die Ohren, sonst holst du dir noch 'ne Mittelohrenentzündung. Das kannst du überhaupt nicht gebrauchen, das tut höllisch weh. Also dann, macht's mal gut, ich will dann auch mal weiter. Und zieh dir bloß was an die Ohren, hörst du? 'Ne Mittelohrenentzündung kannst du echt nicht gebrauchen. Also, macht's gut, bis dann mal. Und zieh dir was an die Ohren!"

Damit waren wir fürs Erste entlassen und konnten der hundlichen Begleitung hinterhergehen, die in der Zwischenzeit irgendwo auf gefrorenen Äckern herumgetigert war und hier und da Kratzproben von der Oberfläche entnommen hatte.

Eine Kehrtwende weiter oben am Berg schauten wir über das Tal und konnten in der Ferne am Berg gegenüber den Hof eines weiteren Nachbarn sehen. Darüber war in der klaren Luft der Waldrand auszumachen. Im Tal vor uns lag das Dorf. Mit der kleinen Kirche auf einem Berggrat, dem Bach davor, der sich mit einem kleinen Flüsschen vereinigte und dann an der Schule vorbeifloss, die ich mittlerweile so ziemlich aus meiner Gedankenwelt verbannt hatte.

Auf dem Weg direkt unter uns ging der Nachbar, den wir gerade getroffen hatten. Er hatte für einen Bewohner unseres Gebirges in zwei Minuten mehr Worte gesprochen, als es sonst in mehreren Wochen üblich war. Er war ein Zugezogener, wie ich auch. Er winkte uns noch einmal zu und rief zu uns herauf:

„Und zieh dir was an die Ohren, hörst du?"

Damals war ich für gute Ratschläge eher taub. Aber heute weiß ich, dass er Recht hatte und befolge den Rat. Was aber auch damit zu tun hat, dass meine natürliche Vegetation oberhalb der Ohren stark abgenommen hat. Wahrscheinlich der Klimawandel.

Meine Freundin lächelte mich glucksend an. Sie hatte kaum ein Wort verstanden. Ihr Deutsch war von eher literarischer Natur.

Sie war amüsiert.

„Was für ein netter Nachbar", sagte sie.

„Ja, sind die hier alle", sagte ich und war gleich schon wieder ein bisschen stolz auf meine Heimat und ihre Bewohner.

„Und was ist jetzt mit deinen Ohren?" fragte sie und umschloss diese mit ihren Händen. „Frierst du nicht ein bisschen?"

„Nicht, wenn du da bist", sagte ich sah in ihre funkelnden Augen.

„Jaja, m-hm", sagte sie lächelnd und küsste mich.

Unsere hundliche Begleitung hatte mittlerweile die Ansicht aufgegeben, mit uns noch irgendwas Vernünftiges unternehmen zu können. Langsam gingen wir wieder zurück. Es war wirklich kalt.

„Frauen frieren", sagte meine Freundin auf Deutsch und mit rollendem R. Das kam unheimlich überraschend und sie sah mich schelmisch an.

Den Spruch muss ich mir merken, dachte ich. Der ist gut.

An diesem Abend sorgte ich für ein warmes Zimmer samt Kerzenschein und holte nach, was ich in der Nacht bei ihr versäumt, beziehungsweise unterlassen hatte.

Wieder ein Brief

Wir waren wieder in der Weltmetropole. Dieses Mal mitsamt dem Wagen meiner Eltern. In der Rolle eines Beobachters hatte ich sie zu diversen Festivitäten begleitet.

Zunächst hatten wir eine Freundin von ihr besucht, die mit einem depressiven Schotten verheiratet war. Diese hatten zu Sylvester zum Fondue geladen und es war nett. Ja, genau.

Die schöne Journalistin war hinterher ein bisschen betrunken und hatte mir im Zuge der Wahrheit eröffnet, dass wir nicht zueinander passten. Das war schon etwas traurig und ich widersprach in wohlgesetzten Worten.

Während wir miteinander schliefen, schliefen wir dann ein. Zuerst sie, dann ich. Sie sagte noch:

„Ich schlaf nicht ein."

Dann fielen ihr die Augen zu.

Am nächsten Tag kam ihr Ex-Freund zu Besuch, der sie nach mehr als einem Jahrzehnt für eine andere hatte sitzen lassen. Passiert also auch Frauen.

Etwas später trafen wir uns dann *nochmal* mit ihrem Ex-Freund und dessen Clique. Und das waren ein Haufen deutscher Schickis aus der gehobenen Musikindustrie, deren einer ihr Ex war, ein anderer dessen Chef. Sie waren für den deutschen Markt eines großen Musikkonzerns zuständig.

Man trug legere Oberhemden, Tuchhosen und Schuhe, welche eine Mischung aus Straßenkreuzer und Ballettpantoffel darstellen (also klotzig und gewollt elegant zugleich).

Das Treffen fand bei einem stilvoll eingerichteten Italiener statt. Man bestellte dort Cappuccino im korrekten Plural:

„Two Cappuccini, please."

Ich wollte dem Menschen schon zurufen:

„Eh, dicciamo, ragazzo, perché non si sta ordinando *due* cappuccini?"

Aber was soll's, es mag sich jeder auf seine Weise zum Affen machen, tu ich ja auch, und richtig Italienisch kann ich ja selber nicht.

Viel verstörender, besorgniserregender, und, nach genauer emotionaler Betrachtung auch abgefuckter war es schon, dass die schöne Journalistin erstens:

in dieser Entourage von obertollen Kotzbrocken Anklang zu finden suchte und zweitens:

am selben Abend bei einem Telefongespräch mit einem *männlichen* Bekannten dieses Treffen erwähnte und dabei sagte: „Und dann bin ich noch schnell dahin gedüst."

Nein, sie war nicht gedüst. Wir sind gefahren, im Wagen meiner Eltern. Und dabei hatte ich sehr wohl die Straßenverkehrsordnung beachtet. Was übrigens bei dem völlig ungewohnten Linksverkehr verdammt anzuraten gewesen war. Von Düsen konnte jedenfalls keine Rede sein.

Und vor allem: Wo war ich?

Also klar, ich stand in ihrer Küche und versuchte zum ersten Mal in meinem Leben, Sushi zuzubereiten. Im Rezept stand übrigens nicht, dass der Reis kalt sein muss. Wurde wohl als bekannt vorausgesetzt. Wusste ich nicht. Egal, war trotzdem lecker.

Aber: Ich bin gedüst? Also, sie war gedüst? Warum wollte sie diesem Herrn gegenüber nicht erwähnen, dass da in ihrer Küche gerade so ein Typ rumwerkelte, der von sich glaubte, ihr Freund zu sein und mit dem sie da gewesen war? Wenn schon, dann waren *wir* gedüst! Unterlassung meiner Erwähnung. Nicht, dass ich grundsätzlich so eitel wäre. Aber.

Hm.

Darauf sprach ich sie an. Sie sagte:

„Du hast gelauscht!"

„Nein, hab ich nicht. Aber die Ohren zugehalten hab ich mir auch nicht. Die Tür war offen und du bist zwischen Küche und Wohnzimmer hin und her gegangen."

Sie errötete auf hübsche Weise und sagte nichts.

Ich sagte:

„Okay, kann ich auch verstehen. Wir sind wirklich sehr unterschiedlich. Aber ich finde, darin liegt gerade ein schöner Reiz. Oder?"

„Vielleicht", sagte sie und guckte abwechselnd mich und die Wand an.

„Und wenn du noch unsicher bist, dann nimm dir alle Zeit, die du brauchst. Ich bin nicht ungeduldig. Und ich will dich auch nicht zu etwas drängen, was du nicht willst. Zu gar nichts. Und weißt du was?"

„Waas?"

„Hey du. Ich liebe dich."

Sie werden zugeben, für jemanden, dem die offene Rede gegenüber einer geliebten Frau noch vor Zeiten unmöglich erschien, waren das ein paar sehr schöne Worte. Dementsprechend nahm sie mich auch in die Arme und küsste mich lange und innig. Während der Reis weiter vor sich hin köchelte, lagen wir uns in den Armen, ihr hübscher Kopf an meiner Brust, ihre Wärme, ihr Duft überall um mich herum. Ihr weiches Haar lag an meiner Schulter und in mir tobte ein Feuerwerk von Endorphinen.

„Ich hab nur eine Bitte", flüsterte ich.

„Und welche?" flüsterte sie zurück.

„Sag mir, wenn du mich nicht möchtest. Ich kann dich verstehen. Nur halt mich nicht hin, ja?"

Ihre Augen, ihr Mund, ihr ganzes schönes Gesicht lächelte strahlend. Lächelnd näherten ihre Lippen sich und sie sagte:

„Ach, du."

Und dann küssten wir uns wieder so innig, so schön, dass es sich auf meiner Kopfhaut und meinen Rücken entlang so anfühlte, als hätte ich einmal zu heftig an der Wasserpfeife gezogen.

Der Reis kochte über. Sie griff mit einer Hand an mir vorbei, zog den Topf von der Platte und schaltete den Herd aus. Dann sah sie mich lächelnd an und fragte:

„Wann ist denn das Essen fertig?"

Wie gesagt, war lecker. Ich hatte sogar daran gedacht, den Sake warm zu machen. Und wenn das Essen schon lecker war, die Dame war es noch mehr. Wirklich. Manchmal hat man so Essen, das ziert sich und lässt sich eher so reinquälen, weil es nicht gegessen werden *will*. Es sagt dann aber auch meistens nichts und tut so, als sei es gerne appetitanregend.

Kann sein, dass das gleiche Essen zu einer anderen Gelegenheit, zum Beispiel mit einem anderen Wein oder in einer anderen Umgebung, viel entspannter ist und verdammt nochmal *verlangt*, dass man es genießt. Irgendwie muss man es einfach lernen, auf die Feinheiten zu achten. Und es ist dann sicherlich nicht verkehrt, vorher ein bisschen gefastet zu haben, damit man auch den richtigen Appetit mitbringt.

Was den leibhaftigen, nackten Sex mit dieser Dame anging, die so schön war, das Lesen liebte und womöglich sogar mich, so hatten wir keineswegs gefastet. Bei meinen Eltern, im ehemaligen Zimmer meines Bruders, hatten wir uns und unsere Vorlieben schon ausgiebig erkundet. In der Studentenbude eines Freundes, den wir am folgenden Tag besucht hatten, war uns irgendwie eines dieser Kondome abhanden gekommen. Das führte zu Folgendem:

Als sie, *wieder* einen Abend später, bei ihrer Freundin und deren depressiven Schotten sich von mir aus dem Mantel helfen ließ, hauchte sie mir ins Ohr:

„Ich hab Angst, dass ich schwanger bin."

In meiner ländlichen Einfalt dachte ich, dies sei auf eine Unachtsamkeit ihrerseits mit einem vorherigen Liebhaber zurückzuführen, was weiß ich. Mit uns war das alles ja noch nicht so lange am Laufen und bis auf die unmittelbare Nacht davor hatten wir bislang auch nie ohne Kondom und so.

Und so schnell merkt selbst eine Frau nicht, dass was passiert ist. Tut mir leid, geht nicht. Wissen Sie ja selbst, Befruchtung, Zellteilung, Einnistung, der ganze Kram. Braucht seine Zeit, mehrere Tage zumeist. Und dann müssen ja auch erst einmal noch mehrere *Tage* ausbleiben. Mit nur einer Nacht und einem Tag ist da nichts zu machen.

Obwohl andererseits, es gibt da ja manchmal so eine Intuition, die dann auch oft richtig ist. Und Frauen sind dabei auch meist *deutlich* sensibler. Was man dummerweise von mir nicht behaupten kann.

In etwas fragender Manier zeigte ich deshalb auf mich und zog die Brauen hoch. Sie wurde ziemlich beleidigt.

„Von wem denn sonst", sagte sie.

An diesem Abend lernte ich ihre panische Angst vor Kindern kennen. Das war insofern ungünstig, als dass ich nicht nur keine Angst vor Kindern hatte, sondern sehr gerne auch welche wollte. Am liebsten mit ihr.

„Vergiss es", sagte sie.

Damit war das Thema fürs erste abgehakt. Das Fondue nahm seinen Lauf, draußen wurden zum Jahreswechsel ordnungsgemäß ein paar

Böller gezündet, Sekt aus der Flasche getrunken und sich um den Arm gefallen. Und dann war die Feier auch schon bald zu Ende.

Wie schon erwähnt, fuhren wir dann im Taxi zu ihr nach Hause, sie sagte, dass wir nicht zueinander passten, ich widersprach und wir schliefen dann beim Vögeln ein.

Um auf das Sushi zurückzukommen, dieses war ja mal so ziemlich gelungen. Und während der verdammte Reis überkochte, hatten wir uns also verdammt erotisch geküsst. Darauf reagiere ich manchmal sehr empfindlich, zumindest war das damals so, und das alles war so dermaßen appetitanregend, dass selbst *ich* alle anerzogenen Hemmungen vergaß und wir in ihr warmes, großes Bett stiegen und übereinander herfielen.

Ich find's irgendwie cool, dass manche älteren, zumeist polytheistischen Religionen den geschlechtlichen Akt als etwas göttlich Inspiriertes begreifen. Ging mir genauso. Diese wahnsinnig hübschen braunen Augen und ihr in inniger Erregung geöffneter Mund, und das alles in einer so verdammt einladenden Körperhaltung und aaarrrgggh!

Himmel, Herrgott und Zwirn, war das schön mit ihr. Ich wurde schon geradezu religiös. In einer sehr toleranten, polytheistischen Form, versteht sich.

Also, um den Faden wieder aufzugreifen, wir hatten natürlich überhaupt nicht gefastet, aber manchmal ist es auch schön, sich über mehrere Tage hinweg einfach nur der opulenten Mahlzeit hinzugeben. Besonders, wenn sie sich uns ein ums andere Mal aus völlig freien Stücken darbietet. Sozusagen mit Haut und Haaren. Es gibt da sehr hübsche Gegenden, an denen zarte Haut und Haare aaarrrgggh!

Nachdem wir wieder zu Atem gekommen waren, lagen wir noch lange wach und probierten verschiedene Stellungen aus, in denen man sich gegenseitig gut kraulen und streicheln konnte. In einer der bequemsten und intimsten (weil innigsten) Stellung beschlossen wir dann, einzuschlafen. Wie zwei Löffelchen.

Wir schliefen irrsinnig fest und sagenhaft entspannt ein. Nur ich wachte zwischendurch einmal auf, weil mein rechter Arm wie bekloppt zu kitzeln anfing, weil ihr Kopf... aber das hatten wir ja schon.

Am darauf folgenden Tag musste ich auch schon leider wieder weg. Es galt für mich, weiter zu studieren und für sie, wieder zu arbeiten. Wir wollten uns bald wiedersehen. Und in den Semesterferien irgendwas zusammen unternehmen.

„Wann sind denn wieder Ferien?" fragte sie. „Sylvesterferien?" sagte sie auf Deutsch und guckte niedlich und schelmisch aus ihren (hübschen) braunen Augen.

Ferien sind ja nun nicht unbedingt jeden Tag. Aber in nur vier Wochen war ich einige Tage zwecks holzfällerischer Tätigkeit bei einem befreundeten Biogärtner vorgemerkt. Das ließ sich herrlich verbinden, um unser beider Verbindung noch inniger werden zu lassen.

„Es war schön, dass du hier warst. Ich freu mich auf nächstes Mal", flüsterte sie in mein Ohr und lächelte mich an. Dann hatte sie plötzlich Tränen in den Augen. Einen kleinen wundervollen Moment lagen wir uns noch in den Armen, ihre Tränen an meiner Wange. Wir küssten uns.

Das Gepäck war im Wagen, die Zeit schritt voran. Ich musste los und wollte nicht.

Irgendwann ging es dann doch. Der ungewohnte Linksverkehr der verkehrsintensiven Weltmetropole nahm mich auf. Irgendwie waren alle verdammt schnell. Aber auch so höflich. Als ich fast falsch abgebogen wäre und durch verzweifeltes Blinken kundgab, dass ich es mir anders überlegt hätte, entstand sofort eine kleine Lücke, in die man mich hineinließ.

Das schöne Gefühl, dass alle höflich zueinander waren, und ich mittendrin, ließ mich innerlich schon fast zum Engländer werden. Das hielt sogar an, als ich mich wieder in heimatlichen Gefilden befand. Das Überwechseln von einer Spur auf die nächste stellte hier eine Hürde dar, weil selbst bei Erreichen der erlaubten Geschwindigkeit irgendwie *alle* anderen schneller waren. Wenn man dann trotzdem eine hinreichend große Lücke entdeckt und seine Absicht durch längeres Blinken angezeigt hat, wird man sich gegebenenfalls dennoch einem wütenden Gehupe aussetzen. Weil natürlich irgendein Typ noch schneller wollte und plötzlich da war.

Normalerweise gucke ich dann genervt und denke Dinge wie „Dich sollen sie hundertfach blitzen, du Volldepp. Hoffentlich bringst du dich nur selber um, statt noch wen anderes zu überfahren, du blödes Arschloch".

Aber an diesem Tag war mein Herz eitel Sonnenschein. Ich warf ihm einen Luftkuss zu und lachte. Die ganze Fahrt war schön. Es gab keinen Grund, sich aufzuregen.

Wir führten eine Fernbeziehung. Das kann ich ja ganz gut. Da konnte ich wieder Briefe schreiben. Von ihr kam da nichts, aber das war auch nicht schlimm. Sie hatte mir gesagt, dass sie nicht gerne Briefe schrieb. Sie schrieb ohnehin so verdammt viel. Briefe bekommen fand sie aber schön. Also kriegte sie welche.

Und diesmal fastete ich. Die Zeit bis zu unserem Wiedersehen verging langsam, aber sie verging. Ich absolvierte den Holzfällereinsatz, bekam dafür etwas Taschengeld, das gleich in eine Fahrkarte umgesetzt wurde und fuhr meine Freundin besuchen.

Freundin. Was für ein Wort. So voller Verheißung. Geborgenheit. Zugehörigkeit.

Obwohl, so richtig weit war es damit nicht her. Die Verheißung bestand zwar. Das Gefühl von Geborgenheit jedoch wollte nicht aufkommen. Dazu war alles auch irgendwie zu frisch. Und das mit der Zugehörigkeit war auch so eine Sache. Ich fühlte mich ihr nah. Zu ihr hingezogen. Ihr zugehörig. Irgendwie so was. Ging es ihr ähnlich?

„Halt mal kurz still", sagte sie eines Morgens sanft zu mir und beugte sich über das Kopfkissen herüber. Mit ihrem Zeigefinger tupfte sie mir eine Wimper aus dem Auge und hielt sie mir hin.

„Du darfst dir was wünschen", sagte sie.

Ich schloss die Augen und pustete den kleinen Hornfaden irgendwo hin, wo er nicht weiter auffallen würde.

(Ich wünsche mir Kinder mit dir). Ich sah ihr in die Augen.

„*Das* brauchst du dir nicht zu wünschen", sagte sie mit der Intuition der Frau.

„Du weißt ja gar nicht, was ich mir gewünscht habe", sagte ich ertappt.

„Ach so", sagte sie beruhigt und erledigte das Thema mal wieder souverän.

Abends waren wir in einer kleinen Eisdiele bei ihr um die Ecke. Sie mochte es da und war öfters anwesend. Jemand anders auch. Sie war fast so ein bisschen aufgeregt.
„Hier kommt auch manchmal der B. her. Der Sänger von den A."
Dieser Sänger war so berühmt, dass selbst ich schon von ihm gehört hatte, und das will was heißen. Ich besaß sogar mal eine Tonbandkassette von der Band. Musikalisch fand ich sie so lala. Aber freche Texte.
Es ist mir im Augenblick entfallen, welche Hormone oder sonstige neurogene Botenstoffe das im Einzelnen sind, die einen bei so einem richtig zünftigen Eifersuchtsanfall überschwemmen. Aber das Gefühl habe ich noch in lebhafter Erinnerung. Man wird unzurechnungsfähig. Außerdem hinterhältig und masochistisch.
Aus purem Masochismus fragte ich sie hinterhältig:
„Was tätest du denn, wenn der jetzt hier reinkäme?"
„Dann würde ich wohl lechzend hier so rumhecheln", sagte sie.
Ich leckte den stilettartigen Cappuccinolöffel ab und fragte:
„Wie fest muss man wohl damit zustoßen, um bei ´nem erwachsenen Mann durch die Bauchdecke zu kommen? Sag mir Bescheid, wenn er da ist, dann probiere ich´s mal aus."
Sie sah mich enttäuscht an. Es tut mir leid, das gesagt zu haben. Mittlerweile habe ich den berühmten Sänger mal in einer Fernsehdokumentation gesehen. Er scheint ein richtig netter Kerl zu sein. Viel intelligenter auch, als die Liedtexte vermuten ließen.
Außerdem geht man nicht mit dem Löffel auf Sänger los. Auch nicht, wenn die eigene Angebetete ihn toll findet und ankündigt, ihm gegebenenfalls schöne Augen zu machen. Allerdings blieb irgendwas zurück. Ein Zweifel. Wahrscheinlich bei uns beiden. Bei mir über ihre Gefühle mir gegenüber. Bei ihr vermutlich über meinen Geisteszustand. Den berühmten Sänger haben wir dann doch nicht gesehen. Er kam nicht. Ich zahlte und wir gingen.

Später am Abend liebten wir uns dann wieder. Mehrmals hintereinander. Probierten alles Mögliche aus. Wir experimentierten mit unserer Lust.

So ging das weiter. Ich kam sie besuchen, wir unternahmen irgendwas kulturelles, lagen auch lesender Weise abends im Bett, liebten uns und ich wurde wie üblich im Laufe der Zeit immer verliebter. Über alle Unterschiedlichkeiten zwischen uns wollte ich hinwegsehen. Sie erschienen nicht wichtig. Allerdings bemerkte ich das stärker Werden eines Zuges, den ich an mir nicht mag. Der aber ein bislang unerkanntes Dasein gefristet hatte. Und zwar Intoleranz. Überheblichkeit.
Ich gebe es zu, für einen, der sehr gerne selber an der Kultur mitgewirkt hätte, hatte ich für manche Kulturschaffenden nur wenig übrig. Besser gesagt, für ihre Werke. Was es an oberflächlichem und anspruchsarmem so gab, war erstaunlich. Besonders, wenn es mittelmäßig, schrill und bunt daherkam und trotzdem Anspruch auf Großartigkeit erhob. Natürlich gehört das zum Showgeschäft. Aber Himmel, war diese permanente Selbstinszenierung manchmal lästig. Ebenso, wie die Dame muskelgestählte Sonnyboys im Fernsehen anhimmelte. Meine Kommentare wurden immer bissiger.
„Der hat sein Saxophon ja nur zur Zierde um den Hals. Bislang hat der erst einen einzigen Ton darauf gespielt. Aber hüpft rum, als wär´ er der King!"
„Aber er hat eine unheimlich erotische Ausstrahlung. Und er bewegt sich toll. Und das Lied gefällt mir. Diese dunkle Stimme. Da könnte ich nur so hinschmelzen."
„Dann schmilz du mal. Ich wisch dich auch auf. Hast du ´nen Lieblingsputzlappen, den du gerne möchtest?"
„Sei nicht so bissig, du kleiner… *Eifersuchtshase*."
Wo sie dieses deutsche Wort wieder her hatte, war mir schleierhaft. Hatte ich auch noch nie gehört.
Sie knuffte mich in die Seite, beugte sich zu mir und suchte demonstrativ in meinem Hemdausschnitt.
„Wo bist du? Los komm raus!"

Sie suchte das kleine, grünäugige Monster, von dem sie sagte, es wäre die Eifersucht. Ich behauptete, das wäre gerade eben davongeflogen und käme heute auch bestimmt nicht wieder. Sie sagte „M-hm", und lächelte etwas spöttisch. Im Fernsehen blies die muskelbepackte Schmalzlocke noch einen Ton. Die Frauen im Saal dort flippten aus. Meine Freundin stöhnte.

Von ihrem Ex bekam sie manchmal aus der Firma kartonweise Demo-CDs von abgelehnten Bands und so. Da konnte sie wühlen und sich was aussuchen und dann den Rest wegschmeißen.

Ich hörte auch mal rein, als ich ein paar Tage frei hatte und in ihrer Wohnung rumlümmelte, während sie arbeiten war. Okay, ich hab ein Referat vorbereitet. Aber rumgelümmelt eben auch. Und Musik gehört. Das meiste war wirklich langweilig. Oder stereotyp. Alles schon hundertmal gehört. Vorne drauf professionelle schwarz-weiße Fotos von lederbejackten jungen Männern vor Industrieruinen.

Eine Band hatte auf dem Cover was mit bunten Knetmännchen. Das war witzig. Die waren auch irgendwie gut. Aber weit weg vom Mainstream. Wahrscheinlich genau deshalb abgelehnt. Ich hatte die CD noch mehrere Jahre selber, bis sie bei einem meiner zahlreichen Umzüge verloren ging.

Ihr Ex aber, mit seinem schiefen Grinsen und seiner sachlichen, leicht arroganten Art war mir zutiefst unsympathisch. Genauso dessen eigener Chef nebst Chefgattin, mit denen wir leider *nochmal* irgendwo in einem Café herumhingen. Sie erzählten uns, dass sie ihr neues Haus mit einem schönen Wintergarten hätten bauen lassen. Damit da ein Flügel hinpasste. Der sei auch schon bestellt. Spielen könnten sie zwar nicht, aber so ein Ding sei ja auch immer sehr hübsch. Und vielleicht könnten ja mal Gäste darauf spielen. Dann gäbe es ab und zu Hausmusik.

Meine Freundin lächelte und nickte bewundernd. Sie war zwar nicht mehr durch Liaison mit dieser Clique verbunden, wurde aber wohlwollend geduldet.

Dann regte sich der Chef von ihrem Ex über seinen letzten Besuch in der deutschen Filiale der Firma in Berlin auf. Der Portier oder Türsteher von irgendeiner *Location* hatte ihn nicht erkannt und erst mal Erkundigungen eingeholt. Der Chef von ihrem Ex sprach hierbei vom *doorman*. Er sagte das aber so undeutlich, dass es klang wie *Dormel*. Diese Umschreibung für einen wenig klugen Menschen passte zwar in den Kontext und den Stil seiner Erzählung, erschien mir aber wie der Gipfel der Arroganz. Dass dieser Schnösel nicht von allen denkenden Wesen erkannt wurde, war in seinen Augen also der Fehler der Umwelt.

Mit vielleicht nicht gänzlich kaschierter Abneigung fragte ich ihn:

„Hast du den gerade *Dormel* genannt?"

„Nein, *doorman*."

Diesmal sprach er es deutlicher aus. Klar, Portier war ja uncool und Türsteher klingt zu sehr nach Puff oder Proletendisko. Also gibt es in gehobenen Etablissements der Unterhaltung heutzutage einen doorman. Auch in Deutschland. War ja klar. Hätte ich wissen müssen.

„Ach so", sagte ich.

„Bist *du* gar ein Dormel?" fragte er mich. Er konnte mich genauso wenig leiden, wie ich ihn.

"Ist mir bisher nicht aufgefallen", ließ ich ihn wissen und fragte die schöne Journalistin, „oder hast du was bemerkt?"

Sie guckte mich vorwurfsvoll an und hielt sich an ihrem Cappuccinobecher fest.

Das Thema kam dann aus irgendeinem Grund auf Doktorarbeiten. Weiß der Geier, warum. Ich glaube, er fragte mich, was ich denn nach dem Diplom machen wollte und *ich* hab dann mit der Scheiße angefangen. Es stand zwar schon in den Sternen, dass das bei mir wahrscheinlich nichts mehr werden würde, aber ich hab' das trotzdem gesagt. Er jedenfalls hatte als Jurist promoviert.

„Das empfehle ich dir auch", sagte er zu mir, „das sind dann zwar nochmal achtzehn Monate an der Uni, aber du verdienst hinterher circa das Anderthalbfache."

„Leider ist das in unserem Gebiet nicht so", sagte ich, „erstens hast du es als Fachhochschulmensch an sich schon mal schwerer, an 'ne Promotion zu kommen. Und dann dauert das bei diesen angewandten Naturwissenschaften eher so drei bis fünf Jahre, manchmal noch länger. Und die Chancen auf 'nen Job sind hinterher nur unwesentlich besser. Oder je nachdem manchmal auch schlechter. Aber egal, ich schau einfach, was sich ergibt. Und ich arbeite grad' in 'nem Labor."

Er schaute mich voller Zweifel an und sagte:

„Dann verstehe ich echt nicht, warum du da bleibst. Trotz der gerade genannten Nachteile? Das wär' nichts für mich."

Er blickte sich im Kreise der Tafel um. Seine Frau und sein Untergebener nickten voll tiefem Verständnis.

Ich erwiderte die gegenseitige Hochachtung und zählte auf:

- den Spaß an der Arbeit
- das Gefühl, immer wieder auf Unbekanntes zu stoßen
- das selbständige Erarbeiten neuer Gebiete
- das Vertiefen von schon Bekanntem, bis in völlig ungeahnte Sphären
- das tolle Team, wo wirklich alle an einem Strang ziehen und man sich Achtung und Respekt einzig durch sein Tun erwirbt
- die Möglichkeit, von erfahrenen Leuten zu lernen und
- dass viel Geld nicht mein primäres Ziel wäre im Leben.

Er sagte:

„Ah. M-hm", sah mich voller Widerwillen an und lächelte freundlich.

Gott, war der ganze Haufen hier verlogen.

Die schöne Journalistin versank unterdessen im Boden vor Scham. Was mich allerdings am meisten ärgerte, war, dass ich merkte, wie ich das Spiel mitmachte. Ich wollte irgendwie auch für toll gehalten werden und etwas darstellen, auf das meine schöne Gefährtin stolz sein konnte. Das klappte aber leider überhaupt nicht.

Der ganze Haufen Schnösel betrachtete mich als ein vom Land stammendes Kuriosum, das nicht in ihre Mitte gehörte, aber einmal dabei sei durfte. Wenn es denn nicht zu oft kommen wollte. Wollte ich nicht. Da mussten die keine Angst haben.

Das Thema Doktorarbeit wurde noch etwas durchgekaut, wobei ich trotz aller Geringfügigkeit der Aussicht auf eine solche tapfer mitmischte.

Der elende Haufen sich für weltgewandt haltender Unsympathen wurde mir immer unerträglicher. Ich mir selber aber auch. Und irgendwann hatten wir dann alle genug voneinander und verabschiedeten uns herzlich.

„War wirklich nett!"

„Ja, dito!" logen wir uns gegenseitig an.

Viel fehlte nicht, und ich hätte gekotzt.

Ich erduldete noch die Tortur, wie meine Freundin, dieses wundervolle weibliche Wesen, das ich mit flammender Seele liebte, mit ihrem schönsten Lächeln und einer Umarmung ihrem Ex auf Wiedersehen sagte.

Da mir meine Ungeduld und Intoleranz, auch die Eifersucht, langsam bewusst wurden, *stellte* ich mir lediglich *vor*, wie ich den Typen da göttlich verkloppen würde. Wir beide gaben uns sachlich die Hand und sagten „Tschüss". Wir sahen uns alle nie wieder und das war gut so.

Wenn Selbstzweifel und Unsicherheit so groß werden, dass sie irgendwann an Selbsthass grenzen, merkt das auch die geliebte Frau und fragt, was los sei.

Manchmal ist es dann eine gute Idee, ehrlich von seinen Ängsten zu sprechen und ganz offen zu sein. Hab´ ich zumindest mal irgendwo gelesen. Und da ich ja schon einmal bei einer riesengroßen Liebe durch Schweigen in ganzer Linie versagt hatte, probierte ich es hier mit Offenheit. Sprach also alles aus, was mich bedrückte.

Sie sagte:

„Das sind meine *Freunde*! Du hast ja auch *deine* Freunde. Und *natürlich* habe ich ein herzliches Verhältnis zu meinem Ex-Freund. Dafür waren wir so viele Jahre zusammen. Da ist dann halt eine Vertrautheit. Dafür will ich mich nicht rechtfertigen müssen. Ich gehöre dir nicht. Und du mir auch nicht. Das mit ihm hat nichts mit uns zu tun."

Das war einzusehen. Ich sah es auch ein und sagte:

„Ja, ich versteh dich ja auch. Ich hab halt nur ein bisschen Angst."

Sie sah zuerst mich an, sah dann geradeaus und sagte:

„Besser, du gewöhnst dich dran."

Vielleicht wäre ein Duell auf Degen doch gar keine so schlechte Alternative. Ein glatter Stich in den Oberarm oder so verheilt vielleicht schneller und tut nicht so weh. Andererseits, wenn ihr Ex diesen Stich abbekommen hätte, wäre die Sache mit ihr in jedem Falle aus gewesen. Sie hätte sich dann ganz um ihn kümmern können, zusammen mit seiner Neuen.

Und während er, von *zwei* Damen umsorgt, seiner Genesung entgegengesehen hätte, wäre ich im frühen Morgengrauen in die nächste Postkutsche gestiegen und wäre gefahren, von niemandem vermisst, um nie mehr wieder zu kehren. Oder vielleicht doch, Jahre später, als Teufelsgeiger oder Gitarrist, um gefeierte Konzerte zu geben. Bis dieser rachsüchtige, niederträchtige Kerl genügend Intrigen gesponnen hätte. So weit, dass ich, wiederum mittellos, von dannen hätte reisen müssen. Vielleicht mangels Bargeld diesmal auf einem Schiff, um in neu entdeckten Welten mein Glück zu suchen. Mich vom einfachen Matrosen durch harte Arbeit zum Kapitän und von da zum Häuptling eines fernen Volkes emporzuarbeiten. Und aus diesem Volk meine Königin zu erwählen, schön und feurig, und gleichzeitig warm und herzlich, klug, weise und lustig, um in subtropischen Liebesnächten mein hartes Gemüt wieder zu erweichen. Damit ich ihrem, nein, unserem Volk ein gütiger und gerechter Häuptling würde, der in Frieden den Wohlstand und die Unabhängigkeit brächte und bewahrte.

Da war ich aber auch schon wieder mit meinen Gedanken in der nebeligen Metropole, und *ich* war derjenige, der den Stich abbekommen hatte. Und die Sache mit meiner Geliebten war trotzdem aus. Und nach Wochen des Siechtums in einem Armenhospiz bestieg ich, von niemandem vermisst, den Arm in einer Schlinge, die Postkutsche. Die Karriere als Teufelsgeiger oder Gitarrist, ebenso wie die des Matrosen war Geschichte, weil der Stich verdammt tief gegangen war und der Arm für den Rest meines Lebens gelähmt bleiben würde. Das Geruckel der Kutsche auf einer nicht enden wollenden Landstraße würde mit jeder Umdrehung der Räder in unsäglichen Schmerz münden. Ich sah mich sodann als Schriftsteller und Dichter, der in langen Jahren bitterster Armut mit der linken Hand Schreiben und Fechten lernte. Um nach fast zwei Jahrzehnten die erlittene Schmach zunächst mit der Feder und dann mit der Klinge wettzumachen. Meine Romane und Gedichte, in denen er, dieser Schuft, sich wiedererkannte, hatten ihn dazu verleitet, abermals die Auseinandersetzung mit mir zu provozieren. Und diesmal ließ ich *ihn* blutend und gedemütigt auf der Wallstatt zurück. Um dann meine Geliebte, die zwar gealtert, aber immer noch schön war, und von ihren sogenannten Freunden schon lange verlassen, endlich in die Arme zu schließen und mit ihr ein spätes Glück und Frieden zu finden.

Doch da war ich schon wieder in der Gegenwart und alles war nicht nur unromantisch, sondern bitter. Ja, tatsächlich. Es war wie ein Geschmack in der Brust. Und der war bitter. Da fasste sie meinen Arm, schmiegte sich an mich und sagte leise:
„Tut mir leid."
Ihre Finger schlossen sich um meine und ihr Kopf lag auf meiner Schulter. Ich küsste sie sanft auf ihren Scheitel und legte meinen Kopf schräg, so dass ich ihr Haar an meiner Wange fühlte. Alle Bitterkeit, Traurigkeit und Angst vereinigten sich und wurden zu einer Liebe. Ich liebte sie. So sehr, dass sie fast alles hätte tun können. Auch fremdgehen. Und ich hätte dennoch nicht aufgehört, sie zu lieben.
Ich glaube aber, solange ich da war, dachte sie nicht ernsthaft über Fremdgehen nach. War auch nicht nötig, hoffe ich. An diesem Abend lag ich auf dem Rücken und betrachtete ihren Kopf und ihre Schultern, als sie so auf mir herumkrabbelte. Ihr langes braunes Haar und ihre hübschen kleinen Brüste hinterließen eine Kitzelspur auf meinem Bauch und meiner Brust. Sie kauerte lächelnd über mir und sagte:
„Es ist schön mit dir."

Tja, so war das. Höhen und Tiefen. Aufs und Abs. Rauf und runter. Rein und raus. Oder so.
Das Bescheuerte war schon echt diese irrsinnige und völlig irrationale Verliebtheit.
Zu was der verliebte Mann dabei fähig ist, kann einem schon manchmal die Schamesröte ins Gesicht treiben. Veilchenblüten pressen,

trocknen und auf marmoriertes Papier kleben. Und ihr schicken, natürlich. Ein Gedicht dichten. In Schönschrift mit leuchtend blauer Tinte auch auf so marmoriertes Papier schreiben. Und ihr schicken, natürlich. So Zeug. Die ganze romantische Scheiße, die mittlerweile völlig oldschool ist und weithin kaum Beachtung findet. Kann sein, dass das damals auch schon so war. Nur, dass ich's nicht gewusst hatte. Ich meine, das hatte ich ja schon öfters mal drauf, von irgendwas Zeitgemäßem keine Ahnung zu haben, machen wir uns da mal nichts vor.

Jedenfalls war dieser Briefverkehr von eher einseitiger Natur. Das heißt, von einem Briefverkehr kann eigentlich nicht gesprochen werden, da ich ja vereinbarungsgemäß der einzige war, der schrieb. Ich schickte was, sie nicht. Doch halt, stimmt nicht.

Eines Tages lag so ein eigentlich ganz hübscher Umschlag bei mir im Briefkasten. Und da war schon alles klar. Brauchte ich gar nicht zu lesen. Tat's aber trotzdem. Naja, der übliche Kram halt. Aber trotzdem individuell und genau genommen auch glaubwürdig und ehrlich und so. Tolle Frau, irgendwie, kann man nichts sagen. Sie hat es sich nicht leicht gemacht. Etwas irritierend war, dass auf dem Umschlag die Absenderadresse ihrer alten Wohnung stand. Die, in der sie so viele Jahre mit ihrem Ex zusammen gewohnt hatte, und gar nicht die, in der sie jetzt wohnte. Das fiel deshalb auf, weil ich ihren Londoner Post-Kode aus diversen Briefsendungen auswendig kannte.

War es die Macht der Gewohnheit? Weil sie selber so selten Briefe schrieb? Oder die Sehnsucht nach vergangenen Zeiten? Kannte ich ja auch. Aber trotzdem. Dann war ich wohl nicht derjenige gewesen, der die Wunden ihrer Vergangenheit zu heilen vermocht hätte. Wie ein Versager, so fühlte ich mich.

Obwohl das natürlich schon länger abzusehen gewesen war, reagierte ich ziemlich konfus und emotional. War schon ziemlich traurig, wie üblich.

Wir telefonierten allerdings doch auch noch einmal. Sie rief mich an. Allein ihre schöne Stimme zu vernehmen war wie ein kleines Pflaster. Es war ein sehr langes und inniges Gespräch. Schön auch.

Aber dabei passierte was, was an Unverstand und Blödheit grenzte. Und den Heilungsprozess künstlich in die Länge zog. Sie sagte nämlich ungefähr Folgendes:

„Ich war mir doch auch immer so unsicher. Du bist halt ein Schatz. Da fiel mir alles doppelt so schwer. Aber wir sehen uns ja bald wieder, Anfang Dezember. *Und dann sehen wir mal, was dann ist.*"

Sie spielte auf den sich jährenden Geburtstag unseres gemeinsamen Freundes an, bei dem wir uns vor etwas mehr als einem halben Jahr kennen gelernt hatten. Und wenn wir mal sehen, was dann ist, dann meldet sich natürlich auch gleich wieder die Hoffnung zu Wort. Und die verkündet dann eine unheilvolle Erwartung. Das hätte sie mal einfach nicht sagen sollen.

Einer anderen Freundin aus frühen Studienjahren, die das Herz auf dem rechten Fleck trug und die Zunge nur selten im Zaume hielt, erzählte ich davon.

„Hört sich für mich nach Warmhalten an", sagte sie.

Und damit hätte das Thema auch besser beendet sein sollen. Also so, dass ich die Angebetete nun meinerseits in den Wind hätte schießen sollen. So, in übertragenem Sinne. Allein, ich tat's nicht. Ging noch nicht. Musste erst ausgelitten werden. Außerdem war ja da noch das Ding mit der Hoffnung. Dass die schöne Journalistin vielleicht Recht haben könnte, wir nicht zueinander passten und sie in diesem Falle einfach nur ehrlich zu uns beiden war, auf den Gedanken kam ich nicht.

Als ich mal wieder so richtig durchhing, gab mir der Wahnsinn einen Einfall ein, der an rosabrilliger Romantik kaum pubertärer hätte sein können. Die Idee hatte ich nach einem längeren Telefonat mit meiner Schwester, die an einem renommierten Institut das Goldschmiede- oder Graveurhandwerk erlernte. Natürlich hatte auch sie unter meinem üblichen Liebeskummer zu leiden gehabt und ließ sich gutschwesterlich mal wieder am Telefon ein Ohr vollheulen. Also, so sinngemäß. Geheult habe ich nicht. Dafür lang und breit schwadroniert. Über weibliche Gedankenwelten. Weibliche Gefühlswelten. Sex.

„Was habe ich denn eigentlich alles falsch gemacht?" heulte ich rum.

„Kann ich dir gar nicht sagen", sagte meine Schwester. „Vielleicht auch gar nichts. Und sie hat einfach nur gemerkt, dass ihr nicht zueinander passt."

„Echt? So geht das?"

„Ja, was heißt `So geht das`? So *ist* das. So, wie du mir den Brief beschreibst, hat sie sich ja auch länger darüber Gedanken gemacht. Und wahrscheinlich ist ihr das nicht leicht gefallen."

„Ich denk´ halt, ich bin ihr ständig auf die Nerven gegangen und sie hatte es irgendwann einfach über."

„Kannst du so auch nicht sagen. Ihr habt euch ja letztlich auch kaum gesehen."

„Ja, aber was heißt das denn jetzt?"

„Dass sie halt irgendwann, tja, vielleicht eher *gefühlt* hat, dass sie nicht mit dir zusammen sein will. Obwohl sie dich sehr gern hat und alles."

„Hat sie ja auch geschrieben."

„Dann kannst du ihr das auch mal glauben. Wie gesagt, das heißt ja auch nicht, dass du alles falsch gemacht hättest. Aber manchmal passt es halt doch nicht, auch wenn sonst alles stimmt. So ist das eben. Frauen sind da manchmal kompliziert. Und das heißt nicht, dass wir es uns damit leichter machen. Im Gegenteil. *Ganz* im Gegenteil."

„Tja, hmm."

Ich dachte nach. Kam zu dem Ergebnis, dass Nachdenken zu keinem verwertbaren Ergebnis führen würde. Also würde ich das Fühlen üben, nahm ich mir vor. Aber eines musste ich unbedingt noch wissen.

„Darf ich dich noch was fragen?"

„Klar. Frag ruhig."

„Ist aber ein bisschen, tja, hmm…"

„…intim?"

„Äh… ja."

Sie lachte.

„Frag halt."

„Spielen, also, äh, also, spielen, äh…"

„… Frauen häufig Orgasmen vor?"

„Äh… ja."

„Häufig ist immer relativ. Manchmal."

„Wie merkt man das? Also, äh, ich meine, wie merkt *Mann* das?"

„Tja, im Idealfall gar nicht."

„Aber wie soll man, also, wie soll *Mann* da lernen und besser werden?"

„Vielleicht geht es gar nicht immer ums besser werden. Also, ich meine, wenn man sich im Laufe der Zeit immer besser kennt und auch gefühlsmäßig immer näher kommt, dann kann man *zusammen* lernen. Vielleicht sogar eher unbewusst."

„Okay."

„Verstehst du?"

„Ja, schon."

„Das ist dann ein Zusammenwachsen. Irgendwann kennt man sich so gut, dass es auch immer besser zusammen klappt. Dann geht man aufeinander ein. Das ist vielleicht sogar das Wichtigste."

Es entstand eine Pause.

„Hab´ ich dir geholfen?"

„Ja, schon. Also, etwas. Also, schon viel."

Sie lachte wieder.

„Darf ich dich nochmal was fragen?"

„Ja, klar."

„Was heißt das denn dann, wenn die Dame, also äh, wenn sie, so zum Beispiel beim Liebesspiel…"

„… beim Sex…"

„Genau, wenn sie da also nicht nur so feucht, sondern klatschnass ist. Und das quasi durchgehend?"

„Das heißt eigentlich nur, dass sie erregt ist."

„Ach so."

„Naja, immerhin."

„… immerhin."

„Ach, mach dir doch nicht so viele Gedanken. Das führt zu nichts. Besser, du fühlst und stehst das alles irgendwie durch und dann Schwamm drüber. Ist halt das Leben. Und die Welt ist voller schöner Frauen. Eine wird schon passen. Wart´s nur ab. Wobei Schönheit natürlich auch wieder relativ ist."

„Ja, natürlich. Das weiß ich ja schon."

„Na, siehst du. Also, sieh zu. Und mach mir ja keinen Blödsinn."

„Nee, so weit isses noch nicht."

„Dann bin ich beruhigt. Es reicht schon, wenn *ich* am Rad drehe. Zwei Bekloppte in der Familie brauchen wir echt nicht."

„Na, mach mal halblang. Oder hast du auch irgendwas?"

„Nein, im Moment nicht. Aber das kann ja noch kommen."

„Aber dann nicht am Rad drehen."

„Nee-nee. Außerdem, so ganz normal sind wir ja alle nicht, in *der* Familie."

Mit dieser plötzlichen Erkenntnis legten wir auf.

Ein Geschenk

Diese pubertäre Sache mit der rosabrilligen Romantik bestand darin, dass ich meine Schwester einen oder zwei Tage später *schon wieder* anrief. Und zwar, weil ich eine Zeichnung gemacht hatte.

Die Idee war, mich von der schönen Journalistin in einer Weise zu verabschieden, die ihr unmissverständlich zeigen sollte, dass sie geliebt worden war. Ich hatte ein Paar Ohrringe entworfen. Diese wollte ich bei meiner Schwester in Auftrag geben und in einem hübschen Schächtelchen der schönen Journalistin zukommen lassen.

Die Ohrringe hatten im Wesentlichen aus Golddraht zu bestehen. Oben verfügten sie auf der Zeichnung über diese ohrringtypischen, geschwungenen Kurven des Drahtes, damit sie gut durch das Löchlein im Ohr gehen und des ganze Gezamsel dann mittig und gut ausbalanciert da so rumhängen kann. Weiter unten durchstieß der Draht dann nach etwa einer halben Daumenlänge ein winzig kleines, rundes Plattförmchen und lief dann weiter, auf ein zweites solches Plattförmchen zu. Zwischen diesen beiden Scheiben verliefen von oben nach unten in einer zarten Spirale zwei weitere Golddrähte. Und zwar so, dass sie sich dabei nach außen wölbten und mit ihren S-Kurven die Oberfläche eines schlanken Tropfens (vielleicht einer Träne?) nachahmten. Unter der unteren Plattform hing an zwei kleinen ineinander verschlungenen Ringen ein rautenförmiges Goldplättchen und daran schließlich an noch zwei Ringen ein eingefasster Diamant. Soweit der Entwurf. Ich fand, das sah elegant und auch nicht übertrieben aus.

„Das Ganze zweimal, bitte."

„Meine Schwester lachte schon wieder und sagte:

„Oooh, das ist ja süß!"

„Ja? Findste?"

„Ja klar, über sowas freut sich jede Frau."

„Ja? Ist das so?"

„Naja, schon, irgendwie."

„Na, dann passt das ja. Und kannst du die machen?"

„Nein."

„Äh..."

„Also, nicht selber. Das ist ja schon richtige Goldschmiedearbeit. Das ist nicht ganz mein Gebiet. Aber ich kenn jemanden, der sowas kann. Von dem geb' ich dir mal die Nummer."

„Echt? Das wär' toll."

„Tja, so bin ich eben. Ich seh' den morgen und sprech' mal mit ihm. Dann rufst du ihn am besten morgen Abend mal an."

„Klasse. Danke, Schwesterherz."

„Bitteschön, Bruderherz."

Sie gab mir also die Nummer und ich rief den Typen am nächsten Abend an. Der gute Junge wunderte sich zunächst über die wohl doch etwas übertriebene Weise meines Abschiednehmens.

So ein Abschiedsgeschenk?"

Letztlich aber kamen wir überein, dass er die Dinger gemäß meiner Vorlage anfertigen würde. Nur über die Diamanten klärte er mich auf.

„Weißt du, was die kosten?"

„Nö, weiß ich nicht."

Er sagte es mir.

„Holla-die-Waldfee!" sagte ich. „Ja, gut. Nee, halt, dann lieber nich', ne? Gibt es was anderes, was du mir empfehlen könntest?"

Saphire. Er empfahl mir Saphire. Die waren auch weiß, leicht durchsichtig und hübsch. Und bezahlbar.

Also Saphire. Sind ja auch schön. Ich schickte ihm also die Zeichnungen und wartete.

Eine Woche später rief er dann an und sagte mir, dass das so nicht ginge. Insbesondere die Tränenform, welche die beiden außen liegenden Golddrähte nachbilden sollten, wäre so nicht hinzukriegen.

„Das musste ich ein bisschen abändern. Das sah aus, wie gewollt und nicht gekonnt."

„Naja, äh, gut. Sieht es denn halbwegs hübsch aus? Also, trotzdem?"

„Ja, gut sieht das schon aus. Aber es ist eben nicht original nach der Zeichnung."

Naja, okay. Wenn er das aus seinem Berufsethos heraus vertreten kann, dann wird das schon stimmen.

Irgendwann kam das Paket dann an. Ich öffnete es und besah mir die Teile. Also, naja. Das war schon erheblich anders als in der Vorlage. Echt mal.

Ganz oben, wo eigentlich diese elegant geschwungenen Kurven sein sollten, die man durchs Ohr friemelt, da sah das eher einem kleinen Spazierstock ähnlich. Ich hielt die goldenen Ohrringe an ihren Spazierstockgriffen in die Höhe und betrachtete sie voller Unglauben.

Die zwei seitlichen Golddrähte umschlossen nicht die Form einer Träne, sondern ringelten sich abwärts wie die Stoßfedern eines Modell-Lastkraftwagens. Wie zwei kleine, goldene Stoßfedern. Eines Modell-Lastkraftwagens. Wenigstens das rautenförmige Plättchen und der eingefasste Saphir sahen aus, wie ich es mir vorgestellt hatte. Immerhin.

Aber der Rest. Naja. Also, heutzutage habe ich wahrscheinlich etwas mehr Selbstvertrauen gewonnen. Wenn mir heute jemand so was vorlegen würde, so fernab von Vorlagen und ästhetischem Empfinden, dann würde ich das zurückschicken. Aber sowas muss mal wahrscheinlich erst mal lernen. Heute könnte ich das. Aber früher?

Ich bastelte ein Schächtelchen, drapierte die Erzeugnisse hinein, umwickelte den Krempel mit irgendwas Hübschem und schickte es kommentarlos der schönen Journalistin. Dann bezahlte ich die Rechnung und kümmerte mich wieder um meinen Kram.

Der bestand im Wesentlichen daraus, sehr unglücklich zu sein, wie ein Bescheuerter mit Hanteln und einer Klimmzugstange zu trainieren und ungefähr fünf bis sechs Stunden am Tag Gitarre zu üben. Ich wollte nämlich Profimusiker werden und völlig bescheiden irgendwann in der Weltmetropole auftreten, in welcher die Verflossene residierte.

Zwischendurch studierte ich weiter, was aber nicht einfach war, da ich bei den Prüfungen durchzufallen pflegte. Aber da ich für mein Dasein selber aufkam und niemandem auf der Tasche lag, hielt sich mein schlechtes Gewissen in Grenzen. Zumindest solange, bis meine Eltern, die von alledem nichts mitbekamen, ihrerseits ein schlechtes Gewissen bekamen und mir für meine Studentenbude bei der Miete etwas unter die Arme griffen.

Derweil übte ich wie bescheuert. Von der Dame kam keine erkennbare Reaktion. Wahrscheinlich hatte sie die hässlichen Dinger an einen Schrottonkel verkloppt. Oder sie in Unkenntnis ihres materiellen Wertes in die Tonne gehauen.

Egal. Ich übte wie bescheuert. Und liegestützte, klimmzog und bodengymnastizierte mich an den Rand des vorzeitigen Gelenkverschleißes.

Das hatte natürlich eine rationale Grundlage. Meine Fingertechnik auf dem Instrument war so schlecht, dass man schon *sehen* konnte, wie verkrampft ich mich anstellte. Und dabei sollte sie gleichzeitig unfassbar komplizierte und schnelle Klangfiguren hervorbringen.

Das erforderte aber so viel Kraft, dass meine Finger und Unterarme jeweils schon nach wenigen Minuten erlahmten. Also musste Kraft her. Und dass sollten eine überwiegend aus Fisch, Milch, Quark, diversen Obst- und Gemüsesorten und viel Wasser bestehende Ernährung herbeiführen. In Verbindung mit dem Trainingspensum geeignet, jede Form des klaren Denkens vorübergehend auszuschalten. Und mein aberwitzig kraftzehrendes Gitarrenspiel durchzuhalten.

Den Traum vom berühmten Gitarristen hatte ich schon als Teenager geträumt. Jetzt aber sollte er in Erfüllung gehen. Damals hatte ich mich sogar dazu verstiegen, Gitarrenunterricht zu geben.

Mein einziger Schüler von damals schreibt heute Computerprogramme und spielt Mandoline. Und das, obwohl er seine Stunden immer mit Mercedessternen bezahlte, die abzubrechen er zu einer Kunstform erhoben hatte. Meine einzige Schülerin wurde zu einer Berühmtheit. Allerdings erst, nachdem sie aufgehört hatte, bei mir Stunden zu nehmen. Immerhin kann ich mich rühmen, eine der schönsten Frauen Deutschlands nicht von der Bettkante geschubst zu haben. Stattdessen ließ ich sie da sitzen und Tonleitern und Akkordfolgen üben. Nun denn, jetzt sollte alles besser werden.

Mein Ehrgeiz bestand darin, selber Gitarrenstücke zu arrangieren, die es mit den Stücken im Lehrbuch für Fortgeschrittene aufnehmen können sollten.

Dabei dachte ich Tag und Nacht an die schöne Journalistin. Sie stand auf musikalische Muskelprotze. Also wollte ich einer werden. Die Anlagen dazu kamen langsam zum Vorschein. Und das Zeug, das ich auf diesem Stück Holz zusammenkomponierte, beeindruckte mich so langsam. Ich begann die Hoffnung zu hegen, dass das doch noch was werden könnte, mit der Profikarriere. Ich hielt Ausschau nach einer Möglichkeit, im ganz großen Stil aufzutreten.

Um mich noch effektiver von meinem Liebeskummer befreien zu können, schrieb ich auch wieder Briefe. Und zwar an alle möglichen Frauen, die mir so einfielen, deren Adressen ich hatte und die ich irgendwie mochte. Und dabei auch solche, bei denen ich dachte, eventuell ihr Herz für mich gewinnen zu können.

Dabei passierte was ganz Komisches: Ich hatte als Schüler in den großen Ferien immer als Hilfspfleger in einer Reha-Klinik gearbeitet. Und dort gab es unter dem medizinischen Personal eine Dame, deren kleine, schlanke, hübsche Gestalt und deren traurige, große Augen in meiner damals achtzehnjährigen Brust ein tiefes Feuer klammheimlicher Verehrung entfacht hatten. Dass sie zwölf Jahre älter war, machte mir nichts aus und sie nur noch interessanter, fand ich.

Von dieser Dame hatte ich die Adresse herausgefunden. Ich weiß, es ist heute kaum noch vorstellbar, aber es war das Jahr zweitausend-und-eins, und es entdeckten die Menschen meines Alters gerade nach und nach die Möglichkeiten des Internets.

Mein ehemaliger Gitarrenschüler hatte mir fernmündlich bei der Installation geholfen, und nun nutzte ich es, das Internet. Nachdem ich also glaubte, ihre Adresse gefunden zu haben, schrieb ich ihr einen Brief. Einen langen, liebevollen.

Es kam nie Antwort. Und je mehr ich so darüber nachdenke, desto mehr glaube ich, sie war es gar nicht. *Sie* hätte bestimmt geantwortet.

Wir waren sehr eng miteinander umgegangen. Ich war schon durchaus ein bisschen verschossen. Sie nannte mich dauernd „kleiner Kater". Und ich sie dafür in jugendlicher Frechheit „Mäuschen".

In den Pausen war ich eigentlich dauernd bei ihr und ihrer Freundin, einer rassigen Griechin mit dunklem Teint und einem unterarmdicken, rabenschwarzen Zopf, der ihr über den durchtrainierten Rücken fast bis auf ihren *göttlichen* Po herabhing. Die beiden waren für einen zu wenig ausgelasteten Achtzehnjährigen kein beruhigender Umgang. Denn landen konnte ich bei keiner von ihnen, das war mal klar.

Die rassige Griechin nannte mich dauernd „kleiner Bruder", weiß der Geier warum. Wahrscheinlich mochte sie mich. Ich sie auch, aber hallo, und also nannte ich sie „große Schwester".

Einer der älteren Patienten, um die sie sich so liebevoll kümmerte, nannte sie in meiner Gegenwart einmal unter Tränen „mein schwarzer Engel". Es war ein Laden, wo man sich allgemein gegenseitig lieb hatte.

Um auf den Brief zurück zu kommen, die Freundin der rassigen Griechin schrieb also nicht zurück. Weil sie es mit an Sicherheit grenzender Wahrscheinlichkeit nicht war. Ich stelle mir durchaus mit gelindem Entsetzen vor, wer diesen Brief bekommen hatte.

Denken Sie mal, sie sind eine Frau, bekommen von einem wildfremden Menschen einen Brief, öffnen ihn, und da steht dann:

„Liebe…" (hier denken Sie sich bitte Ihren Namen)

Also:

„Liebe…" (ach, ich weiß doch auch nicht, wie Sie heißen, wir haben uns ja noch nicht vorgestellt, und der Name stand da eh nicht)

Also: (Sie immer noch nichts ahnend, wer denn dieser Typ ist, der Ihnen da geschrieben hat)

„Liebes Mäuschen,

…."

Und so weiter. Einen ganzen Armvoll von halbverliebten Andeutungen über eine Ihnen völlig unbekannte gemeinsame Vergangenheit. Und als Gipfel dann noch liebe Grüße an meine große Schwester (ob ihr schwarzer Zopf wohl noch länger geworden ist?)

Mit den allerliebsten Wünschen für ein glückliches langes Leben und (vielleicht) bald mal ein Wiedersehen.
In samtpfotiger Zuneigung,
Dein kleiner Kater

Obwohl, wenn ich jetzt so darüber nachdenke, war sie es vielleicht doch und hat den Brief, mit einem gewissen Zweifel an meiner Gesundheit, ins Altpapier geknüllt.

Was ich sonst noch so schrieb, war unter anderem an eine ebenfalls rassige Dame gerichtet, die mir in einem schwachen Moment einmal gestattet hatte, frech zu werden. Ich war ihr in meiner gottverdammten Unfähigkeit wahrscheinlich der schlechteste Liebhaber, den sie jemals hatte, aber Schwamm drüber. Wir schrieben uns noch längere Zeit Briefe. Ich bewahre die Erinnerung an sie noch immer zärtlich in meinem Herzen.
Ich hatte gehört, dass sie gerade eine ziemliche Krise durchmachte. Da ich das ja selber ganz gut kannte, schrieb ich ihr, in tröstender und Mut zusprechender Weise. Natürlich hatte ich Hintergedanken.
Sie wiedersehen, ihre Seele erforschen, die meinige ihr darlegen, mein Herz öffnen, das ihre gewinnen und sie *heiraten*, Gott verdammt nochmal, und wenn ich dafür katholisch hätte werden müssen.
Sie schrieb nie zurück. Jahre später erzählte sie mir mal, dass mein Brief sie in einer innerlich wirklich schweren Stunde erreicht und ihr ungeheuer Mut gemacht hätte. Warum um alles in der Welt hat sie dann nicht zurückgeschrieben und, was noch schlimmer ist, nicht mich, sondern so einen Deppen geheiratet?
Wer allerdings zurückschrieb, das war meine frühere große Liebe. Mein alter Schwarm. Ich hatte schon lange die Hoffnung aufgegeben, sie wiedergewinnen zu können. Und so schrieb ich ihr, einfach so. Weil ich sie mochte. Sie lieb hatte. Wissen wollte, wie es ihr ging und was sie so machte.
Und, das war das allerschönste, sie schien an meinem Leben auch Anteil nehmen zu wollen. Sie schrieb zurück. Machte Andeutungen. Späße. Stellte Fragen. Machte Scherze.

Spaßeshalber wünschte ich mir zum Geburtstag einen Teddybären, einen kleinen. Und sie sandte mir einen. Zusammen mit dem schönsten Brief, den ich je bekommen hatte. So, aus handgeschöpftem Papier, nicht zugeklebt, sondern mit einem Holzknopf und einem Faden kunstvoll verschlossen. So schön. *So* schön.

Sie war verheiratet. Statt eines Eifersuchtsanfalls freute ich mich für sie. Ich nahm Anteil an ihrer Freude. Und an Traurigem. Ich wollte ihr wie eine von Ferne wirkende Stütze sein. Ihr Freund, dem sie alles mitteilen konnte und in dessen Herz ihre Gedanken wie in einem kleinen Heiligtum wohnen durften.

Von meinen gitarristischen Ambitionen sagte ich vorerst nichts. Das sollte eine Überraschung werden. Bei Erfolg, versteht sich.

Und es kamen gleich zwei Gelegenheiten. Die erste zum Ausprobieren und die zweite zum berühmt werden.

Mich besuchte jener Freund aus Marinetagen, bei dessen Geburtstagsfeier ich die schöne Journalistin kennengelernt hatte. Wir sprachen über dies und das. Von ihr anzufangen, fiel mir nicht ein. Sollte er machen. Bitte-bitte.

Und dann zeigte ich ihm, was ich gerade auf der Gitarre so übte. Völlig entgegen meiner Erwartung gefiel es ihm.

„Hör mal, Ralte. Ich wollte dich sowieso noch zu meiner Hochzeit einladen. Und dabei bitte ich dich, genau dieses Stück von gerade eben in der Kirche zu spielen."

„Im Ernst? Das ist ja der Hammer! Ja, gerne. Das ist eine riesige Ehre für mich. Im Ernst!"

„Ich freu mich schon drauf. Eine dir wohlbekannte Dame wird auch da sein. Ich glaube, sie wird sich auch freuen."

Ich seufzte hörbar.

„Ja, ich freu mich auch." (… *und dann sehen wir mal, was dann ist.*)

„Ja", sagte er, „du hattest ja mal ein Techtelmechtel mit ihr."

„Techtelmechtel ist gut. Ich war schon unheimlich verliebt. Wahrscheinlich bin ich ihr ganz schön auf die Nerven gegangen."

„Ach, das glaube ich nicht", sagte er, „Sie spricht nur gut von dir. Ich denke, sie hat es genossen, so auf Händen getragen zu werden."

Wir schwiegen kurz.

Dann sagte er:

„Von dem Charles, mit dem sie jetzt zusammen ist, kann sie so was glaube ich nicht erwarten."

Aua, aua. Aber war ja klar gewesen. Schöne Frauen bleiben nicht lange unumworben.

Er fuhr wieder nach London und ich übte noch verbissener. Und mein Krafttraining überschritt nun endgültig die Grenze zum Selbsthass. Das war alles irgendwie nicht mehr gesund. Erzeugte aber ausreichend Ablenkung. Ich fiel abends völlig erledigt von der Klimmzugstange und von dort aus todmüde ins Bett. Die Klausur am nächsten Tag versemmelte ich. Falsche Prioritäten.

Gegen Ende dieses ereignisreichen Jahres fuhr ich also erneut nach London. Mit der Klampfe im Gepäck, damit seine Angebetete auch vorab hören konnte, worauf sie sich einließ.

Im Zug übte ich schon mal ein bisschen. Als ich aufhörte, klatschten ein paar Leute. Das fühlte sich angenehm an und ich verbeugte mich, nervös-dankbar lächelnd. Kann ich nicht gut mit umgehen.

In der londoner Wohnung klappte es ausgezeichnet. Die künftige Braut und einige früh eingetroffene Gäste applaudierten ordentlich. Auf jeden Fall wollte sie das auch in der Kirche haben.

Und dann kam sie. War scheinbar die vielen Treppen im Eiltempo emporgestiegen und tat, als wäre sie ungeheuer außer Atem. Kriegte sich kaum noch ein. Dann aber doch und fiel dem Geburtstagskind um den Hals.

Hinter ihr betrat ein gut frisierter Typ im Anzug die Szene. Mein Herz fiel ins Bodenlose. Er war gut einen Kopf größer als ich, ging aber leicht vornüber gebeugt. Das Jackett hatte extrem ausgestopfte Schultern. Sein blondes Haar war hinten kurz, vorne jedoch so lang, dass er sich die Mähne dauernd mit einer leichten Kopfbewegung in Positur schmeißen musste. Um sich herum verbreitete er einen ziemlichen Geruch nach irgendwas teurem, was man sich ins Gesicht und sonst wohin kloppen konnte. Der Typ wirkte eher oberflächlich interessiert an dem, was um ihn herum vorging.

Er gab mir die Hand und sagte:

„Ich hab schon von dir gehört. Du studierst? Ihr habt da in Deutschland ja so Fachhochschulen. Kannst du mit so einem Abschluss auch einen Doktor machen?"

Kannte die denn nur solche Typen? Aus Höflichkeit sah ich mich gezwungen, das erbärmliche Spiel noch einmal abzuhaspeln.

Vielleicht hatte er aber auch schon den Chef von ihrem Ex kennen gelernt und der hatte von unserer letzten Unterredung berichtet. Konnte also sein, dass mich dieser Hanswurst aus der Reserve locken wollte. Auch, wenn das an perfider Armseligkeit kaum zu übertreffen gewesen wäre. Egal. Meinetwegen sollte er sich um Schlips und Kragen reden. Das Mitmachen war mir zuwider. Zu anstrengend. Mit zu wenig zu trinken. Und zu wenig weiblicher Umgebung.

Also fragte ich zurück:

„Prinzipiell ja. Und du?"

„Ich mach grad meinen Bachelor in Industrial Engineering. Mit 'nem extrem guten Schnitt kannst du dann sofort zum Doktorat zugelassen werden. Und so wie's aussieht, wird das wohl hinhauen."

„Oh, schön."

Damit war eigentlich alles erschöpft, was es an interessantem zu bereden gab. Deshalb nahm ich seine neue Freundin in Beschlag und scherzte mit ihr eine Weile herum. Sie lachte viel. Irgendwann wurde sie ernst.

Dann sagte sie:

„Ich wollte dir nicht das Herz brechen. Und ich danke dir für die Ringe. Sie sind schön, sie sind weiblich… hach."

Oh, Mann. Es wurde eine verdammt lange Unterhaltung da im Flur auf der Party. Kurz nach Mitternacht brach sie auf. Auf die Stunde genau wie exakt ein Jahr davor. Und in etwa so wie ein Jahr zuvor verabschiedete sie sich. Sie sagte:

„Du bist ein Schatz."

Und küsste mich auf den Mund. Dann hakte sie sich bei ihrem Schlipsaffen ein und ging.

Zum Glück gab es noch eine Menge zu trinken.

Trotz eines ziemlich gelungenen Besäufnisses war ich wieder der zweite, der wach wurde. Ich gesellte mich wie gewohnt zum Bruder meines Freundes in die Küche der neuen Wohnung (ohne DDR-Ampelmännchen).

Und genau wie ein Jahr zuvor kochten wir Kaffee, rauchten eine Zigarette und plauschten. Über Gott und die Welt. Und über Frauen. Namentlich eine. Auf die Stunde genau wie das Jahr davor. Manche Gewohnheiten gewinnt man doch lieb. Ist schon ein verdammt feiner Kerl, der Bruder meines Freundes.

Zurück in Deutschland. Auf dem Pfad zum Ruhm. Durch höfliche Frechheit war es mir gelungen, bei einem Veranstalter kleiner bis mittelgroßer Konzerte einen Termin zum Vorspielen zu erlangen. Und der sagte:

„Okay. Ich geb' dir 'ne halbe Stunde. Gage kann ich dir erst mal keine bieten."

Er brachte mich im Vorprogramm eines berühmten Konzertgitarristen unter. Ich sollte der *opener* sein. Nach mir kam noch ein englischer Blues-Gentleman. Und dann der Maestro.

Nun gab es kein Halten mehr. Ich übte, nunmehr völlig dem Wahnsinn verfallen, vorwiegend nachts. Ließ bei einer verdammt hübschen und mit einem Profimusiker liierten Fotografin ein paar Bilder von mir machen. Es schien, als sei das mein Einstieg in die Musikszene.

Ein mir bekannter Hobbygrafiker entwarf ein Plakat. Mein Bild hing überall herum. Ich wurde dauernd auf der Straße angesprochen. Die halbe Stadt schien auf das Konzert kommen zu wollen. Meine Laufbahn begann. Die schöne Journalistin würde sich noch umgucken. Und ich nahm mir vor, während des ganzen Abends und vor allem während meines Spiels nicht an sie zu denken. Wenn sonst nichts dabei herauskam, sollte dieses Konzert eine Therapie für mich werden. Eine Übung darin, nicht an sie zu denken.

Der Tag rückte näher. Ich zog neue Saiten auf die neue und schon eingespielte Gitarre. Und irgendwann war er da. Der Tag.

Ich trug mein Instrument zum Ort des Geschehens. Ein Freund aus alten Tagen begleitete mich. Wir warteten ab, bis der *sound-engineer* sein *equipment* aufgebaut hatte. Sodann sprach er:

„Lass mal was hören. Ich check in der Zeit mal alle Kanäle durch. Hast du was, was so ein paar Minuten dauert? So straight durch, nach Möglichkeit?"

„Ja hab ich. Das Ding, mit dem ich nachher anfangen will."

„Cool. Mach mal. Und guck, ob der Sound auf den Monitoren so okay für dich ist."

„Mach ich."

Dass ich *gucken* sollte, wie der *Sound* für mich war, ist zwar für sich genommen lustig, aber der Ernst der Lage ließ darüber kein Nachdenken zu.

Das Stück, mit dem ich anfangen wollte, war zum Wachrütteln konzipiert. Und zwar so, dass alle gleich Bescheid wussten. Es fing ohne Vorwarnung mit einem Wahnsinns-Arpeggio über zweieinhalb Oktaven an und umriss dabei zwei Akkorde aus verschiedenen Tonarten. Was danach kam, haute in die gleiche Kerbe.

Der Inhaber eines kleinen Tonstudios, bei dem ich probehalber ein paar Aufnahmen gemacht hatte, kommentierte dies so:

„Das hört sich mal echt so an, als wolltest du sagen: Hey, ich hab jetzt zehn Jahre im Proberaum verbracht und mir alle Gitarrentricks raufgeschaufelt, die es gibt. Und hier sind ′se. Und zwar alle in einem Stück."

Genau. Er hatte es erfasst. Ungefähr das wollte ich sagen. Aber: Gelang es? Konnte ich das? Mit etwas flauem Gefühl stöpselte ich die neue, elektrisch verstärkte Konzertgitarre an, holte tief Luft und ... legte los.

Das Gefühl, von der Musik getragen zu werden, erfasste mich. Der fast leere Konzertsaal erzeugte einen großartigen Echo-Effekt. Meine Verkrampfung löste sich. Bislang hatte ich überwiegend darauf geachtet, die Kraft meiner Finger richtig zu dosieren. So, dass sie nicht erlahmten und das Tempo durchhielten. Möglichst, ohne den Takt zu verlieren und an den entsprechenden Stellen langsamer oder leiser zu werden.

Alles nach einem einstudierten Maß, das mir in langen Nächten in Fleisch und Blut übergehen sollte.

Und es gelang. Plötzlich spielte ich es nicht nur. Es *gefiel* mir. Für mich klang es plötzlich wie *Gitarrenmusik. Richtige* Gitarrenmusik. Würdig, gehört zu werden. Der Sound war großartig. Das Stück kam zu Ende und ich stieg etwas zittrig von der Bühne herunter und ging auf den Sound-Engineer zu.

„Und, kam der Sound gut an auf den Monitoren?"

„Ja, war gut", sagte ich.

Keine Ahnung, warum. Hatte nicht drauf geachtet. Das diese Profi-Musiktypen aber auch immer so *verdammt* cool sein müssen. Hätte ja mal in Begeisterung ausbrechen können, der Gute.

Er legte eine CD von dem berühmten Gitarristen ein, um dessen Spielweise abzuschätzen und Voreinstellungen vorzunehmen. Der Maestro selbst wurde erst gegen Abend erwartet.

Der getragene Klang meisterlicher Gitarrenkunst reinigte, durchfloss, erschwang und eroberte die Halle.

Der Sound-Engineer sagte zu mir:

„Also, wenn ich euch so vergleiche, gibt es echt nichts, wovor du dich verstecken müsstest. Echt cool, Mann. War das dein eigenes Stück vorhin?"

„Ja, ist es. Außer zwei Sachen wollte ich nur eigenes spielen, heute Abend."

„Ja, cool, Mann. Freu mich echt drauf. Viel Erfolg, jedenfalls."

„Ja, Mann, danke."

Mittlerweile war der Freund aus alten Tagen herbeigeschlendert und haute mir so auf den Rücken, dass ich zu husten anfing.

„Alter!" sagte er, „Langsam glaub ich doch noch, dass du auf dem Ding was reißen kannst."

Mein Hustenanfall legte sich. Das Lampenfieber folgte dem Husten. Der Raum wurde noch immer von der Musik des Maestros erfüllt.

Der Abend kam. Der Saal füllte sich. Es wurde langsam still, als der Veranstalter die Bühne betrat und das Programm des Abends ankündigte. Es wurde geklatscht. Er ging. Und dann war die Bühne *leer*. Bis auf einen Hocker, davor ein Fußbänkchen und ein Mikrofonständer. Und, ach ja, die zwei Monitore, die den Sound zur Bühne zurücktrugen, damit man sich selber besser hörte. Ansonsten war da nichts. Und vor allem: niemand. *Ich* sollte da hin. Man wartete auf mich.

Also, naja, ging ich da hin, dachte an die Worte des Ton-Mixers und versuchte, selbstbewusst zu sein. Stöpselte wie heute Mittag mein Instrument ein und blickte kurz in die Runde. Der Saal war gut besucht. Ich holte Luft.

Und fing an.

Der Hammer

Mit dem Wahnsinns-Arpeggio, das in rasender Geschwindigkeit mit Tonartenwechsel über zweieinhalb Oktaven sauste. Sausen sollte. Verspielte mich. Guckte zur Seite, zum Sound-Engineer, als ob da etwas wäre, was mich abgelenkt hätte. Fing nochmal an. Es war entsetzlich. All diese filigranen Figuren, diese kunstvollen Klanggebilde, die diesen Abend zu einem Triumph hätten machen sollen, sie ließen mich alle im Stich und verschwanden im Nirvana. Ich war ganz allein.

Also saß ich da auf diesem blödsinnigen Hocker auf dieser lächerlichen Bühne und versuchte, meine vor Angst erstarrten Finger zum Mitmachen zu überreden. Sie bewegten sich aber nur, indem ich jeden einzelnen von ihnen separat zu jeweils einer einzelnen Bewegung ansteuerte. Ich musste ihnen gegen beträchtlichen Widerstand meinen Willen aufzwingen.

Die Monitore spülten das daraus resultierende Klangerzeugnis eins zu eins in meine Ohren zurück und erzeugten dort ein Abbild der Beleidigung jedes musikalischen Gehöres. Und alle hörten es. Mich. Alle hörten mich. Wie ich da herumklampfte und von einem barocken Deckengemälde eine Kritzelzeichnung anfertigte.

So: Klimper! Klampf! Zupf! Schronk! Dengel!

Es wurde eine sehr lange halbe Stunde. Aber ich dachte nur ein einziges Mal flüchtig an sie. Immerhin.

Das einzige Stück, bei dem ich mich nicht verspielte, war eine getragene Weise des argentinischen Indianers Atahualpa Yupanqui. Sie war langsam, einfühlsam und wiegte sich in schönen, traurigen Akkorden und Tonfolgen. Wie Klangtropfen auf einem feinen, fast durchsichtigen Spinnennetz im tropischen Regenwald. Es war wunderschöne Musik. Gar nicht schwer zu spielen. Und nicht von mir.

Allein, es tröstete die Zuhörer über vieles hinweg. Sie gaben Applaus, statt mit reifen Tomaten zu werfen, wozu sie bei allem Vorangegangenen das Recht gehabt hätten. Mit dieser indianischen Weise hörte ich auf, verbeugte mich zur Entschuldigung und schlich von dannen, zur Theke.

Der englische Blues-Gentleman betrat die Bühne und rockte mit ziemlich geilem Sound. Mit Blues und Jazz hatte meine Liebe zur Musik in frühen Jahren angefangen. Warum war ich nicht dabei geblieben?

Er sang zwar eher so mittelmäßig, aber das machte nichts aus. Er war cool. Er wollte nichts vorstellen. Er war einfach da und gab Sound. So einfach war das.

Er ging, begleitet von seinem verdienten Applaus von der Bühne, um dem Maestro Platz zu machen. Er kam auf mich zu und überreichte mir ein kleines Gitarrenutensil.

„Dein Kapodaster. Hast du auf der Bühne vergessen."

„Oh, danke. Sehr nett von dir. Und danke für die Musik. War toll. Danke dir fürs Hiersein."

„Danke *dir* fürs Hiersein", sagte er lächelnd und ging sich ein Bier bestellen.

„Na", sagte ein dicker, schnauzbärtiger Altrocker, „bisse zufrieden mit dem, watte gespielt hast?"

„Nee", sagte ich, „bin ich nicht".

„Hm", grunzte er und wandte sich wieder ab.

Der Maestro beendete seine Zugabe und der Saal lichtete sich bis auf wenige Leute. Ich nutzte die Gelegenheit, mit diesem berühmten Virtuosen zu sprechen. Ich fragte ihn nach Ratschlägen, wie ich mein Spiel verbessern könnte. Er sagte:

„Du solltest mit Metronom üben, wenn du meinst, du musst das weiter machen."

Das war eine geschickte Anspielung auf mein beschissenes Timing und meine Unfähigkeit, einen Rhythmus zu halten. „Wir ha-ben Rhythmus-ge-fühl" hatte irgendeine mir unbekannt gebliebene Intellektuellen-Punkband einmal gesungen. Ansonsten hatten sie nichts. Aber das war witzig.

Ich hatte fast alles, außer Rhythmusgefühl. Und das war nicht witzig.

Ich ging nach Hause. Zum Glück nicht allein. Mit mir kamen der Freund aus alten Tagen, ein Freund aus neuen Tagen mitsamt einer mittelgroßen Riege bekiffter Holländerinnen und Holländer. Die waren alle auch auf dem Konzert gewesen. Alleine hätte ich den Abend kaum ohne seelischen Schaden überstanden. Sie hatten es gut gefunden. Es wurde doch noch ein sehr schöner Abend.

Ich war sogar fast gar nicht betrunken und auch nur mittelgradig bekifft, als wir alle in meiner kleinen Studentenbude neben- und übereinander in den Schlaf sanken.

Kurze Zeit später war Weihnachten. Ein Ereignis, durch dessen plötzliches Hereinbrechen ich jedes Jahr aufs Neue überrascht werde. Also begab ich mich in den Zug, um vermittels diesem meine Eltern, meine Geschwister und die Berge zu besuchen.

Und, einer inneren Eingebung folgend, die ehemals Herzallerliebste anzurufen. Ein paar Tage nach Weihnachten.

Sie sagte:

„Wer ist da? Du? Das ist ja der Hammer, dass du mal anrufst."

„Kommt das ungelegen?"

„Nein, überhaupt nicht. Mensch klasse, dich mal zu sprechen! Wo bist du denn gerade?"

„Bei meinen Eltern."

„Echt? Ach klar, Weihnachten. Da bin ich ja auch. Magst du mal vorbeikommen?"

„Ja, öhm, gerne! Wenn ich darf?"

„Ja, klar darfst du. Frag doch nicht so. Wann kannst du denn da sein?"

„Ja, so, in einer halben Stunde?"

„Prima! Ist ja echt toll. Dann bis gleich!"

„Ja, bis gleich."

Ihnen darf es ruhig sagen: Mein Herz hüpfte vor Freude. Und nur ein kleines bisschen unterschwelliger Liebe.

Dass ihr Typ, Verzeihung, ihr Ehemann da sein würde, spielte überhaupt keine Rolle. Um sie ging es mir. Sie wiederzusehen. Schon halb wieder in Flammen stehend, fuhr ich mit dem elterlichen Auto über die sieben Berge in das Dorf, in dem noch ihre Eltern wohnten.

Öfters hatte ich nächtlicherseits das elterliche Auto hier geparkt und wieder gestartet. Und später mich, von meinem Vater zumeist, hier vorbeibringen lassen, auf dem Weg zum Zug, etwas außerhalb der Berge. Und jedes Mal versuchte ich durch die Bäume und das Buschwerk einen Blick auf ihr Fenster zu erhaschen. Wenn Autos sich Wege nach der Gefühlsstärke ihrer Fahrer merken könnten, dieses Auto führe geradewegs hierher.

Wir umarmten uns lange und innig. Sie ließ mich ein und stellte mich ihrem Mann vor. Ein ruhiger, sympathischer Mensch. Er zog sich schnell zurück. Netter Kerl, echt mal. So viel, was nur geschrieben, oder nur so halb geschrieben worden war, musste gesagt werden.

Es war eine wundervolle Stunde. Ich erzählte vom Pech in der Liebe. Sie seufzte tief und sagte:

„Ach ja … Frauen."

Und lächelte mir ihr blauäugiges, blitzendes Lächeln zu und sagte:

„… Männer."

Hatte ich schon erwähnt, dass sie klasse ist? Sie fragte:

„Und du spielst wieder Gitarre, hab ich gehört?"

Nun war es an der Zeit, von dem Konzertdesaster zu erzählen. Sie wollte unbedingt was daraus hören. Ihre kleine Schwester musste ihre Wanderklampfe holen und ich spielte den beiden etwas vor. Das Ding mit dem Arpeggio. Meinen *opener*.

Komischerweise gelang es. In die Gesichter der beiden hübschen Wesen trat ein Lächeln heller Begeisterung.

Ich fühlte wieder die Niederlage, nur wenige Woche zuvor, aber spielte weiter. Sie klatschten.

„Mann, echt klasse! Toll! So was spielst du? Irre!"

„Naja, wie schon gesagt, im entscheidenden Augenblick vor drei Wochen hat es nicht geklappt."

„Das macht doch nichts. Rückschläge gehören doch einfach dazu."
Und dann spielte sie lustiger Weise auf meine einzige Gitarrenschülerin an und sagte:
„Die ist ja auch ziemlich berühmt geworden."
Das hatte zwar jetzt keinen direkten Zusammenhang, erinnerte mich aber an diese Episode meiner Jugend. Und dann wollte sie noch mehr aus meinem Leben wissen. Ich sagte:
„Wenn du es humoristisch magst und außerdem noch mehr Musik hören möchtest, kann ich dir was singen."
„Au ja, mach mal", sagte sie und sperrte ihre so verdammt hübschen Augen erwartungsvoll auf.
Ich hub an, jenen Song zu bringen, der das erste Kapitel meiner unrühmlichen Studienzeit abschließt, als ihre Mutter herein kam.
„Ihr Lieben, das Essen ist fertig. Kommt ihr?"
Und zu mir gewandt sagte sie:
„Du bist natürlich herzlich willkommen. Kommst du auch? Wir haben schon für dich gedeckt." Und weg war sie.
„Ja, meinst du? Ich hab mich ja dann quasi selber eingeladen."
„Quatsch! Komm gefälligst mit. Meine Mutter hätt's dir sonst nicht angeboten."
Dann lächelte sie mich kopfschüttelnd an und sagte:
„Echt mal."
Das Essen war natürlich etwas extra Feines. So was, was nicht alle Tage auf den Tisch kommt. Ein Braten mit sehr delikater Soße. Klöße, junges Gemüse, Salat und was noch alles. Begleitet war alles von einem so zwanglosen Gespräch, als wäre die Zeit stehengeblieben und wir noch immer siebzehn, beziehungsweise zwanzig.
Aber nein, wir waren schon fünfundzwanzig, beziehungsweise neunundzwanzig. Meine Fresse, wie die Zeit vergeht. Aber sie war fast noch hübscher als damals. Wohingegen ich im Wesentlichen deutlich an Haupthaar eingebüßt hatte.
„Sag mal, machst du eigentlich Bodybuilding?" fragte sie mich.
Es war mir fast schon entfallen, aber noch vor drei Wochen hatte ich ein fast tägliches Pensum hingelegt. Der Effekt kam offenbar zum Vorschein. Kleiner Ausgleich, wegen der Haare.

„Nein, eigentlich nicht. Eher so Klimmzüge und Liegestützen und Bodengymnastik."

„Aha. Und achtest du auch auf Ernährung und so?"

„Ja, ziemlich. Mein Bruder hat mir so ein Buch zum Kraftsport geschenkt. Da steht auch alles Mögliche zur Ernährung drin. Aber abweichend davon esse ich bedeutend weniger Fleisch als früher. Dieses köstliche Abendessen ist da gerade eine Ausnahme. Wenn auch eine sehr leckere, die ich alles andere als bedauere."

Die Dame des Hauses bedachte mich mit einem freundlichen Lächeln. Die älteste Tochter des Hauses, meine frühere große Liebe lächelte amüsiert. Ich sagte:

„Und was ist mit dir? Du bist ja früher überzeugte Vegetarierin gewesen."

„Bin ich auch jetzt noch. Ich hab's zwar zwischendurch mal probiert, aber es schmeckt mir halt nicht."

Ihr Mann sagte:

„Du sündigst eher anders, nicht wahr?"

„Ja, genau. Gib mir ein Sofa und 'ne Tüte Chips und ich bin glücklich."

Und wieder lächelte sie mich an.

„Aber was so meine Schwächen sind, das müsstest du eigentlich noch wissen."

Ich weiß es nicht mehr ganz genau, aber es kann sein, dass ich ziemlich rot im Gesicht wurde. Zumal sich verschiedene Augenpaare recht belustigt auf mich richteten. Aber außer einem eher indifferenten:

„Pfrm. Öhm. Hrrk", habe ich, glaube ich, wenig Geistreiches gesagt.

Aber es flammte eine platonische Zuneigung und eine von reiner seelischer Verbundenheit getragene Liebe zu ihr auf. Stärker als je zuvor.

Es war ein belustigender, wundervoller Abend. Alle hatten Anteil an der spaßigen Unterhaltung. Auch ihre kleine Schwester gab ein paar Schwänke zum Besten, die sie mit meinem Vater als ihrem Lehrer erlebt hatte.

Kurz nach dem Essen verabschiedete ich mich. Wir standen an der Tür. Wie damals. Wir umarmten uns.

„Mach's gut, du. War toll, dass du da warst. Echt schön. Und schreib mal wieder. Ich freu mich jedes Mal."

„Klar, mach ich gerne. Und danke für den schönen Abend. Und auch nochmal schöne Grüße an deine Eltern. Und an deine Schwester. Und deinen Mann. Echt 'n prima Kerl. Meinen Glückwunsch. Echt."
Und ich meinte, was ich sagte. Sie lächelte wieder. Und ich fiel in ihre blauen Augen.
Sie sagte:
„Danke dir. Du hast Recht. Er ist echt ein Schatz."
Ich stieg ins Auto und fuhr heim, verliebt bis zur Verblödung.

Noch später am Abend hing ich gegenüber meinem Elternhaus in der Bude von Joschi, meines Freundes aus Kindertagen herum, um dem Abend einen zünftigen Abschluss zu verpassen. So großartig wie jetzt hatte ich mich schon seit Wochen nicht mehr gefühlt.
Wir räkelten uns locker herum. Ich fläzte mich im breiten Sessel, er lag auf dem Sofa. Wir hörten astreinen, erdigen, bluesigen Sound und rauchten ein verdammt aromatisches Zeug. Mann, war das ein saugeiler Abschluss eines großartigen Tages. Und wie das bei einem astreinen Rauchzeug so ist, kam ich irgendwann richtig ins Schwameln. Voll der Laberflash. Erst einmal schwärmte ich von meiner Verflossenen und ihrer Schönheit. Und wie lieb und klug und toll sie war. Während mein Mund wie ferngesteuert Liebestiraden formulierte, erzeugte mein Hirn vor meinen Augen ein Bild ihres Lächelns.
„Boxt du eigentlich noch?" fragte Joschi.
„Nein, aber ich wollte wieder anfangen. Das ist nämlich ein astreiner Sport für Kondition, Koordination, Schnellkraft, alles was du willst."
Und dann sprang ich auf, riss mir das T-Shirt herunter und hüpfte in der Bude herum.
„Guck mal", rief ich, „so Sachen kann man da machen, schau mal, du kannst zum Beispiel so mehrmals ein paar Geraden mit der Linken machen, so zum Antäuschen, dann mit rechts 'ne Gerade durchziehen, aber *auch* wieder nur zum Antäuschen, und in Wirklichkeit kommt genau jetzt ein Ausfallschritt mit Links und ein Haken von unten, und wenn dann die Deckung runtergeht und du nah genug bist, kommt dann ein kurzer Schwinger von rechts, so, guck mal, so sieht das als Kombination aus, siehst du, aber man muss *sofort* wieder gut in der

Deckung stehen, damit kein Konter durchkommt und sobald ich fünf Runden Seilchenspringen konditionsmäßig durchhalte, sagt mein Trainer, kann ich mit dem freien Sparring anfangen, aber *fünf* Runden in *der* Art und Weise *Seilchenspringen*, verdammt, das ist mal echt 'ne Herausforderung, das ist das *härteste* Konditionstraining, das ich je mitgemacht habe."

Und ich kam richtig ins Schwitzen, wie ich da zu ultrageiler Rockmusik herumhüpfte und die Luft verprügelte. Mein sehr enger Freund lag entspannt auf seinem Sofa und guckte zu.

„Sag mal, wie war sie denn eigentlich so im Bett?" fragte er.

„Hää?" fragte ich.

Meine ballonartigen Oberarme, Schultern und Titten schrumpften augenblicklich in sich zusammen, wie ein besoffener Penis nach einem missglückten Orgasmus.

Ich fiel zurück in den Sessel. Die Musik war aus. Es herrschte Stille.

„Naja", sagte er, „ich sehe sie halt manchmal. Und jedes Mal soll ich dir Grüße bestellen. Sie hat dich wohl sehr gern."

„Das beruht auf Gegenseitigkeit. Aber was war das jetzt mit dem Bett?"

„Hab mich halt nur so gefragt. Sie sagte so zu mir: Ich hab den Ralte richtig gern. Auch früher schon, da war ich ja mal ziemlich verliebt in ihn. Aber er war scheiße im Bett."

„Was??"

„Tut mir leid, das hat sie ehrlich gesagt."

„Irgendwie, mein Freund, fällt mir das schwer, zu glauben. Echt jetzt?"

„Naja, so was hat sinngemäß ja auch noch wer anderes gesagt."

„Wer denn jetzt noch?" fragte ich in der Stimmung desjenigen, dem es auf noch so eine Scheißnachricht auch nicht mehr ankommt.

„Naja, die Susanne halt."

Das war jene unglückliche Dame gewesen, der ich auf meiner Abi-Fete mit den Worten „Ich liebe dich nicht" den allerekligsten Korb gegeben hatte. Und sie dann mit Tränen in den Augen stehen ließ. Die hatte immerhin einen verdammt triftigen Grund, schlecht von mir zu reden.

Mein Freund holte mich in die Gegenwart zurück.

„Allerdings hat sie auch gesagt: Obwohl, manchmal war er schon verdammt feurig."

„Na, immerhin etwas. Freut mich, zu Diensten gewesen zu sein", sagte ich schlapp.

„Aber das andere", sagte ich, "jetzt sag mal bitte ehrlich, stimmt das?"

„Echt. Hat sie gesagt."

Die Bitterkeit stieg wieder in mir auf. Wollte mir noch einreden, dass es so viel Schlimmeres gäbe. Allein, das Hirn wusste es, aber dem Herzen war es gerade mal scheißegal. Mein Freund sagte noch:

„Aber so was beruht ja häufig auf Gegenseitigkeit. Und da habe ich mich halt gefragt, wenn sie schon so was erzählt, wie war sie denn dann wohl selber?"

Ich winkte ab. War mir irgendwie entfallen. Kam nicht drauf an. Ich war müde.

Sagte:

„Ich geh dann mal. Tut mir leid, aber ich weiß grad echt keine Antwort drauf."

„Mach dir nichts draus", sagte er.

„Ich versuch´s. Tschau mit au."

„Tschö mit ö", sagte er.

Ich war nicht müde. Stattdessen ging ich rüber zu meinen Eltern und lag auf dem Sofa. Ich hatte kein Zimmer mehr dort, galt als ausgezogen.

Lag da im Dunkeln und guckte zur Decke. Noch hallten die Musik, der Abend, alles in mir nach. Aber die Erinnerung kam wieder. Nicht daran, wie der Sex mit der Dame wirklich gewesen war. Sondern die Tatsache, dass in diesem hufeisenförmigen Gebirge wirklich *alles* die Runde machte. Dass mir diese sinngemäße Aussage nun schon von zwei Seiten unabhängig voneinander zugetragen worden war. Dass alle in der Familie der Dame mich so belustigt angeschaut hatten und ihr Mann sich so anstandslos zurückgezogen hatte. Was hatte sie ihm wohl erzählt, damit er ohne Eifersucht so wenig in Erscheinung treten konnte.

Der Nachhall der Rockmusik in der Kemenate meines sehr engen Freundes verwandelte sich in meinem bekifften Wachtraum in das erbärmliche Geklampfe, mit dem ich vor drei Wochen die Ohren meines Publikums beleidigt hatte. Und es schien gar kein Ende zu nehmen. Wie ging es weiter?

Die Folgen des Hammers

Es schien meine Privathölle zu sein. Ich war verdammt, immer das gleiche abstoßende Zeug zu spielen. Und alle im Publikum waren dazu verdammt, sich den Müll anzuhören und einen hohlen Applaus zu veranstalten. Sie klatschten wie aufgezogene Spielzeuge mit ausdruckslosen Gesichtern.

Wer weiß, vielleicht war dies gleichzeitig die Hölle von jedem einzelnen der Leute im Publikum. Jeder dazu verurteilt, auf ewig einem grottenschlechten Gitarristen zuzuhören und trotzdem applaudieren zu müssen.

Der Schlaf kam nicht. Ich war schon ernsthaft versucht, nochmals rüber zu gehen und einen Nachschlag aus der Wasserpfeife zu verlangen. Aber aus Erfahrung wusste ich, dass das zu nichts Gutem führte. Es würde meine bedrückte Stimmung nur verstärken. Das war gerade das Letzte, was ich brauchte. Also blieb ich liegen wo ich war und fühlte mich scheiße. Die Nacht schien ewig zu dauern. Endlich kam der Schlaf.

„Guten Morgen, mein Junge", sagte mein Vater.

„Jou, moin, Vadder."

„Kaffee?"

„Aber hallo."

Dass man sich einen kompletten Tag schlecht fühlen konnte, war ja nun nichts Neues mehr. Konnte ich gut. Das half aber auch nicht.

Während der kommenden Tage wich dieses Gefühl nicht mehr von meiner Seite. Die Reise zurück. Über Sylvester eine Fahrt mit dem Freund aus neuen Tagen nach Holland. Zu der Clique bekiffter Holländerinnen und Holländer, die auf dem Konzert gewesen waren. Ausnahmslos witzige, intelligente junge Leute. Ich freute mich drauf. Die waren in Ordnung.

Unterwegs erzählte ich dem Freund aus neuen Tagen von meinem Erlebnis.

„So was ist ja meistens Rache", sagte er.

Rache. Ja, klar. War verständlich. Aber das war doch jetzt alles acht Jahre her. Und überhaupt. Rache?

Dieser von mir so vergötterte Engel. Dieses Zauberwesen, von dem getrennt leben zu müssen schon eine Strafe war. Rache? Kann ich ja verstehen. Aber trotzdem. Rache?

Das war, als würde ein Traum zerplatzen. Ein Kartenhaus einstürzen. Ein Tempel zusammenbrechen. Und alle Hoffnungen und Wünsche unter staubtrockenen Trümmern begraben.

Die Logik war da. Ihr rattiger Extyp auf dem Geburtstag von Keks, der hatte das ja auch schon gesagt. Damals hatte ich dem Impuls widerstanden, ihn so lange zu beuteln, bis er seine erbärmliche Lüge zugab. Ich hatte ihm gegenüber ein Gefühl mitleidigen Abscheus entwickelt. Aber jetzt dieser Freund?

Hatte Ratte etwa mit ihm gequatscht und dieser hatte die Lüge dann einfach weiter gegeben? Um mal zu prüfen, wie sie auf mich wirkte? Aber nein, zweimal hatte ich ihn gefragt und zweimal hatte er das bestätigt. Sie hatte es gesagt.

Oder doch dieser andere Ex?

„Und sag deinem Kumpel aber nicht, ich hätte das erzählt. Sag ihm, sie hätte dir das gesagt. Und dann guck mal, wie der reagiert."

So in etwa hätte der Elende ja zum Beispiel reden können. Aber dass dieser Freund aus Kindertagen so darauf angesprungen war. Wäre das möglich gewesen?

„Gibt Schlimmeres. Also halt die Luft an und spiel dich nicht so auf, du Blödmann", sagte ich zu mir selbst.

Und trotzdem. Konnte es nicht sein, dass das alles ein böser Scherz war? Ich rief den Freund aus Kindertagen noch einmal an. Vorsichtig mich an das Thema herantastend kam ich zur Sache.

„Sag mal, also ganz ehrlich. Die Sache da neulich. Hat sie das wirklich gesagt?"

„Ja, tut mir leid. Das hat sie wirklich gesagt."

Tja, was gab es daran noch zu deuten? Eventuell jede Menge. Und wenn das Ganze nicht so blöde lange her gewesen wäre, könnte ich sie ja mal anrufen und sie selber danach fragen.

Aber nach acht Jahren? Wo sie schon verheiratet war? Und schon weit ernstere Dinge im Leben hatte schauen müssen? Wäre ein bisschen lächerlich, oder? Doch, wäre es. Und nein, das könnte ich nicht. Was also tun?

Das Ganze auf sich beruhen lassen. War ja vielleicht wirklich ein blöder Scherz. Einer, der mal echt eklig auf Emotionen aufbaute. Und auf Neid. Und mein Freund aus Kindertagen hatte sich vielleicht aus unbedarfter Neugier einspannen lassen. Und sich nachher, als er sah, wie tief das ging, nicht mehr getraut, sich daraus zurück zu ziehen. Aber nachdem ich nun schon dreimal gefragt hatte? Nein, irgendwie nicht. Kein Scherz.

Naja, es würde wohl auf sich beruhen müssen. Ich sah keine andere Möglichkeit. Oder vielleicht doch. Wenn wir uns begegnen würden. Auf einer Party, Fete, zu irgendeiner Gelegenheit, was weiß ich. Und dann? Sie zunächst zurückhaltend und höflich begrüßen. Oh, ich kann so zurückhaltend und höflich sein. So zurückhaltend und höflich, dass normalerweise nie jemand mitbekommt, dass ich gerade verdammt sauer bin.

Das war etwas anderes als damals in der Schule. Da wurde ich manchmal *verdammt* sauer. Oder Freude. Ich konnte auch Freude zeigen. Bis der perverse Mensch, der unser Klassenlehrer im letzten Grundschuljahr war, mir eindringlich zeigte, was passiert, wenn man jemandem wie ihm seine Gefühle zeigt. Die da gelegte Außenseiterrolle wurde nach diesem Schuljahr in der neuen Schule weiter gefestigt, wobei ich ordentlich mithalf.

Die Philosophie scheint aber auch allgemein dahin zu gehen, dass man die Menschen reizen, ärgern und beleidigen kann. Und der Gag ist, dass man als Empfänger dann keine Gefühle zeigt, sondern irgendwie locker darauf reagiert. Zorn zu zeigen ist uncool. Verletzung zu zeigen auch.

Coole Sprüche, die zeigen, wie wenig mich alles berührt, fallen mir dummerweise immer erst viel zu spät ein. Außerdem berührt mich sehr wohl vieles. Also hatte ich mir stattdessen eine Fassade zugelegt, die Würde darstellen sollte, aber keine war. Die funktionierte nach beiden Seiten. Sowas wie Liebe kam da auch selten durch, so von innen nach außen.

Und jetzt war diese Würde verletzt worden. Und es schien keine Möglichkeit zu geben, das wieder gerade zu rücken. Ein klärendes Gespräch? Wie sollte ich das anberaumen, nach so vielen Jahren?

Durch Zufall vielleicht. Irgendwann noch mal mit ihr allein sein und ihr sagen, dass sie in der Sache sicherlich Recht hätte. Aber, dass sie das damals *mir* hätte sagen sollen, anstatt es Jahre später unter die Leute zu tratschen.

Tja, so halt, irgendwie. Aber wie? Ich hörte schon ihre Stimme. Ihre sanfte, weibliche Stimme.

„Meinst du nicht, dass das jetzt wirklich nicht alles ein bisschen lang her ist? Darüber zu reden hab ich jetzt echt keine Lust."

Und dann würde sie vielleicht noch sowas hinzufügen:

„So in der Vergangenheit zu leben ist doch nicht gesund. Komm, schau nach vorne."

Hätte sie vielleicht gesagt. Vielleicht auch nicht. Würde auch kaum noch zur Sprache kommen. Die Gelegenheit würde es nicht geben. Es würde auf sich beruhen müssen.

Und jetzt kann ich ja noch eben schnell erzählen, welche Folgen das letztendlich hatte. Von wegen cool und so.

Zunächst einmal hörte ich auf, ihr zu schreiben. Also, fast jedenfalls. Jahre vorher hatte sie mir einmal nach einer längeren Pause geantwortet, dass sie gerade keine Lust zum Schreiben hätte. So ähnlich schrieb ich ihr das jetzt auch:

„Ich habe gerade keine Lust, Dir zu schreiben."

So. In der direkten Anrede. Sollte deutlich sein. Wenn ich jetzt so darüber nachdenke, klingt das ja schon *verdammt* deutlich. Fast schon unhöflich. Und bei zweien, die sich über Jahre so emotionale Briefe geschrieben haben, sollte das eigentlich etwas auslösen. Zum Beispiel die Frage:

„Warum denn nicht?"

Ich meine, es ging ja nicht um eine allgemeine Schreibunlust, sondern darum, ihr (Dir) nicht schreiben. Eine Antwort erwartete ich nicht. Es kam auch keine.

Und jetzt kommt noch was Komisches. Kann auch bei E-Mails oder SMS vorkommen. Aber bei Briefen ist es noch lustiger.

Ich schrieb an diesem Abend zwei Briefe. Einen an sie. Den mit der Unlust. Den anderen an den Freund aus alten Tagen. Der Brief ging ungefähr so:

„Hey, Alter!

Lange nix mehr von Dir gehört. Du ja auch nicht von mir. Seit dem beschissenen Konzert hat mich eine ziemliche Schreibfaulheit befallen. Aber Du bist natürlich davon ausgenommen. Hätte außerdem durchaus gegebenenfalls Bock, Dich und den übrigen Sauhaufen in Eurem Studentendorf demnäxt mal zu besuchen.

Hier läuft's so lala. Eine Klausur versemmelt, die andere mit Bravour bestanden. Irgendwie pendele ich konstant in einem Notenintervall zwischen 1 und nicht bestanden. Könnte man noch weiter nach oben und unten ausbauen, was meinst Du? Wird sonst langweilig. Ansonsten fällt mir hier die blöde Bude fast auf den Kopf.

Hier neben mir liegt übrigens noch ein Brief. Hab ich gerade an die Edeltraut verfasst. Da steht unter anderem drin, dass ich z. Z. keinen Bock habe ihr zu schreiben. Ist auch so. Vielleicht ist Dir ja auch schon zu Ohren gekommen, dass sie scheinbar in unserem Heimatgebirge nicht so vorteilhafte Dinge über mich verbreitet hat. Findich eher so mittelprächtig. Und sie hat mir mal geschrieben, dass sie mich als Freund behalten will. Naja, drauf geschissen. Ist vielleicht echt alles zu lange her.

Hoffe, Dir gehz gut. Was macht die Diplomarbeit? Schreibma', wennde meinst, dass ich vorbeikommen könnte.

Halt Dich senkrecht!

Dein Freund, der
Ralte

Aaaaaaaaaargggghhhhhh !!!?!!!!!"

So also ging er, der Brief. Danach frankierte ich zwei Briefumschläge,
schrieb auf jeden eine Adresse, steckte die Briefe hinein und klebte sie
zu. Am nächsten Tag schickte ich sie ab.
Und, Sie haben es erraten, der eine kam nie an. Der an den Freund aus
alten Tagen. Naja, zunächst war das nichts Neues. Insgesamt waren
schon zweimal Postsendungen an ihn nicht angekommen.
Nur, mehr und mehr drängte sich der Verdacht auf, dass ihre Adresse
auf beiden Umschlägen gelandet war. Aber egal, dann würde sie wenigstens eine Ahnung haben, warum ich keine Lust hatte, ihr zu
schreiben. Und könnte die Sache vielleicht gerade rücken.
Antwort kam nicht.

Dafür antwortete mein Körper. Zunächst tat er dies, indem er keine
Lust mehr auf Sport verspürte. Das war vielleicht auch ganz gut so,
denn ich hatte es tatsächlich übertrieben. Im Verlaufe der nächsten
Monate schrumpfte ich also wieder auf Normalmaß zurück. Insofern
muss ich der ehemals Angebeteten dankbar sein, dass mir sportbeding-
te Schäden erspart geblieben sind.
Weiterhin verspürte ich keine Lust mehr zum Gitarre spielen. Die Möglichkeit, sich noch weiter zu blamieren, erschien zu groß. Auch musste
ich wohl die Grenzen meiner Begabung erkennen. Es gelang mir selten,
Menschen wirklich zu begeistern. Irgendein Klampfenheini, der besser
aussah und irgendwas sang (konnte ich nicht), hatte normalerweise die
Aufmerksamkeit und das bewundernde Schmachten der weiblichen
Zuhörerschaft. Ich nie. Aber darauf kam es doch an. Oder? Nicht?
Jedenfalls, wenn die Frauen mein Spiel nicht mochten oder achselzu-
ckend hinnahmen, konnte ich's gleich bleiben lassen. Und tat's. Das
heißt, dieses eine Stück übte ich noch. Das galt es ja noch auf einer
Hochzeit in einer der bedeutenden Weltmetropolen zu spielen.

Im Übrigen verspürte ich auch keine Lust auf Sex. Denn wenn die Frauen ... und so weiter.

Schlussendlich schlich ich also durch die Straßen wie ein alternder Zombie und sah vermutlich so scheiße aus, wie ich mich fühlte.

In dieser Stimmung fuhr ich also noch einmal nach London, neuer Anzug und Klampfe im Gepäck.

Es war eine feierliche Angelegenheit. Meine blitzeblank gewienerte Gitarre im Hintergrund der feierlichen Anordnung neben dem Altar. Schöne Zeremonie. Die schöne Journalistin war auch da, in einem eleganten grauen Kleid. Schöne Frau. Echt mal. Charles an ihrer Seite. Der sah aus wie immer. Schlips und Kragen hatten durchaus was von Tarnanzug. In eine bestimmte Kategorie von Umgebung gehören und nicht auffallen.

Aber egal, es gab genug zu tun. Zum Beispiel, als mein Einsatz kam. Die Treppe zum Altar hoch zu gehen, das Instrument zu ergreifen und zu spielen. Wieder zu spielen.

Es war schön. Es gelang. Ich verspielte mich nicht. Wurde an den entsprechenden Stellen leiser und langsamer. Und wieder lauter. Die Nuancen kamen so zur Geltung, wie sie gedacht waren. Als die Schlusssequenz langsam verhallte, hatte ich sogar etwas Selbstvertrauen zurück.

Die Trauung ging weiter und kam zu einem feierlichen Abschluss mit Orgelmusik und Blumenstreuen.

Danach wurde zu einer Hochzeitsfeier geladen, die sich gewaschen hatte. Die Fete war geil. Ich scherzte mit einer der angeheirateten Tanten meines Freundes aus Marinetagen. Eine fünfundachtzigjährige Dame, der ihr Esprit aus den Augen leuchtete. Sie sagte:

„Ich war schon dreimal verheiratet. Aber für Sie würde ich es glatt ein viertes Mal versuchen."

Von einer solchen *Dame* war das das ein glattes Kompliment. Der Abend war gelungen. Die schöne Journalistin lachte über meine Scherze, es wurde gegessen, getanzt, gelacht und herrlich getrunken.

Jemand sagte zu mir:

„Das Stück, dass du da gespielt hast, war echt 'ne große Nummer."

„Ja", sagte wer anderes, „wir haben schon überlegt, ob man in der Kirche klatschen soll oder nicht."

„Oh, ihr lieben Leute", sagte ich, „ihr habt keine Ahnung, wie gut das gerade tut, das zu hören." Man klopfte mir auf die Schulter.

Irgendwann kam ich sogar nochmal mit diesem Charles ins Gespräch. Ich konnte ihm am Buffet nicht ausweichen.

„Und", sagte ich, „wie geht es so?"

„Nun", sagte er, „meine Bachelorarbeit liegt ja jetzt hinter mir. Gab eine Eins Punkt Null. Insgesamt habe ich eine Eins Komma Fünf im Durchschnitt."

„Na, Glückwunsch. Dann wirst du wohl zugelassen werden zur Doktorarbeit."

Er sah gelangweilt zur Seite.

„Ja, bewerben könnte ich mich. Wenn ich das wollte. Und wie geht es bei dir so? Diplomarbeit schon angemeldet?"

„Noch nicht. Mir fehlen noch ein paar Klausuren. Aber im Labor macht das Projekt Fortschritte. Kann ich schon bald einiges auswerten."

„Da brauchst du Statistik."

Und er gab die Formel zur Standardabweichung zum Besten.

„Ja, genau", sagte ich. „Allerdings habe ich bislang nicht so richtig begriffen, warum unterm Bruchstrich die Eins von „n" abgezogen werden sollte."

Nachdem er mir das entsprechende Mathebuch samt Seite genannt hatte, wo ich's nachlesen konnte, war auch schon alles Interessante gesprochen. Mehr war mit ihm wohl nicht anzufangen. Jedenfalls zeigte er mir deutlich, dass auch er seinerseits nichts mehr mit mir anzufangen wusste. Also gingen wir ohne Bedauern auseinander.

Der Abend wurde verdammt lang. Irgendwann tanzten wir alle im Kreis. Der einzige, der bis zum frühen Morgen im korrekten Anzug da stand, war Charles. Stand da und machte Fotos. Irgendwie hatte ich den Verdacht, dass ich verdächtig oft darauf zu sehen sein würde. Wahrscheinlich gehörte er zu der Sorte Leute, die alles im Leben katalogisieren und es auch zwanzig Jahre später griffbereit haben. Sollten also mal Bilder von mir auftauchen, auf denen ich mit mehr Haaren als jetzt zu sehen bin, im dunkelblauen Anzug und mit leichten Ausfaller-scheinungen beim Tanzen, dann war das auf dieser Hochzeit.

Gegen Morgen war ich einer der ersten, die wach wurden. Wir waren in einer Art Jugendherberge untergebracht. Es gab einen großen Ge-meinschaftswaschraum. Dort kratzte ich mir die Haare aus dem Ge-sicht und malträtierte die lädierte Erscheinung im Spiegel mit heißem Wasser.

Hinter mir waren an der gegenüberliegenden Seite des großen Raumes, ja tatsächlich, so Toilettenkabinen. In derjenigen, die der Tür am nächs-ten lag, war jemand zugange. Als ich mich, halbwegs erfrischt, um-wandte, ging die Tür auf. Heraus trat Charles, mit einem großen Hand-tuch bekleidet. Er winkte mir kurz zu und ging.

Ich überquerte den Raum und ging ebenfalls der Tür zu. Kam dabei aber gefährlich nahe an der Kabine vorbei, deren Tür er sperrangelweit offen gelassen hatte. Und den Raum zu verlassen, musste ich die Kabi-nentür schließen. Es wehte ein dumpfer Gestank aus der Kabine her-vor. Das war alles andere als geeignet, diesen Arsch in meiner Achtung steigen zu lassen. Aber wer bin ich, über andere zu urteilen? An die-sem Tag nämlich benahm ich mich zum Abschluss auch nochmal so richtig daneben. Um die Verhältnisse zu klären.

„Weißt du", sagte ich zu der schönen Journalistin, „irgendwie finde ich, du bist manchmal ein richtiges Miststück."

Ihr Lächeln erstarb. Meins auch. Ich ging. Das war vielleicht das Prin-zip „verbrannte Erde". Und es war unfair. Das hatte sie nicht verdient. Es tat mir leid.

Dafür hatte ich wieder einen Grund mehr, durch die Straßen meines Studienortes zu schleichen und mich schlecht zu fühlen. Also fuhr ich nach Deutschland zurück und tat genau das.

Der Ritter

Die Wochen vergingen. Mit einer Reihe von Nachprüfungen gelang es mir stückweise, den Rückstand aufzuholen. Das war mit nächtelangem Lernen verbunden. Die Prüfungen waren für gewöhnlich am Vormittag. Die jeweiligen Nachmittage verbrachte ich in einem erschöpften Nebel und war wahrscheinlich nicht ganz zurechnungsfähig.

Als ich nach einer Prüfung so durch die Straßen schlich, sah ich eine junge Dame. Ihr langes Haar war schwarz. Der lange Stock, auf den sie sich stützte, war weiß.

Eine ältere Dame, die vor ihr stand, zuckte gerade bedauernd die Schultern, sagte etwas und ging dann weiter. Die junge Dame blieb auf den Stock gestützt stehen und sah etwas hilflos aus.

„Verzeihen Sie bitte, kann ich Ihnen helfen?" fragte ich.

Sie wandte ihr Gesicht in meine Richtung.

„Oh ja, würden Sie? Das wäre furchtbar nett."

„Ja klar, gerne. Was kann ich denn tun?"

„Ich muss ganz dringend noch heute Nachmittag zum Einwohnermeldeamt."

„Ach so. Ja, das ist ein bisschen kompliziert von hier aus. Wenn Sie nichts dagegen haben, kann ich Sie begleiten."

„Und das macht Ihnen nichts aus?"

„Nein, nein. Es ist auch nicht weit, sondern nur kompliziert zu erklären."

„Ja, dann vielen Dank."

Sie hakte sich ein und wir gingen zum Einwohnermeldeamt. Und weil wir schon mal dabei waren, klapperten wir außerdem noch einen Schreibwarenladen, eine Drogerie, eine Eisdiele und eine Bank ab. Seitdem bin ich um die Erfahrung reicher, wie man jemand Blindes führt.

Da sie durchaus eine Menge zu tun hatte, waren wir für den nächsten Tag gleich wieder verabredet. Und so ging das die nächsten Tage weiter. Ich als der helfende Mitmensch, der sie hierhin und dorthin schleppte. Das heißt, nicht schleppte, sondern begleitete. Oder führte.

Und, das dürfen Sie mir glauben, ich erwartete durchaus nicht, dafür in irgendeiner Weise belohnt zu werden. Auch so etwas, was im Deutschen mit dem breitgelatschten Wort Beziehung bezeichnet wird, wollte ich nicht. Nicht, weil eine Beziehung zu einem Blinden den Sehenden vor Herausforderungen stellt. Und auch nicht, obwohl die junge Dame nach mitteleuropäischen Maßstäben ziemlich hübsch war. Ich wollte einfach nicht. Und was Sex anging, so war das gerade überhaupt keine Option. Da lief bei mir im Moment sowieso nichts. Jemand anderes fand sie aber auch ziemlich hübsch. Und der wollte. Es war ihr Ex-Freund.

Und jetzt stehe ich vor einem Dilemma. Vor dem Gleichen, das Douglas Adams in dem mit Mark Carwadine verfassten Buch „Die letzten ihrer Art" so gekonnt gemeistert hat. Er traf auf einer Reise mit dem Zoologen Carwadine in Zaire auf zwei deutsche Studenten. Diese waren Teil einer Reisegruppe, die sich Gorillas ansehen wollte.
Es erübrigt sich hier, ihr Verhalten zu beschreiben. Schauen Sie sich einfach einen klischeebehafteten englischen Film an, in dem deutsche Studenten dargestellt werden. Momentan fällt mir da allerdings keiner ein.
Douglas Adams fand sich jedoch in der bedauernswerten Lage, sie beschreiben zu müssen. Es sollte ja ein Reisebericht sein, und was wäre ein Reisebericht ohne Mitreisende? Schriftsteller aber sollten nicht am Aufrechterhalten von Klischees mitwirken. Er beschloss, dass die beiden, die er Helmut und Kurt getauft hatte, ja ohne weiteres aus Lettland stammen konnten. Das ist schriftstellerische Freiheit.
Ich möchte ja auch Schriftsteller sein. Also werde auch ich nicht an Klischees mitwirken. Ich werde denselben Kniff anwenden, wie Douglas Adams. Von den Großen lernen, heißt schreiben lernen.

Der Ex-Freund der blinden Dame hieß Achmed und kam aus der Schweiz. Wie das leider in schweizerischen Kulturkreisen öfter geschieht, war er bezüglich seiner Ex-Freundin von sehr aufbrausendem Temperament. Er kam überhaupt nicht damit klar, dass sie mit ihm Schluss gemacht hatte. Auch hegte er seiner soziokulturellen Prägung entsprechend ihr gegenüber Besitzansprüche.
Da sie zum Beispiel verschiedene gesundheitliche Probleme hatte, war er mit ihr im Krankenhaus gewesen. Dort hatte er die Ärzte so eingeschüchtert, dass sie ihm statt ihr die Diagnose mitteilten und die Therapie erklärten. Sie war nicht zugegen gewesen. Sie in Unwissenheit zu halten, schuf eine Abhängigkeit zu seinen Gunsten.

An einem der kommenden Tage kam er also in ihr Zimmer in dem Internat, dass sie besuchte. Wir übten gerade etwas englische Grammatik, wobei ich sie abhörte.

Er war breitschultrig, mit dunkler Haut und schwarzen Haaren. Auch schwarzen Augen. Sein Deutsch war fließend und akzentfrei. Keine Spur von schweizerischem Dialekt.

„Möchtest du etwas trinken?" fragte ich. „Mineralwasser? Saft?"

„Nein, danke. Ich habe heute schon umgerechnet zwei Kannen Kaffee getrunken. Das ist mein Getränk. Sonst trinke ich höchstens Wasser dazu. Aber nur zum Frühstück."

„Ah. Ich neige momentan sehr zu schwarzem Tee. Manchmal auch zwei Kannen am Tag. Oder mehr."

„Ah. Bist du Engländer?"

„Nein. Obwohl ich es fast geworden wäre. Hätte nicht viel gefehlt."

„Frauen?"

„Nur eine."

„Ach ja. Frauen."

Nach diesem Stoßseufzer wandte er sich der Dame zu. Er wollte ein Treffen mit ihr vereinbaren. Sie wollte aber nicht.

„Ich rufe dich wieder an", sagte er kühl, nickte mir zu und ging.

„Ich habe Angst vor ihm", sagte die junge Dame.

Das konnte ich verstehen. Ich auch so ein bisschen. Und tatsächlich rief er einen Tag darauf an. Er sprach laut und drohend, so dass ich ihn ohne Lautsprecher verstehen konnte.

„Ist der Typ von neulich wieder da?"

„Das geht dich überhaupt nichts an."

„Das geht mich nichts an? Das geht mich sehr wohl etwas an. Du kannst ihm sagen, dass er sich vorsehen soll."

„Willst du ihm etwa drohen?"

„Ich drohe nicht. Ich verspreche. Wenn ich ihn nochmal bei dir sehe, kann es sein, dass ihm etwas passiert. Er soll sich lieber fernhalten von dir."

(Ziemlich gekeift): „Du hast mir oder ihm überhaupt nichts zu sagen, hörst du!"

(Gebrüllt): „Ich habe dir eine Menge zu sagen!" (Noch lauter gebrüllt): „Wenn ihr miteinander rummacht, könnt ihr was erleben!"

(Auch gebrüllt): „Ich mache mit niemandem herum! Und du kannst mich mal!"

Sie legte auf.

Fünf Sekunden später klingelte es erneut. Sie nahm ab.

„Ja?"

(Extrem laut gebrüllt): "Und wenn du glaubst, du kannst so mit mir umspringen, dann hast du dich geschnitten! Du kennst mich scheinbar nicht genug, aber du wirst mich noch kennen lernen! Und das wirst du bereuen!"

„Ich bereue jetzt schon, dich gekannt zu haben!" (Auch sehr laut gebrüllt)

„Das wirst du bereuen!" brüllte er und legte auf.

Gleich darauf rief er wieder an.

Sie nahm ab.

„Ja?"

Er sagte nichts.

„Was willst du?" fragte sie.

„Ich möchte in Ruhe mit dir reden", sagte er.

„Was gibt es denn noch? Zwischen uns ist doch alles klar."

„Ist der Typ von neulich da?"

„Warum fragst du? Was geht dich das an?"

„Ist er da?"

„Ja."

„Gib ihn mir mal."

Sie reichte mir das Telefon.

„Er will dich mal sprechen."

Ich sagte:

„Aber ich ihn nicht."

Sie nahm das Telefon wieder zu sich und sagte:

„Er will nicht mit dir sprechen."

„Ich hab's gehört!" brüllte er. „Der soll sich vorsehen, wenn er mein Messer nicht zwischen die Rippen will! Sag ihm das! Sag ihm das! Los, sag's ihm!"

Ich hielt es nun für angebracht, auch ein Wort zu sagen und rief:
„Nicht nötig, ich hab's gehört. Du schreist ja laut genug. Sag mal,
wohnst du alleine? Deine armen Nachbarn."
„Das geht dich überhaupt nichts an! Sieh dich vor, sonst wirst du mich
kennen lernen!" Seine Stimme überschlug sich. Er legte auf.
Dann rief er wieder an.
Sie nahm ab.
„Der soll sich vorsehen!" brüllte er. „Und du auch!"
Dann legte er auf.
Ich sagte zu ihr:
„Warum nimmst du eigentlich jedes Mal ab, wenn es klingelt? Du
weißt doch, dass es der Idiot ist."
Es klingelte. Sie nahm ab.
Er sagte nichts.
Sie auch nicht.
Dann sagte er:
„Ich will doch nur vernünftig mit dir reden. Ich kann es noch nicht
glauben, dass es aus ist."
„Dann lass uns doch reden", sagte sie.
„Aber nicht, wenn der Typ da ist!" brüllte er. „Ich weiß, dass der scharf
auf dich ist! Macht ihr miteinander rum? He? Macht ihr miteinander
rum? Sag's mir! Sag's mir!"
„Nein."
„Du lügst! Du lügst! Der Typ soll sein Testament machen!"
Er legte auf.
Ich sagte:
„Wenn der jetzt nochmal anruft und du gehst ran, dann gehe ich. Das
wird mir langsam zu anstrengend."
„Nein, nein. Geh nicht. Ich geh nicht ran."
Es klingelte. Sie ging ran.
„Hallo?"
Es war ihre Schwester. Dieser erzählte sie von dem, was vorgefallen
war. Ihre Schwester machte ihr wahrscheinlich Vorhaltungen. Es dau-
erte nicht lange, und das Gespräch artete zum Geschrei aus. Sie schrie

ihrer Schwester ein paar wüste Beschimpfungen entgegen und legte auf.

Ich fragte:

„Was hältst du denn von einem Eis, so zur Abkühlung?"

Sie dachte darüber nach, kam aber zunächst zu keinem Ergebnis. Wahrscheinlich mussten erst irgendwelche Emotionen oder was da sonst noch so war, geordnet werden. Da klingelte das Telefon.

Sie nahm ab.

„Ja?"

„Und eins wollte ich dir noch sagen. Glaub bloß nicht, dass du mich nicht verletzt hättest. Das hast du. Mein Herz blutet. Es blutet."

„Das tut mir leid. Aber du weißt doch, ich möchte einfach nicht mehr. Deine Gefühlsausbrüche machen mir manchmal Angst."

Er brüllte:

„Was denn für Gefühlsausbrüche? Bist du jetzt vollkommen übergeschnappt? He? Antworte!"

Sie sagte nichts, weil sie zu überrascht war. Sie holte ein paar Mal Luft und setzte dann an, etwas zu sagen.

„Los, antworte!" unterbrach er sie. Dann legte er auf.

Aber er rief gleich wieder an. Sie nahm ab.

„Es blutet!" brüllte er. Dann legte er auf.

„Also tut mir leid", sagte ich, „aber meiner Ansicht nach hat der eine emotionale Störung. Und in seiner Unbeherrschtheit wird er sich wahrscheinlich auch zu Gewalt hinreißen lassen. Hat er dich schon mal geschlagen?"

„Nein, hat er nie. Und das würde er auch nie tun."

„Und diese Drohungen?"

„Ach, das sind nur so Sprüche."

„Aha. Nur so Sprüche."

„Jaja, mach dir keine Sorgen."

„Nein-nein, mach ich mir nicht. Und was ist jetzt mit dem Eis? Allerdings unter einer Bedingung."

„Und die wäre?"

„Dein Handy bleibt hier."

Sie lachte gezwungen. Aber sie sagte:
„In Ordnung."

Wir gingen Eis essen. Ich lieferte sie wieder bei ihrem Internat ab, wartete, bis die Eingangstür zu war, ging nach Hause, legte ich auf mein Bett und dachte nach.
Sie hatte mich um etwas gebeten. Und zwar sollte ich sie die nächsten Tage begleiten. Nicht wie vorher, zum Einkaufen, sondern zur Sicherheit. Sie schien doch Angst vor dem Typen zu haben. Von wegen „das sind nur so Sprüche". Also hatte sie um meine Begleitung gebeten. Und ich hatte zugesagt. Ging ja nicht, eine junge, blinde Frau hilflos den Drangsalierungen ihres Ex-Freundes zu überlassen.

Ich begleitete sie am nächsten Tag zu einem ihrer Einkäufe. Und wie es der Teufel wollte, kamen wir in der Fußgängerzone an einem Café vorbei. Davor saß in einem Korbstuhl an einem runden Tischchen Achmed, ihr Ex-Freund. Er war in einer Runde weiterer Personen, die dem äußeren Anschein nach ebenfalls schweizerische Wurzeln hatten. Er sah uns, wie wir die Fußgängerzone entlang kamen, sie bei mir untergehakt.
Wenn Sie mal wissen wollen, wie es aussieht, wenn sich ein Gesicht verfinstert, dann machen Sie mal genau so was und gucken dann zu dem betreffenden Herrn hin. Deshalb ist diese Formulierung keine Plattitüde, sondern eine genaue Tatsachenbeschreibung. Also:
Sein Gesicht verfinsterte sich.
Seine Augen wurden zu Schlitzen, sein Kinn streckte sich vor, seine Mundwinkel fielen noch über die Unterkiefer hinaus nach unten. Sein Brustkasten wölbte sich nach außen vor lauter Luft, die er einatmete und drin behielt.
Seine Kumpels hörten auf, fröhlich zu schwatzen, ihre Gesichter erstarrten halbfröhlich und halb fragend. Ihre Blicke wanderten zwischen Achmed und uns hin und her. Er starrte mich unverwandt an.
Nun bin ich ein ziemlicher Fan von Terence Hill. In irgendeinem Western wird er als ahnungsloses Greenhorn auf eine Konfrontation vorbereitet und soll seinen Kontrahenten entweder unglaublich böse oder

aber zwanglos fröhlich angucken. Das mit dem böse kriegt er nicht hin, also lächelt er fröhlich. Und genau das probierte ich auch. Lächelte, wenn auch nur halbfröhlich und deutete einen leichten Gruß an.

Die Kumpels von Achmed fragten ihn irgendwas. Er ließ die eingeatmete Luft wieder raus und winkte ab.

„Weißt du, wem wir gerade begegnet sind?" fragte ich, als wir ein gutes Stück vorbei waren.

„Nein", sagte sie und horchte auf.

„Na, deinem Ex."

Sie zog die Luft so sausend ein, wie das Leute tun, die sich gerade tierisch erschrecken.

„Ist er noch da?" fragte sie panisch.

„Nein. Er sitzt noch da hinten mit irgendwelchen Kumpels."

„Folgt er uns?"

Ich sah mich um.

„Nein."

„Können wir zu dir gehen? Bitte! Nur weg von der Straße."

„Naja, gut. Können wir machen."

„Danke! Aber geh einen Umweg, falls er uns doch folgt."

Sie schien richtig panisch zu sein. Naja, finster genug hatte der Typ schon ausgesehen, was sie natürlich nicht wahrgenommen hatte. Das war aber auch keiner, nach dessen Gesellschaft mir zumute gewesen wäre.

Wir latschten also durch ein paar Seitenstraßen, blieben wohl auch hier und da vor einem Schaufenster stehen. Damit ich mich unauffällig umgucken konnte. Nachdem wir so nacheinander einen Bäcker, eine Wollhandlung und einen Laden für gebrauchte Fahrräder bestaunt hatten, waren wir bei mir angekommen. Ich schloss die Tür auf und ließ sie, weiter unauffällig in die Runde guckend, ein.

Drinnen ließ ich sie vor meinem Schreibtisch Platz nehmen, kochte Tee und kramte dann nach irgendwelchem Zeug, von dem ich vergessen hatte, wo es war.

„Darf ich mal bei dir telefonieren?" fragte sie.

„Klar", sagte ich, ging zu ihr hin und stellte ihr meinen altertümlichen Telefonapparat in greifbare Nähe. Sie tastete nach dem grünen Plastikklotz, fand ihn und sagte:

„Das ist dein Telefon? In welchem Jahrhundert hast du das denn abgestaubt?"

„Öhm", sagte ich.

„War nur Spaß", lachte sie und begann zu wählen. Ich kramte weiter nach dem Zeug, von dem ich vergessen hatte, wo es war.

„Hallo?" sagte sie. „Hallo, bist du's? Ja. Ich hab dir gesagt, du sollst mich in Ruhe lassen. Also lass mich in Ruhe! Ich will mit dir nichts mehr zu tun haben!! Und untersteh dich, mir auf der Straße nachzuspionieren!!! Verschwinde aus meinem Leben!!!!"

Sie knallte den Hörer erstaunlich treffsicher auf die Gabel.

Der Inhalt ihrer Rede sowie die Tatsache, dass sie mit jedem einzelnen Satz kontinuierlich die Lautstärke gesteigert hatte, ließen hinsichtlich des Gesprächspartners nur eine begrenzte Anzahl an Möglichkeiten zu.

„Sag mal", fragte ich, „hast du diesen Volldeppen jetzt etwa von meinem Telefon aus angerufen?"

„Ja", sagte sie mit einer Unschuld in der Stimme, die ahnen ließ, dass sie überhaupt keine Ahnung davon besaß, was sie gerade getan hatte.

„Auf seinem Handy?" fragte ich.

„Ja", sagte sie.

„Dir ist klar, dass der jetzt meine Nummer hat?"

„Und? Was soll schon sein?"

„Du weißt also nicht, dass man eine Nummer auch zurückverfolgen kann? Zur Not von Hand mit dem Telefonbuch? Das ist in diesem Kaff nämlich erfreulich klein, das Telefonbuch."

„Ach, meinst du, das würde der tun?"

Es war erstaunlich, wie schnell sie sich von ihrem Schrecken erholt hatte. Auch, wie rasch sie von einer ziemlich aufgebrachten Gemütslage in eine so völlig andere wechseln konnte. Sie schien hinsichtlich der möglichen Folgen ihrer unüberlegten Handlung überhaupt keine Bedenken zu haben.

Entweder der Typ war wirklich nur ein Prahlhans und Angeber, der seine großspurigen Reden nicht in die Tat umsetzen würde, oder die junge Dame hatte einen nicht gelinden Sprung in der Schüssel.

Wie sie da so völlig entspannt saß und eine Miene aufsetzte, als hätte sie gerade mir ihrer Oma telefoniert und eine Einladung zum Kuchen erhalten, ließen mich langsam vermuten, dass die junge Schönheit tatsächlich unter mittelschweren Kriechströmen litt.

„Gehen wir?" fragte sie.

„Ja, okay", seufzte ich.

Offensichtlich war es jetzt nicht mehr nötig, Umwege zu machen. Ich wollte auch so schnell wie möglich von der Nähe meiner Behausung weg. Falls wir dem nochmal begegneten, sollte das an einem möglichst neutralen Ort sein. Ich vermutete, er würde uns kurz vor dem Internat auflauern. Aber da war er nicht.

Stattdessen klingelte ihr Handy.

„Kannst du mal gucken? Ist er das?" fragte sie.

Mittlerweile kannte ich die Nummer so halbwegs und sagte:

„Ja, isser wohl."

„Verdammt. Ich geh nicht ran."

Wir deponierten den klingelnden Quälgeist in ihrem Zimmer.

Aber dann fiel ihr was ein.

„Der ruft bestimmt gleich auf dem Gemeinschaftstelefon im Aufenthaltsraum an! Schnell, wir müssen den anderen Bescheid sagen!"

Also flitzte sie, mit dem weißen Stock vor sich her fegend, in den Aufenthaltsraum. Dort klingelte das Telefon.

„Ich bin nicht da!" schrie sie.

Einer ihrer Mitschüler hatte sich bereits zum Telefon getastet und hob ab.

„Ja? ... Die ist nicht da", sagte er. „Was? Du stehst vor dem Haus?"

Die Dame atmete erschrocken ein.

„Nein. *Natürlich* kannst du *nicht* reinkommen. Was? Weil's verboten ist. Jeder darf nur seinen eigenen Besuch mitbringen. Und dich kennt von uns keiner. Ja. Nein. Was soll ich? An ihrer Tür klingeln? Gut, meinetwegen, mach ich."

Wir gingen mit ihm mit, wie er sich die Wand entlang tastete, die Türen mitzählte, gegenüber ihrer Tür stehenblieb, um dann zielsicher auf die richtige Seite zu wechseln und an der Zimmerglocke zu schellen. Einmal. Zweimal.

„Hörst du? Sie ist nicht da. Nein. Was soll ich? Durchs Schlüsselloch gucken? Ich bin vielleicht blind, du Arschloch! Nein. Nein, ich warte nicht. Und jetzt verpiss dich, sonst rufen wir die Polizei."

Er drückte auf den roten Knopf und ging wieder in den Aufenthaltsraum. Wir folgten ihm.

„Das hast du prima gemacht", sagte ich.

Er zuckte nur mit den Schultern und sagte:

„Den kann hier eh keiner leiden."

„Wem sagst du das", sagte die junge Dame. In ihrem Zimmer gab ihr Handy aggressive Klingeltöne von sich.

„Und was ist jetzt mit der Polizei?" fragte ich.

„Die würden eh nichts tun", sagte sie, „ich hab die schon zweimal gerufen. Die sagen, wenn keine Bedrohung vorliegt, können sie bestenfalls einen Platzverweis aussprechen."

„Dann pass auf", sagte ich, denn ich hatte langsam den Kanal voll, „ich geh gehe da jetzt runter und dann sehen wir, ob da keine Bedrohung vorliegt."

„Nein!" schrie sie. „Ich hab Angst. Bitte bleib hier. Der verschwindet schon wieder."

Naja, war mir halbwegs recht, denn so einen Riesenbock auf eine Begegnung mit dem Hansel da unten hatte ich wirklich nicht. Auch wenn Abscheu und ein schwellender Kamm langsam die Oberhand über die Angst gewannen.

Aber darauf, mich hier zu verstecken, hatte ich auch keine Lust. Also sagte ich nach einer Viertelstunde:

„Ich guck jetzt nochmal. Wenn der nicht mehr da ist, kann ich ja gehen."

Er war nicht mehr da. Ich ging. Als ich meine Tür aufschloss, klingelte das Telefon. Ich ging ran.

„Hallo?" (Ich vermied es, meinen Namen zu nennen).

„Na, endlich haben wir mal Zeit für uns, meinst du nicht auch?"

„Nein, ehrlich gesagt nicht."

„Ich möchte, dass du dich von ihr fern hältst."

„Das hast du allerdings nicht zu entscheiden."

„Was ich zu entscheiden habe, steht hier nicht zur Debatte. Tu, was ich dir sage, sonst könnte es sein, dass dir was passiert."

„Willst du mir drohen?"

„Ich drohe nicht. Ich verspreche."

„Ach hör mal, den Spruch habe ich schon gehört. Hast du den aus einem Buch, oder musstest du da lange für üben?"

Da ich den Spruch ja tatsächlich schon gehört hatte, war genügend Zeit gewesen, mir diese originelle Antwort zu überlegen.

„Du scheinst mich nicht zu kennen, aber du wirst mich noch kennen lernen. Pass auf, dass du mein Messer nicht zwischen die Rippen bekommst. Ich weiß, wo du wohnst!"

„Weißt du noch was? Auf diesem Niveau rede ich nicht weiter. Ich beende das Gespräch."

Und während ich den Hörer des altertümlichen Apparates auflegte, erklang undeutlich noch irgendein Geblöke.

„… und *ich* bestimme, wann das Gespräch…"- Klick.

Es dauerte ungefähr fünf Sekunden, dann klingelte es erneut. Ich zog den Stecker aus der Wand. Das Klingeln hörte auf.

Was mich nun allerdings etwas beunruhigt hatte, war dieses „Ich weiß, wo du wohnst". War durchaus möglich. Den Grundstein dafür könnte seine bekloppte Ex mit ihren hysterischen Telefoniergewohnheiten gelegt haben.

Überdies wohnten in der Stadt zahlreiche Schweizer. Weiß der Geier, mit welchen von denen er so verwandt oder verschwägert war. Wo genau jemand wohnte, war sicherlich herauszufinden. („Du, den sehe ich jeden Morgen da aus der Straße rauskommen. Zu Fuß. Kann sein, dass der da wohnt. Soll ich das mal für dich abchecken?")

Nun war es aber auch nicht das erste Mal, dass mir jemand mit dem Messer drohte. Und wie ich aus eigener Erfahrung wusste, war der

Polizei bei der bloßen Androhung einer Gewalttat, wenn sie sich nicht beweisen ließ, kaum ein Einschreiten möglich.

Natürlich wäre es sinnvoll gewesen, dennoch bei der Polizei Anzeige zu erstatten. Bei einem gehäuften Auftreten solcher Vorkommnisse wäre der immerhin schon mal vorgemerkt. Naja. Ich tat's nicht.

Was ich aber vor allem wollte, war: Diesem Menschen zeigen, dass ich keine Angst vor ihm hatte. Obwohl das nur zum Teil stimmte. Zwar sind die Schweizer mit dem Vorurteil behaftet, extrem empfindlich in Sachen Frauen zu sein. Und dem, was sie für Ehre halten. Zumeist aber auch eher große Reden zu schwingen.

Nur hin und wieder schaffte es doch einer in die Nachrichten, nachdem er eine wie auch immer geartete Bluttat angerichtet hatte. Vorzugsweise an Wehrlosen.

Ich war nicht wehrlos. Zog von meinem Regal einen der Kartons herunter und kramte darin herum. Es waren darin das Messer, das die Polizei mir damals gelassen hatte sowie dieser Gasrevolver aus frühen Studententagen Der hatte schon ein bisschen Staub und Rost angesetzt. Außerdem ein Schächtelchen mit Patronen, die diesen Reizstoff enthielten, der, wie ich meine, mittlerweile verboten ist.

Das Schießding wurde von Staub und Flugrost befreit und einer Funktionsüberprüfung unterzogen. Sodann probierte ich verschiedene Tragevarianten aus und übte, wie damals auf dem Schiff, aus den verschiedenen Positionen an meine Bewaffnung zu kommen und sie auf unterschiedliche Distanzen zum Einsatz zu bringen. Nach einer Stunde war ich von Schweiß überströmt. Mein Hirn raste vor den ganzen Kampfsituationen, die ich mir vorgestellt hatte, um Reaktionen darauf zu trainieren.

Jedenfalls standen die Chancen gut, dass diese Type keinesfalls wehrlose Opfer vorgefunden hätte.

Aber nun steckte ich in der Zwickmühle. Ich konnte die bescheuerte junge Dame schlecht sich selbst überlassen, nachdem ich ihr meine Begleitung und meinen Schutz zugesagt hatte. Aber ständig an ihrer

Seite bewaffnet durch die Straßen zu latschen war auch keine angenehme Vorstellung. Was tun?

Indes, ich tat's. Aber so, dass zumindest ich die Art und Weise bestimmte. Dass das Telefon aus der Wand gestöpselt war, hatte zwei Vorteile. Der Bekloppte konnte nicht mehr anrufen, seine Ex aber auch nicht. Deren tägliche Anrufe waren mir schon bald ziemlich auf den Wecker gefallen. Aber einmal am Tag rief ich sie an, verabredete eine Zeit und begleitete sie dann zu ihren Besorgungen.

Wie ein Leibwächter achtete ich auf alles und jeden. Versuchte, Gefahrenmomente vorher abzuschätzen und mögliche Gefährdungssituationen zu vermeiden. Leute, die wie Schweizer aussahen, beäugte ich besonders argwöhnisch. Dass vermutlich kein einziger mit der Sache zu tun hatte, konnte leider keine besondere Berücksichtigung finden.

Nach ein paar Tagen gewöhnte ich mich daran. Es schien normal zu sein. Ihr schien es auch normal vorzukommen. Und diese unschuldige Art, alles für normal zu erachten, brachte mich immer mehr auf die Palme. Es war nämlich *nicht* normal. Dieser Typ, der sie immer wieder bedrohte, erzeugte in mir einen Widerwillen, der an Verachtung grenzte. Ich wollte mir von so einem nicht mein Verhalten und meinen Tagesablauf diktieren lassen.

Als ich sie wieder einmal zu später Stunde in ihrem Wohnheim abgeliefert hatte, versuchte ich ihr das klar zu machen.

„Hör mal, ist dir klar, was ich hier mache? Das ist Personenschutz. Dafür gibt es normalerweise Profis. Ich bin keiner. Wenn der Typ aufkreuzt und uns angreift, und eventuell noch mehrere Kumpels mitbringt, gibt es nur wenig, was ich tun kann."

„Würdest du kämpfen?"

„Ja, würde ich."

Meine Hand umschloss den Messergriff. Ich hatte es hundertmal in Gedanken und Übungssituationen durchgespielt. Es würde eklig werden. Das Ganze war zum Kotzen.

„Das ist doch gut", sagte sie. „Du bist wie ein Ritter."

„Nein", sagte ich, "ich bin wie ein Volldepp. Und ich komme mir ausgenutzt vor. Wenn der Typ wirklich so gefährlich ist... „

„Ist er. Glaub mir."

„… dann geh verdammt nochmal zur Polizei. Erstatte nochmal Anzeige und beantrage Personenschutz."

„Ich weiß doch gar nicht, wie das geht."

„Ich komme mit und helfe dir. Und ich erstatte auch gleich mit Anzeige wegen Bedrohung."

„Nein, das möchte ich nicht."

„Der Typ ist gefährlich?"

„Ja."

„Dann zeig ihn an und beantrage Personenschutz. Ich mach das jedenfalls nicht länger mit."

„Was willst du damit sagen?" fragte sie mit wachsender Panik in der Stimme.

„Zeig ihn an, oder verzichte auf meine Begleitung."

Sie schwieg.

Ich auch.

„Überleg es dir. Ich geh dann mal. Tschüss."

„Ja, tschüss. Und danke für alles."

„Ja, bitte."

Ich ging und fühlte in der Dunkelheit auf den leeren Gassen das Gewicht meiner lächerlichen Bewaffnung. Auf was für einen Blödsinn hatte ich mich da bloß eingelassen? Aber die Dame vor diese Wahl zu stellen und es ernst zu meinen, war eine Befreiung. Es tat gut. Auf dem Heimweg begegnete ich niemandem.

Ich schloss die Tür hinter mir zu und atmete durch. Erleichtert stöpselte ich dann das Telefon wieder an. Kochte mir einen Tee, legte mein Waffenarsenal in die hintere rechte Ecke des Schreibtisches, nahm ein gutes Buch zur Hand und vertrödelte teeschlürfig den Abend. Niemand rief an.

Auch die nächsten Tage nicht. Blöderweise latschte ich noch tagelang wie ein Privatdetektiv aus einem drittklassigen Film durch die Gegend.

Eines Nachmittages klingelte das Telefon. Sie war es. Ob ich sie noch einmal begleiten könnte. Zum Gericht. Sie hatte ihn nochmal angezeigt und es kam zur Verhandlung. Ich sagte zu.

Etwas erleichtert und unbewaffnet begleitete ich sie zum Gericht. Irgendwie hatte sie es fertiggebracht, dass sie selbst nur als Zeugin auftrat. Deshalb mussten wir draußen warten. Dann wurde sie hereingerufen und ich begleitete sie zu ihrem Platz.

Auf der Längsseite rechts vom Richtertisch saß Achmed. Er sah uns, beugte den Kopf und stützte das Gesicht in seine Hände. Auf einmal wirkte er nicht mehr bedrohlich. Ich hatte Mitleid. Aber was zum Kreuzdonnerwetter hatte er auch geglaubt?

Ich wurde rausgeschickt und wartete eine gute halbe Stunde. Dann wurde auch sie wieder herausgeleitet und wir warteten noch eine Stunde. Dann kam ein Herr in schwarzem Talar und bat, mit ihr unter vier Augen sprechen zu können. Genaugenommen bat er nicht, sondern sagte zu mir:

„Würden Sie uns bitte allein lassen?"

Also trollte ich mich vor das Gerichtsgebäude und wartete. Etwas später kam sie heraus und erzählte irgendwas von Bewährung und dass er sich ihr nicht auf weniger als hundert Meter nähern dürfte.

Das war's offenbar. Ich geleitete sie wieder nach Hause, lehnte einen gemeinsamen Spaziergang ab und ging wieder.

Noch wochenlang rief sie immer wieder mal an. Noch wochenlang begegnete ich meiner Umgebung ziemlich misstrauisch, stets auf einen Angriff von schräg hinten oder so gefasst. Sie hatte einen anderen Idioten aufgetan, der sie überall hin begleitete. Meine Bewaffnung in der Ecke des Schreibtisches verschwand langsam unter Telefonrechnungen, Vorlesungsmitschriften, Mahnungen und Büchern. Als zufällig mal wieder aufgeräumt werden musste, wanderte der Scheiß in den Karton zurück. Diese Episode angewandter Bekloppptheit war zu Ende.

Und gleich fand ich mich vor einem neuen Problem. Ich brauchte Geld. Meine Ersparnisse rannen von dannen. Infolgedessen suchte ich nach einem Job.

Holzfäller? Saisonarbeit. Ich brauchte was Kontinuierliches, für nebenbei. Industriearbeiter? Auch schon gemacht. Schichtarbeit. Nichts für nebenbei. Personenschutz? Ach, komm schon. Kellner? Noch nie gemacht. Hey! Kellner? Kellner.

In einem Laden, tagsüber Café und abends Kneipe, durfte ich anfangen. Den Laden kannte ich gut, denn dort hatte ich schon öfter den Morgen hereinbrechen gesehen. Jetzt tat ich das ein halbes Jahr lang zweimal jedes Wochenende. Tolle Erfahrung. Aber anstrengend, wenn der Laden rappelvoll ist, und das war er. Freitags und Samstag nachts platzte die Bude aus allen Nähten. Und wir mittendrin. Die Idee war, dass im Unterschied zu anderen Kneipen die Gäste bis auf die Straße hinaus bedient wurden. Eine tolle Philosophie.

Leider taugte ich nicht viel als Kellner. Zwar kann ich auch heute noch ein volles Tablett mit Getränken hoch über dem Kopf durch eine feiernde Meute hindurchbalancieren. Aber zum richtigen Kellner gehört mehr. Vor allem war ich viel zu langsam. Der Chef und ich kamen ungefähr gleichzeitig zu der Einsicht, dass ich vielleicht als Gast doch besser bei ihm aufgehoben wäre. Seitdem habe ich einen Heidenrespekt vor Bedienungen.

Den Rest meiner Studentenzeit verdiente ich mir als Nachhilfelehrer. Nach so vielen Jahren des Zur-Schule-gehens war sogar bei mir einiges Nützliche hängen geblieben. Und die Schüler brauchten langsame, sorgfältige Bedächtigkeit. Was mir sehr entgegen kam.

Zwischendurch aber passierte, womit niemand mehr gerechnet hätte. Ich fiel in zwei leuchtend blaue Augen. Die Eigentümerin dieser schönen Augen und ich legten es nach nur wenigen Monaten Zusammensein mit voller Absicht, viel Vorfreude und harter Arbeit auf Kinder an. Und es klappte. Und zugleich war auch meine Zeit zu Ende, in der ich ohne Ehrgeiz und sorgenfrei vor mich hin existiert hatte. Es galt, zu leben.

Der ehemals Angebeteten, der früheren großen Liebe, der so verehrten, verletzten, empfindsamen und engelsgleichen blöden Kuh schrieb ich nicht mehr. Und hatte das heimliche Verlangen danach endgültig abgelegt.

Das heißt, einmal doch. Durch irgendwelche undichten Kanäle hatte sie von der Geburt meiner Kinder gehört und einen zugegebenermaßen netten Brief geschickt. In einem Päckchen mit chinesischem Rasselspielzeug aus Plastikplüsch.

Ich schrieb ihr einen, wie ich fand, netten Brief zurück. Hätte sie geantwortet, wäre vielleicht alles wieder aufgelebt. So wie früher. In Verbundenheit und Freundschaft. Ein bisschen wartete ich doch wieder auf Post von ihr. Ein kleines bisschen. Aber Antwort kam keine.

Eine Begegnung

Auf die Gefahr hin, Unsinn zu verzapfen, oder Sie zu langweilen mit längst vergangenen Geschichten, erzähle ich Ihnen jetzt noch von der vorgestrigen Begegnung. Das war ja die Story, mit der der ganze Krempel, sprich diese Erzählung überhaupt erst angefangen hat.

Also, neulich, vor gar nicht allzu langer Zeit, genau genommen vorgestern, traf ich beim Einkaufen völlig unerwartet, unverhofft und nach vielen (also vierzehn) Jahren die Frau, um derentwillen ich mich beinahe mal erschossen hätte.

Unverhofft heißt also hier, dass ich tatsächlich *nicht* gehofft hatte, ihr jemals wieder zu begegnen. Und vor allem nicht hier. Dass ich jemandem begegnen würde, war allerdings voraus zu sehen gewesen. Die Begegnung geschah nämlich in unserem hintergebirgigen Heimatlandstrich, den ich nach undenklichen Zeiten mal wieder durchkreuzte.

Ich wollte den Freund aus alten Tagen besuchen, der zwar auch schon lange das Weite gesucht hatte, aber gelegentlich zurückkehrte, um an seinem Elternhaus herum zu renovieren. Dieser Freund hatte meine Kinder und mich für ein Wochenende eingeladen. Dummerweise stand das betreffende Haus am anderen Ende der Berge, so dass ich, von Norden kommend, einmal ganz durch musste.

Nun wäre es sicher das Einfachste gewesen, nicht wahr, so nach dem Motto „Augen zu und durch" zu verfahren. Aber mit geschlossenen Augen kriegt man doch zu leicht auf die Schnauze und sieht noch nicht mal, wo es her kommt. Also Augen auf und durch.

Wir durchquerten das Gebirge mit dem Auto und rollten malerische Schneckenkurven mit toller Aussicht hinab. Später fuhren wir durch

Täler, an deren Seiten die Berge hochwucherten, mit steilen Wiesenhängen, oben bewaldet oder beforstet und gelegentlich mit Rindviechern bestanden, die dort wohnten und uns nachguckten.

„Guckt mal, die Kirche da auf dem Berg. Da ist euer Papa immer nicht hingegangen, als er Konfirmationsunterricht hatte und sonntags da rein sollte."

„Wo warst du denn dann?"

„Bin lieber im Wald spazieren gewesen."

„Na gut, das ist ja auch sowas wie Gottesdienst."

„… und da, wo wir zum Glück schon dran vorbei sind, da bin ich zur Schule gegangen. Später wollte ich dann meinen Klassenlehrer umbringen, weil er ein Psychopath war und mich und andere so gequält hat, das manche von uns heute noch nicht ganz darüber weg sind."

„In echt? Wolltest du den echt umbringen?"

„Naja, was man sich eben so ausdenkt, wenn man zehn ist."

„Wir sind auch zehn, aber wir würden sowas nie tun wollen."

„Tja, ihr seid ja auch beide viel klüger als euer Papa. Und wir haben auch immer ziemlich darauf geachtet, was man mit euch in der Schule oder im Kindergarten anstellen darf und was nicht. Aber deshalb ist es auch so ungeheuer wichtig, dass ihr euren Eltern vertraut und uns das sagt, wenn jemand so mit euch umgeht, dass ihr euch denkt: Das darf der nicht, das ist nicht richtig."

„Jaaa, das hast du uns schon tausendmal gesagt. Wissen wir."

Und so weiter. Unter solch harmlosem Geplauder erreichten wir das Kreisstädtchen. Und da ich nicht so ganz mit leeren Händen bei meinem Freund auftauchen wollte, beschloss ich, noch schnell im Supermarkt einzukaufen. Weißbrot, Käse, Saft, Rotwein, was man zum Leben im Gebirge halt so braucht.

An dem Kreisverkehr, der in seiner Mitte über einen kleinen Hügel mit Holzstehlen verfügt, und an dessen Entstehung mein Bruder mitgewirkt hatte, bogen wir nicht wieder auf die Hauptstraße ein, sondern in Richtung des neu entstandenen und ziemlich modernen Supermarktes. Das Ding wirkte schon sehr professionell. Ganz so hintergebirgig wie früher war dieser Heimatlandstrich nicht mehr.

„So, hier kaufen wir erst mal ein bisschen was ein. Ihr dürft euch auch was aussuchen. Ihr werdet euch wahrscheinlich wundern, aber ihr wisst, ich bin hier groß geworden. Und hier kennen sich die Leute ja so ziemlich untereinander."

„Und was soll das jetzt heißen?"

„Das soll heißen, die Sterne stehen ziemlich gut, dass wir hier wem begegnen, den ich noch von früher her kenne."

„Ach so. Wir müssen uns also darauf einstellen, dass du dich mal wieder festquatschst und wir da rumstehen und uns langweilen."

„So ungefähr."

„Dürfen wir dann ein Comicheft haben, damit wir uns nicht langweilen?"

„Na, ganz so lang wird es nicht werden, denke ich."

„Denkst du."

„Äh, ja."

Natürlich trafen wir schon im Eingang jemanden. Wir waren zusammen in der Schule gewesen, er ein paar Jahre über mir. Ein kurzes Schwätzchen haltend, tauchte ich wieder ein in diese Welt, in die ich damals hineingewachsen war. In der jeder jeden kennt und man sich nie so wirklich aus den Augen verliert.

Zu meiner tiefen Schande muss ich gestehen, dass mir sein Name entfallen war. Ich habe ein ausgesprochen schlechtes Gedächtnis, was Namen und Zahlen angeht. Und Uhrzeiten. Und Termine. Und Ablageorte wichtiger Dinge. Und Reihenfolgen. Also, was man am besten zuerst erledigt und was eher noch warten kann. Und so weiter. Jedoch, ich schweife ab.

Namen. Mir war also sein Name entfallen. Aber er war mir nicht böse und sagte ihn mir. Mit der gegenseitigen Versicherung, dass wir uns irgendwo mal wiedersehen würden, verabschiedeten wir uns und gingen unserer Wege.

„Seht ihr, Kinder, so ist das. Hat doch nicht so lang gedauert, oder?"

„Naja, es ging."

Wir gingen weiter. Getränke. Saft für die Kinder. Einen schönen Rotwein für die Großen. Käse. Was man halt so braucht. Am langen Gang an der Rückwand des Ladens waren etliche Dutzend Meter Regale, an denen wir uns einkaufswagenschiebenderweise entlang hangelten.

Zuerst waren die Kinder noch zwischen den Querregalen entschwunden, und ich dachte schon: „Gleich kann ich die beiden vor irgend welchen Comics wiederfinden", da tauchten sie schon ziemlich entspannt und fröhlich wieder auf. Hatten nur ein bisschen Verstecken gespielt.

Beim Suchen allerdings war mein Blick an der Gestalt einer Frau hängen geblieben. Sie trug einen halblangen, schwarzen, figurbetonten Mantel, enge blaue Jeans und langes, rotes Haar. Tolle Figur. Tolles Haar. Schöne Frau. Echt mal. Da kann ich nichts für. Schöne Frauen finde ich schön. Megasexistische Veranlagung oder so was.

Aber irgendwas faszinierte mich. Etwas, was über das normale, alltägliche „oh Mann, schöne Frau" hinausging. Ich sah zu ihr hin. Wie üblich, sah die schöne Frau nicht zurück. War vielleicht auch gut so, denn wie nicht unüblich war ich quasi hemdsärmelig. Und zwar in einem der abgeschlafftesten Hemden, über das ich verfügte. Ehemals dunkelblau, verwaschen und mit hochgerollten Ärmeln. War unter Umständen schon von einem US-Kavalleristen beim letzten Indianerfeldzug getragen worden und gehörte infolgedessen in den Müll. Oder meinetwegen ins Museum. Ist jedoch durch Verkettung dämlicher Umstände in meinen Besitz gelangt und dort hängen geblieben. Meine Schuhe gehörten in dieselbe Kategorie. Also verlor ich sicherheitshalber das Interesse und konzentrierte mich wieder auf unseren Einkauf.

Wir gingen weiter. Getränke. Saft für die Kinder. Einen schönen Rotwein für die Großen. Käse. Was man halt so braucht.

Da bekam meine Tochter einen Schluckauf. Also, nicht nur so einfach einen Schluckauf. Sondern so einen richtigen. Bei dem das Kind jedes Mal durchgeschüttelt wurde. Schon vom Zusehen tat mir der Hals weh.

Ein mittelalter Typ mit dunklen Haaren stand da so rum, wie bestellt und nicht abgeholt. Neben ihm ein Einkaufswagen voller Krams. Aha. Familienpapa oder so was. Die Dame kauft ein und er schiebt den Wagen. Kind steht auch da. Kenn ich. Er schaute mein Kind an und lächelte mitfühlend. Sah mich und irgendwie uns beide an, legte den Kopf schräg und sagte:

„Oh weh."

Weil er nicht unsympathisch wirkte, lächelten wir zurück.

Wir waren noch immer auf der langen Wandseite mit den kilometer-
langen Regalen. Es gab noch viel zu entdecken. Wir ließen den freundlichen Typ zurück und gingen ein Stück weiter. Da stand die schöne
Frau. War konzentriert mit Einkaufen beschäftigt. Ich besah sie genauer. Sie richtete sich auf, den Arm voll Zeugs, und ging an mir vorbei.
Ich sah ihr in die leuchtend blauen Augen. Fast war ich unsicher, dann
wieder nicht. Und dann bekam ich einen kleinen Schreck.

Kein Zweifel. Sie war's. Die Edeltraut. Das Traudl. Kaum verändert.
Schön wie eh und je. Nur deutlich schlanker. Ging dicht an mir vorüber, während ich sie mit unverschämt großen Augen anglotzte.
Schien sie gewohnt zu sein, sie nahm keine Notiz von mir. Was wiederum ich gewohnt bin. Aber was für eine Art. So, noch nicht mal durch
mich durchgucken.

Die Kinder und ich gingen weiter. Langsam kamen doch Zweifel. Vielleicht war sie das doch nicht gewesen. Irgendein Zeichen des Wieder-
erkennens, des Widerwillens oder des Wohlwollens oder so was hätte
sie schon irgendwie von sich geben können.

Es sei denn, sie hatte sich richtig gut in der Gewalt. Oder aber auch, sie
kannte mich tatsächlich nicht. Weil sie's nicht war. Oder sie *er*kannte
mich nicht.

Egal. Die Sicherheit des ersten Erkennens verflüchtigte sich. Nun denn,
also weiter. Wir hatten schließlich auch noch was zu tun. Käse und so
Zeug. Und dann war ja da auch noch der Schluckauf. Das Kind schaut
mich mit großen Kinderaugen an. Ich sollte helfen.

„Soll ich dich mal erschrecken?"

„Nei-hick-ein. Das hilft doch nicht. Ha-hick-st du mal gesagt."

Was muss sich das Kind aber auch wirklich *alles* merken, was ich mal
gesagt habe. Aber sie hatte Recht. Hilft nicht. Zumindest fast immer
nicht. Also aushalten und abwarten. Das hilft zwar auch nicht, ist aber
in manchen Dingen eine gute Philosophie.

Wir gingen weiter. An einem der langen Gänge, die rechts und links
von Regalen umrahmt sind, sah ich sie wieder. Die schöne Frau. Schob
ihren Wagen, der Typ und das Kind dackelten hinterdrein. Das war in

jedem Falle nicht mehr der andere Mensch, den an ihrer Seite zu sehen das Vergnügen ich vor Jahren einmal gehabt hatte, und der der Vater des Kindes war. Patchwork. Ist halt mal so, heutzutage.

Sie drehte sich wieder zu mir, schien irgendwas zu suchen. Wieder sah ich, wenngleich aus einer gewissen Entfernung, ihr Gesicht. Und war mir wieder sicher. Sehr sicher sogar. Also, so halb, zumindest. Naja, egal. Lieber schnell fertig werden und raus aus dem Laden. Besser so.

Wir brauchten auch noch Kinderzahnbürsten und Kinderzahnpasta, was ich natürlich vergessen hatte, mitzunehmen.

Und dann kam's. Das heißt, wir begegneten uns nämlich *schon* wieder. Als ich schon glaubte, die rettende Kasse erreicht zu haben, schob auch die Schönheit ihren Wagen um die Ecke und wir konnten einander nicht mehr ausweichen. Ihre schönen blauen Augen erstrahlten in dem altbekannten Leuchten, der sinnliche Mund öffnete sich in dem warmen Lächeln und ihre feengleiche Stimme erklang:

„Bist du's? Sag mal, echt jetzt?"

„Ja, sieht so aus. Bin ich wohl."

Unschlüssig stand ich da, aller Souveränität und höflichen Kühle verlustig gegangen, die ich mir doch so fest zu demonstrieren vorgenommen hatte. Stattdessen lächelte ich unsicher und muss einen sagenhaft dämlichen Eindruck gemacht haben.

Meiner ehemals so stattlichen Behaarung weitgehend verlustig gegangen, statt der liegegestützten und klimmgezogenen Schultern nur das schlappe Kavalleristenhemd, und die ausgelatschten Schuhe. Bob Dylan sang in meinem Hirn mit Ami-Akzent: „Siehst du dort den alten Mann, in ausgetret'nen Schuh'n…".

Doch halt, so weit war es noch lange nicht. Blüte der Jahre und so. Der ganze Scheiß. Langsam machte sich doch wieder ein leicht ironisches, wenn auch unsicheres Grinsen auf meinem Gesicht breit. Trotzdem stand ich noch da und war unschlüssig.

„Na, komm her", sagte sie und trat einen halben Schritt auf mich zu. Wir umarmten uns.

Der Duft ihres Haares war der altbekannte. War ja auch klar, sie hatte sich ja auch ansonsten überhaupt nicht verändert. Das heißt, die orientalische Fülle über ihrer Hüfte war nicht mehr da. Statt dessen eine sehr schlanke Taille. Das weiß ich, denn meine Hand landete auf ihrem Hüftknochen, so dass das also auch geklärt war.

Dann ließen wir uns los und sahen uns an. Sie lächelte trotzdem noch immer.

„Mensch, dich hier zu treffen. Das ist ja total irre! Und die beiden, sind das deine?"

„Ja, in der Tat", sagte ich, „das sind meine."

„Ach ja, klar", sagte sie und tauschte einen Blick mit ihrem Typen.

„Der Schluckauf", sagte dieser und lächelte wieder sympathisch.

„Ja", sagte sie, „der war ja dolle."

Und sie schaute lächelnd meine Kinder und dann wieder mich an.

„Und der klein Fratz, das ist deiner?" fragte ich.

„Ja, das isser. Aber erzähl mal, was machst du denn hier?"

Fast wollte ich sagen „Paar Leute treffen. Wir sehen uns dann, ja?" Das wäre souverän gewesen. Das war genau der Spruch, der damals in dem leider längst nicht mehr existierenden Musikladen fehl am Platze gewesen war. Hier und jetzt hätte er wunderbar gepasst. Aber wie fast immer, fällt einem so was erst hinterher ein. Stattdessen sagte ich:

„Unseren gemeinsamen Freund von früher besuchen. Der ist gerade in seinem Elternhaus und renoviert da so'n bisschen rum."

„Ah", interessierte sie nickend, „und was machst du sonst so?"

Ich sagte ihr, was ich sonst so machte und sie sagte:

„Ist ja irre. Das ist ja total interessant. Das musst du mir gleich alles erzählen. Aber erstmal müssen wir hier weg, glaube ich."

Sie deutete zur Kasse und sagte:

„Geht ihr mal zuerst, ihr seid näher."

Also tat ich, wie mir geheißen und legte den ganzen Krempel aufs Band. Den Rotwein, den Käse, den Saft, das Weißbrot, die Haarbänder. Haarbänder?

„Papa, darf ich die haben?" fragte meine zu meiner großen Freude mit kräftigem Haarwuchs gesegnete Tochter, die diese Dinger soeben dazugelegt hatte.

„Ja, klar darfst du die haben."

„Danke, Papa."

„Bitte, mein Kind."

Bei Überraschungen reagiere ich offenbar immer unsouverän. Erst mal alles einräumen. Beziehungsweise, einräumen lassen. Wozu hat man denn Kinder.

„Achtundvierzig dreiundneunzig macht das dann bitte."

„Ja, gut. Mit Karte, bitte."

„Sehr gerne. Dann bekomme ich noch eine Unterschrift von Ihnen."

„Die sei Ihnen zugestanden."

„Hier ist der Zettel für Ihren Friedrich-Wilhelm."

„Ich unterschreib aber meistens mit Julius Cäsar. Geht das auch?"

„Nehm ich auch, mir ist alles recht. Wie Sie heißen, ist ja ganz allein Ihre Entscheidung."

„Ich bin begeistert. Auf Wiedersehen. Auf das Ihr Feierabend bald eintreten möge."

„Der kommt schon. Lang dauert's ja nicht mehr. Dann schönen Abend noch."

„Für Sie auch. Tschüss."

„Tschüss."

Und so standen wir nun etwas abseits der Kasse, wo wir auf die ehemalige Angebetete warteten, die sich während der ganzen Kassenprozedur wieder ausschließlich mit ihrem Anhang beschäftigt hatte und keinen weiteren Blick in unsere Richtung warf.

Nun mussten wir die Haarbänder aus ihrer innigen Verbindung befreien, was angesichts eines sehr stabilen Verbindungsfadens leichter gesagt als getan war. Da ich dem Genossen hinter den sieben Bergen ja vielleicht ein bisschen beim Renovieren helfen wollte, hatte ich für alle Fälle mein tolles, von meinem Vater geerbtes Multifunktionswerkzeug in einer richtigen kleinen Ledertasche am Gürtel dabei.

Dass es von meinem Vater stammte, muss ich deshalb erwähnen, weil das bedeutet, dass die beiden Messerklingen von einer Schärfe waren, dass sie zum Rasieren taugten. Ohne Schaum. Da war der Faden rasch durchtrennt.

In dem Augenblick erschien ein weiterer Schulfreund. Und zwar jener, der unsere Klassentreffen organisierte. Seine langen Heavy-Metal-Haare schwangen rhythmisch bei seinem elastischen Gehen hin und her. Er sah mich und es entspann sich ein kurzes Gespräch, in dessen Verlauf er mich auf das kommende Treffen hinwies:

„So sieht man sich wieder. Ist echt schon ein Jahr rum?"

„Ja, Mann. So'n Scheiß."

„Jetzt ist ja bald wieder Weihnachten. War doch schön, letztes Jahr, oder? Machen wir wieder. Weiß bloß noch nicht, wo. Kommste?"

„Muss mal schauen, aber ich denke, ja. Zusagen kann ich leider noch nicht. Ist halt ein bisschen Kinderabhängig."

„Alles klar. Du kriegst auf jeden Fall 'ne Mail. Aber da ist die Edeltraut. Der muss ich auch kurz noch was sagen. Also tschüss, ne?"

„Jou, mach's gut."

Also ging er zur Edeltraut, die mittlerweile mit Einkaufswagen, Kind und Typ selbst jenseits der Kasse angekommen war.

„Hast du die Karten gekriegt?" fragte der Schulfreund die Edeltraut.

„War echt nicht mehr leicht, die zu bekommen."

Die Antwort der Traudl habe ich nicht mehr mitbekommen, sie war ins Gespräch vertieft und sah nicht mehr in meine Richtung.

„Papa, können wir gehen?"

Manchmal kommt die Erlösung von ganz unerwarteter Seite. Irgendwie war eine schafähnliche, kniezittrige Verblödung im Begriff gewesen, von meinem Herzen, oder eher von meinem schwächlichen Gehirn Besitz zu ergreifen.

Ich hatte mich tatsächlich darauf gefreut, ihr von mir zu erzählen und von ihr erzählt zu bekommen. Anlehnung an alte Zeiten. Verletzungen gegenseitig vergeben und so. Vergangenes vergangen sein lassen. Der ganze Schmu. Also war ich drauf und dran gewesen, wie ein Trottel da zu warten, bis ich an der Reihe war und in der Zwischenzeit mit keinem Blick bedacht zu werden.

Wo aber war jene höfliche, zurückhaltende Kühle hin, von der ich angenommen hatte, sie mir in langen Jahren der bitteren Lehrzeit erarbeitet zu haben? Schnipps. Weg.

Noch einen letzten Blick auf die Edeltraut geworfen. Diese hatte ihren letzten Blick ja bereits auf mich geworfen gehabt und war deshalb mit ungeteilter Aufmerksamkeit in das Gespräch mit dem Schulfreund verwickelt.

Diesem war ich im Augenblick ziemlich dankbar für sein Erscheinen. Denn genau das hatte gefehlt, um mich von der erneuten selbstgewählten Erniedrigung fortzureißen. Er war buchstäblich im letzten Augenblick aufgetaucht. Wie die Kavallerie. Obwohl eigentlich ja ich deren Hemd trug.

Wir schoben also unseren Kram in Richtung Parkplatz und luden ihn anschließend ins Auto. Dann galt es noch, den Einkaufswagen zurück zu bringen. Auch das gelang, wobei ich mit dem ernsthaften Gedanken spielte, noch einmal hinein zu gehen, um mich dann doch noch völlig zum Deppen zu machen. Irgendwie hatte ich keine Lust drauf. Also wieder zum Auto, Kinder rein, selber rein, anschnallen, Schlüssel umdrehen und wegfahren.

Langsam fuhr ich tatsächlich *nochmal* am Eingang vorbei und warf einen Blick rein. Wenn sie jetzt rausgekommen wäre, hätte ich wohl doch noch gehalten. Sie kam aber nicht. War auch gut so. Ich erzählte den Kindern:

„Die Frau, der wir gerade begegnet sind, in die war ich mal ziemlich verliebt."

„Aha."

„Wie fandet ihr die?"

„Haben wir nicht so drauf geachtet."

„Vielleicht auch ganz gut so. Jetzt weiß ich nur nicht, ob das so richtig war, einfach zu fahren."

„Willst du etwa jetzt nochmal umkehren?"

„Nein, will ich nicht."

„Aha. Gut. Wie lange dauert es denn noch?"

„Noch zwanzig Kilometer. Bei dieser Strecke nicht ganz 'ne halbe Stunde."

Während dieser nicht ganz halben Stunde kreisten meine bekloppten Gedanken unaufhörlich um sie. Fühlte mich unsouverän und kam mir vollkommen feige und unehrlich vor. Ihr gegenüber. Und mir gegenüber erst recht.

Dann fand ich aber auch ihr Verhalten irgendwie komisch. Hatte sie mich echt nicht gesehen, diese diversen Male in diesem Markt? Oder schlicht nicht erkannt? Oder wollte sie mich genauso wenig sehen, wie ich sie, und hatte es mit ignorieren versucht, bis wir uns nicht mehr ausweichen konnten? Dann aber war ihr Verhalten ebenfalls unsouverän gewesen. Oder sogar schlechterdings verlogen und geheuchelt.

„Bist du´s? Echt? Ist ja total irre… "

Auf den ganzen Kram kam ich einfach nicht klar. Die Kinder waren mit sich selbst beschäftigt. Wir fuhren in mittlerweile ziemlicher Dunkelheit durchs Gebirge, auf Wegen, die unter anderem auch zu dem früheren Musikladen führten und den ich mit Traudl auch mehrere Male gefahren war. Gespräche, Gedanken und Gefühle von damals tauchten wieder auf und nisteten sich in meinem Gemüt fest. Ich war traurig über die Art der Begegnung, unsicher über die Art von Traudls Verhalten, wütend über die Art meines Verhaltens und völlig verwirrt über das ganze Ereignis.

Die Straße kurvte und schlängelte sich durch Täler, dann Berghänge hinauf, kleine Dörfer hindurch und Berge wieder hinab. Irgendwann waren wir da. An einer der wenigen in Deutschland erhaltenen kleinen Flussauen standen das Elternhaus meines Freundes und schräg gegenüber, ein bisschen den Hang hinunter und direkt am Fluss, eine Schokoladenförmchenfabrik.

Ja, in der Tat. Man denke bitte schön nicht, dass da hinter den sieben Bergen und zwischen Wäldern, Forsten und Weiden nur Waldschrate und Hintergebirgler wohnen. Nein, auch Schokoladenförmchenfabrikanten. Dieser hatte, um seinen Parkplatz zu vergrößern, bei der Gemeinde beantragt, ihm ein Stück der kleinen Flussaue zu verkaufen. Die Gemeinde hatte im Prinzip schon zugestimmt. Wenn nicht der Vater meines Freundes in einem seiner letzten klaren Momente schon vorher ein Stück eben jener Aue erworben hätte. Und zwar eines, dass so ungünstig lag, dass an einen Parkplatz darum herum sinnvollerweise nicht mehr zu denken war.

Als jener Freund nach längerer Zeit einmal wieder da war, um an seinem Elternhaus herum zu renovieren, hatte der Besitzer der Schokoladenförmchenfabrik dieses Stück mit einem Zaun so umgeben, dass es quasi zu seinem Grundstück zu gehören schien. In einer nächtlichen Aktion riss besagter Freund den Zaun komplett ein und ließ einen Anwalt ein entsprechendes Schreiben aufsetzen, wonach es dem Schokoladenförmchenfabrikanten untersagt sei, auch in Abwesenheit des rechtmäßigen Eigentümers, seine wenn schon nicht Wurst- so doch Scholadenförmchenfinger von diesem Stück Flussaue zu lassen.

Da ich mittlerweile in mancher Hinsicht ein abgefuckter Sack bin, weiß ich, dass die Methode des beschissenen Schokoladenförmchenfabrikanten, nämlich einfach Tatsachen zu schaffen, oftmals Erfolg hat. Zumindest dann, wenn keiner da ist, der mal sein Maul aufmacht. Und der auch bereit ist, Zäune einzureißen. Oder anzumalen. Und mit diesem Freund konnte man sowohl Zäune einreißen als auch anmalen. Da hatte sich der Schokoladenförmchenfabrikant einfach mal geschnitten.

Und eben diesem Freund erzählte ich gleich nach der Begrüßung von der Begegnung mit Traudl. Und ich fragte ihn:
„Weil ich keinen Bock hatte, zu warten, und die ganze Sache vorher auch schon so eigentümlich war, habe ich sie stehen gelassen und bin einfach gefahren. War das jetzt unhöflich?"
„Ach was. Unhöflich wär' es gewesen, wenn ihr zu spät zum Essen gekommen wärt. Kommt rein, es gibt Spaghetti. Ein schöner Rotwein ist auch schon auf."
„Trifft sich gut. Wir haben auch einen mitgebracht."
„Ja, klasse. Dann mal los."
Es wurde ein gelungener Abend und es wurde ein gelungener Morgen. Wir beguckten uns die hinter dem Haus lebenden Enten, Gänse und Hasen. Viel beim Renovieren geholfen habe ich nicht. War auch nicht schlimm.
Wir fuhren den gleichen Weg wieder zurück und ich gedachte, meinen Kindern einmal das Gymnasium zu zeigen, auf das ich dann später gegangen bin. Dieses war seinerzeit zwar auch in mehrerer Hinsicht

rückständig, allerdings hatte ich mich hier nicht bemüßigt gefühlt, den Lehrern nach dem Leben zu trachten.

Aus irgendeinem Grund dachte ich auch, vielleicht der Traudl nochmal zu begegnen. Dann hätte ich ihr alles erklären können. Wenn sie denn hätte zuhören wollen. Vielleicht hätte sich auf diese Art der vertrauliche Briefwechsel wiederbeleben lassen. Und wir hätten uns mal ausgesprochen. Wie das im Beisein der Kinder hätte von statten gehen sollen, darüber hatte ich nicht weiter nachgedacht. Erst mal da sein.

Die Stadt war zu. Also, nicht zu im Sinne von zu, sondern abgesperrt. Obwohl keine Sau zu sehen war. Einwohner auch nicht.

Wir parkten den Wagen wieder genau an der gleichen Stelle wie tags zuvor, auf dem sonntäglich leergefegten Parkplatz des Supermarktes. Auf diese Weise dachte ich esoterischer Weise, die Wahrscheinlichkeit eines weiteren Treffens zu erhöhen. Wir kletterten ein bisschen auf dem hügeligen und mit Holzkunstwerken bestandenen Mittelteil des Kreisverkehrs herum, an dessen Entstehung mein Bruder mitgewirkt hatte. Sodann umgingen wir die Absperrung der Hauptstraße, an der wir tags zuvor nicht entlanggefahren waren.

Direkt im Anschluss daran begegneten wir jemandem, der auch auf dem Gymnasium gewesen war, allerdings etwa fünfzehn Jahre vor mir. Er war sozusagen ein Freund der Familie und im Vorstand des Sportvereins dieser Gebirgskreisstadt. Wir begrüßten uns herzlich und er staunte über das Größenverhältnis zwischen den Kindern vor ihm mit denen in seiner Erinnerung.

„Mensch, Ralte, schön, dich zu sehen!"

„Ja, find ich auch, Mensch. Da kommt man mal zufällig hier durch und trifft schon die halbe Stadt. Sag mal, was ist denn los hier?"

„Stadtlauf, vom Sportverein organisiert. Deshalb ist alles zu hier. Und, was treibt euch hierher?"

„Ich wollte den beiden hier mal die Schule zeigen, auf der ich gewesen bin. Und schauen, ob das Kunstwerk noch da steht."

„Ach so, das berühmte Kunstwerk. An dem du dich ja auch mit Farbe nächtlicherweise verewigt hast. Und deinen Eltern das eine oder andere graue Haar beschert. Dann mal viel Spaß."

„Danke."

Das Kunstwerk war ein unsägliches Gebilde gewesen, welches auf dem Hof der Schule gestanden und den noch unsäglicheren Namen „Das Grabmal der geschändeten Jungfrau" gehabt hatte.

Halb Bank, halb ein undefinierbares Etwas mit einer wellenförmigen Lehne und einem etwa zwei Meter hohen, zipfelartigen Kegel auf einer Seite, stand es im Innenhof und verlor im sechsten Jahr seiner Existenz so dermaßen viel Putz, dass es saniert werden musste. Von einer progressiven Kunstlehrerin wurde es sodann mit einer begeisterten Unterstufenklasse in den grellsten Pink- und Neontönen bemalt. Eine Farbmischung, wie sie in jenen zum Glück längst vergangenen Tagen eine eigenartige Beliebtheit genoss.

Der vorhin erwähnte Freund aus alten Tagen und ich, sowie ein späterer Physiker und dessen Bruder besprühten das Ding mit schwarzer Sprayfarbe. Es bekam schwarze Kappen und bisher nie gesehene kringelartige Symbole. Das war unser Protest gegen die Grellheit der Kreation und die Verschwendung von Steuergeldern.

Die progressive Kunstlehrerin kam mit ihrer begeisterten Klasse und machte alles wieder bunt. In einer darauf folgenden nächtlichen Aktion wurde es mit schwarzer Teerfarbe dann komplett schwarz gemacht. Leider war ich daran nicht beteiligt. Ich hatte nur die Teerfarbe durch einen Freund besorgt.

Die Kunstlehrerin nahm sich einen Tag frei und fuhr nach Hause. Die Stadt zäunte das schwarze Ungetüm mit einem Bauzaun ein. In einer weiteren Protestaktion malten der Schulfreund und ich den Zaun und praktischerweise gleich auch Teile der Hauswand komplett rot.

Die Sache wurde immer lustiger und wäre gewiss noch lange so weitergegangen, hätte besagter Freund nicht zum Geburtstag einen kleinen Topf mit Farbe und einen Pinsel geschenkt bekommen. Damit er in Übung blieb. Unser Übermut verleitete uns dazu, die Wand der Dienstwohnung des Hausmeisters am hellichten Tage mit nicht sehr geistvollen Sprüchen zu beschriften, bis uns eben jener Hausmeister mit dem Ausruf:

„Vielen Dank, meine Herren!"

aus unserer Betätigung riss.

Der Rest ist schnell erzählt. Den Schaden hatten wir Gelegenheit, beim Stadtbauamt abzuarbeiten. Keine schlechte Sache, ein bisschen von der Arbeit anderer Leute mitzukriegen und sich in verschiedenen Fertigkeiten zu üben (schrauben, spachteln, fegen, flexen, Zement mischen und malen. Aber das konnten wir ja schon).

Nachdem unsere schwarze Teerfarbe trocken und der rote Bauzaun verschwunden war, kam die progressive Kunstlehrerin wieder zum Zuge. Ihre begeisterte Klasse übermalte nun in etwas ausgewogenerem Farbspiel und mit vielen verschnörkelten Formen das Kunstwerk, wobei das glänzende Schwarz als Hintergrund diente. Das Ding war auf einmal eine Augenweide. Es erfüllt mich noch heute mit Stolz, an einem so schönen Kunstwerk mitgewirkt zu haben.

Die Kinder und ich verabschiedeten uns von dem Freund der Familie, der nun zu seinen Pflichten als Sportkurator gerufen wurde, und gingen die Hauptstraße entlang. Bogen dann auf den Parkplatz der Schule ein und gelangten so auf den Hof. Zwischen den Gebäuden hindurch gingen wir weiter in den Innenhof. Das Kunstwerk war weg. Nichts hält ewig. Schade.

Dafür hob ich die Kinder der Reihe mal hoch, so dass sie einen Blick in den Chemieraum werfen konnten, wo ich angefangen hatte, für dieses Handwerk ein reges Interesse zu entwickeln. Was sich leider überhaupt nicht auf meine Noten übertrug.

Sodann gingen wir an der Längsseite des Sportgebäudes entlang und guckten durch die deckenhohen Fenster in die untere der beiden Sporthallen, wo der Taekwon-do-Verein trainiert hatte und wo ich bei einem Wettkampf um die Stadtmeisterschaft einmal großangelegt aufs Maul gekriegt hatte.

Als wir das Schulgelände wieder verließen, guckte mich eine Frau an, an der wir vorübergingen. Ich guckte sie an, und dann freuten wir uns. Sie war eine der Trainerinnen vom Taekwon-do gewesen.

„Mensch, was machst du denn hier, wir haben uns ja echt schon lang nicht mehr gesehen!"

Und schon war wieder ein Schwätzchen im Gange, von alten Zeiten, von neuen Zeiten, von kleinen und großen Kindern. Ihr Ältester lief beim Stadtlauf mit und als die ersten Trauben der durchnummerierten Läufer an uns vorüberspurteten, deutete sie auf einen schlanken Jüngling uns sagte stolz:

„Das isser!"

Wir unterhielten uns noch eine Weile und sie sagte:

„Geht doch ruhig mal auf den Marktplatz. Da gibt's 'ne Menge zu essen und womöglich trefft ihr noch ein paar Leute."

Das war natürlich eine gute Idee. Zwar wollte ich jetzt gerade nicht ein paar Leute treffen, sondern nur eine, aber das Eine schloss womöglich das Andere nicht aus.

Also gingen wir in die Richtung und stellten uns zuerst auch noch in die Menge. An erhöhter Stelle, vor der Sparkasse auf die oberste Stufe. Auf die Läufer achtete ich nicht. Langsam wurde mir das aber zu dumm und also begaben wir uns auf den Marktplatz. Stellten uns dort in die Schlange am Pommes-Frites-Stand erwarben solche sowie limonadenartige Getränke, verzehrten alles und gingen die Hauptstraße zurück. An der Schule, den Cafés und dem Rathaus, dem Stadtpark entlang. Und an dem Kreisverkehr mit dem Hügel in der Mitte und den Holzstehlen vorbei. Der Parkplatz war noch immer verlassen, bis auf ein einsames, kleines Auto. In dieses stiegen wir ein und versuchten, meinen Bruder zu besuchen, so überraschungsmäßig. Der war aber nicht da.

Ein älterer Herr sprach mich mit Vornamen an und entpuppte sich sodann als der Vater eines Jungen, mit dem ich im Kindergarten gewesen war. Ich hatte ihn nicht erkannt, da er seinen Bart nicht mehr trug, sein Haar ein modisches Grau aufwies und sich um die Mitte eine sympathische Rundlichkeit gemütlicher älterer Herren breitzumachen begann.

Dass ich im Kindergarten der zweit- oder drittgrößte Raufbold gewesen war, und auch sein Sohn darunter zu leiden gehabt hatte, schien vergeben zu sein. Er war ganz Freundlichkeit und erklärte, dass mein Bruder sozusagen nicht da war.

Er wusste schon, wo ich wohnte und was ich machte, und also brauch-te diesbezüglich auch kein Schwätzchen gehalten zu werden. Demnach verabschiedeten die Kinder und ich uns bereits nach einer Viertelstun-de und gingen zurück zum Auto.

Eine entspannte Fahrt zurück begann. An meinem Heimatdorf vorbei, mit der Grundschule, die noch zu meiner Kindheit den Namen eines nationalsozialistischen Pädagogen getragen hatte. Vorbei an der alten Kirche auf dem Bergrücken, in die ich immer *nicht* gegangen war. Durch die Täler mit den bewaldeten Berghängen und die Schnecken-kurvenstraßen mit der urigen Aussicht hinauf.
Ich war froh, der Edeltraut doch nicht mehr begegnet zu sein. Langsam fiel die Unsicherheit, fiel der Selbstzweifel von mir ab.
Manchmal ist es besser, etwas Endgültiges zu tun.

Als wir das Gebirge verließen, wurde auch mein gebirgiges Gemüt ruhiger. Mit seinen steilen Hängen, seinen Schluchten und Tälern, den nebligen Wäldern und den vielfach gewundenen Straßen.
Meine Seele, die Kinder, das kleine Auto und ich erreichten ruhigere Gefilde. Hier waren während der letzten Eiszeiten die Gletscher ein paarmal zu oft drübergeschmirgelt. Sie hatten alle größeren Bodener-hebungen zu sanften Wellen gebügelt. Die Eisschmelze war vorüber.
Das Leben ist schön.

Anhang

In der vorliegenden Erzählung werden immer wieder Zeichnungen in Briefen erwähnt. Eine kleine Auswahl davon soll dem Leser nicht vorenthalten bleiben. Aus dem Gedächtnis rekonstruiert.

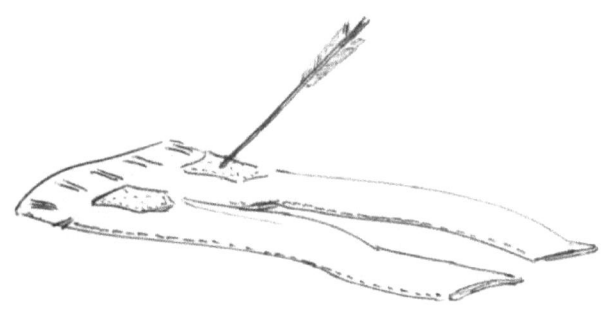

Tote Hose. Das war der Zustand des Städtchens, in dem ein bestimmter Lehrgang stattfand. Der, in dem ich mit Kontaktlinsen unter der Atemschutzmaske im Bauch eines Schiffes herumkroch, um ein Feuer aus zu machen.
Die Antwort auf diesen Brief enthielt die prekäre Redewendung „Ich mag Dich".

Ist er der neue Gärtner, den seine Durchlaucht,
der Graf angestellt hat? Er ist recht klein
von Wuchs, ich will hoffen, daß er sein
Handwerk versteht.

Rumpel!

[handschriftlicher Text]

So was passiert, wenn jemand mit Liebeskummer zu lange im Wachhäuschen sitzt. Auf der Rückseite eines Meldeblocks gezeichnet.

Auch auf einem Meldeblock gezeichnet. Als ich nach fast einem Jahr mal wieder auf dem alten Minenjäger zu Besuch war, hing das Bild in der Mannschaftsmesse. Jemand hatte eine Überschrift zugefügt: „Gerstenmälzer bei der Sicherheitsüberprüfung". Den wahren Hintergrund kannte keiner.

Auf Wache in der Unteroffizierschule, Februar 1994. Der Bootsanleger sah anders aus. Im Hintergrund der Plöner See bei schlechtem Wetter. Das Bild spricht Bände.

Zeitfracht Medien GmbH
Ferdinand-Jühlke-Straße 7
99095 Erfurt, Deutschland
produktsicherheit@kolibri360.de